금지된 장난

금지된 장난

禁　じ　ら　れ　た　遊　び

시미즈 가루마 장편소설

최주연 옮김

iscover

프롤로그

무언가 있다…….

구라사와 히로코는 테이블 위에 가방을 놓고 천천히 집 안을 둘러보았다. 세 평짜리 방과 두 평 남짓한 주방 겸 거실에는 따로 문도 없어서 구석구석까지 한눈에 들어온다.

여기저기 작은 도자기 인형들이 놓여 있는, 흰색과 분홍색으로 꾸며진 방은 스물네 살 직장인이 아니라 10대 소녀의 방 같은 느낌이 든다. 하지만 기괴함 같은 단어와는 전혀 연관이 없어 보이는 이 방에 요사스러운 기운이 싸늘하게 맴돌았다.

테이블 위에 있던 열쇠가 스르륵 미끄러져 바닥으로 떨어지면서 방 안에 날카로운 소리가 울려 퍼졌다. 창문은 분명 닫혀 있는데 커튼이 펄럭이고, 느닷없이 환기팬이 돌아가다가 멈췄다.

"제발 좀 그만해. 대체 나한테 왜 이러는 거야? 나는 당신한테 원망받을 짓 같은 건 안 했어."

히로코는 마치 눈앞에 누군가 있기라도 한 것처럼 눈물을 글썽이며 간절하게 호소했다. 잇따라 일어나는 섬뜩한 일들 때문에 히로코의 정신력은 이미 바닥난 상태였다.

히로코의 간절한 부탁이 통했는지 방 안에 떠돌던 묘한 기운이 순간적으로 사라진 듯했다. 안도감과 함께 타는 듯한 갈증이 느껴졌다. 물을 마시려고 싱크대에 있는 유리컵에 손을 뻗는 순간 마치 풍선을 바늘로 터뜨린 것처럼 유리컵이 산산조각 나며 터져버렸다.

다리가 굳어 움직이지 않았다. 유리 조각에 벤 손끝에 핏방울이 빨갛게 맺혔다. 히로코는 휘청거리며 식탁 의자에 주저앉았다. 리모컨은 건드리지도 않았는데 갑자기 텔레비전이 켜졌다.

화면에는 아무것도 나오지 않았다. 잠시 후 화면 속에서 혼란스럽게 소용돌이치는 입자들 사이로 어렴풋하게 여자 얼굴이 떠올랐다. 고개를 살짝 앞으로 숙이고 있어서 눈은 보이지 않았고, 입매가 미세하게 움직였지만 잡음이 심해서 무슨 말을 하는지 들리지 않았다.

그리고 별안간 볼륨이 마구 올라가면서 굉음이 온 집을 채우는가 싶더니 갑자기 꺼져버렸다.

주위가 쥐 죽은 듯 조용해졌지만 히로코는 꼼짝도 할 수 없었다. 가위에 눌린 것처럼 몸이 마음대로 움직이지 않았다.

다시 정적을 깨뜨리며 전화벨 소리가 울렸다. 히로코는 흠칫 몸을 떨었다. 방 한쪽 구석으로 천천히 시선을 돌렸다. 분명 흰색 전화기가 울리고 있었다. 요즘 받아도 아무 말도 하지 않는 기분 나쁜 장난 전화에 질려서 며칠 전에 전화선을 뽑아뒀으니 전화가 울릴 리 없었다. 하지만 지금 전화벨이 요란하게 울리고 있다.

"제발, 이제 그만해."

의자에서 무너져 내리듯 바닥에 쓰러진 히로코는 귀를 틀어막고 몸을 옹송그렸다. 하지만 전화벨 소리는 손바닥을 통과해 귓속까지 파고들었다. 영원히 멈추지 않을 것만 같다. 히로코는 눈물 젖은 얼굴을 들어 전화기를 바라보았다.

그래, 확실히 말해야겠어. 난 파렴치한 짓을 하지 않았다고, 당신 남편과 불륜을 저지르지 않았다고!

용기를 내서 수화기를 들었다. 방 안에 정적이 찾아왔다. 떨리는 손으로 조심스레 수화기를 귀에 가져다 댔다. 바람 소리가 들렸다. 어두운 골짜기 바닥을 흐르는 듯 불길하고 삭막한 바람 소리였다.

"……당신이 누군지 알아."

히로코가 떨리는 목소리로 말했다. 바람 소리가 뚝 그쳤다. 히로코의 심장 소리만 쿵쿵 울렸다. 그 순간, 손에 든 수화기가 갑자기 불이 붙은 것처럼 뜨거워졌다.

"아악!"

황급히 내던진 수화기에서 흰 연기가 피어올랐다. 카펫이 타면서 매캐한 냄새가 났다. 불이 날까 봐 당황한 히로코가 수화기를 다시 집으려고 손을 뻗자, 수화기는 조금 전 유리컵처럼 메마른 소리를 내며 터져버렸다.

히로코가 튕겨 나가듯 방 한쪽 구석으로 물러선 순간, 현관 초인종이 울렸다. 몸을 떨며 등 뒤쪽으로 온 신경을 기울였다. 현관문은 분명히 잠겨 있었다. 그런데 손잡이가 돌아가는 소리가 들리더니 이어서 경첩이 삐걱이며 문 열리는 소리가 났다. 짐승의 거친 숨소리가 등 뒤에서 들려왔다. 돌아볼 용기는 없었다. 발소리가 서서히 가까워졌다.

"제발, 용서해줘요."

히로코는 몸을 작게 웅크린 채로 눈을 감고 귀를 막고서 그저 용서를 빌었다.

"내가 잘못했어요. 회사도 그만둘게요. 그 사람과 다시는 만나지 않을게요. 그러니 제발…… 제발 그만해요."

히로코는 주문을 외듯 계속 중얼거렸다.

1

지인에게 시바 강아지를 분양받기로 했다. 단독주택에서 강아지를 기르는 것은 이하라 나오토가 어릴 때부터 품어온 꿈이었다.

아까부터 나오토는 내리쬐는 햇볕 아래서 마당 한쪽에 어지럽게 쌓여 있는 목재로 강아지를 위해 작은 집을 만들고 있었다. 톱질할 때마다 발밑에 톱밥이 쌓였다.

나오토는 디자인 용품 회사 영업부 직원이지만 예술적인 센스는 전혀 없었다. 그저 제품을 열심히 판매할 뿐이었다. 학교 다닐 때도 미술이나 기술 시간은 잠시 숨을 돌리는 쉬는 시간이나 다름없었다. 그러던 자신이 이렇게 톱질을 즐기는 날이 올 줄은 꿈에도 몰랐다.

아직 5월인데 햇살이 여름처럼 강렬하다. 나오토는 톱질을 멈추고 이마에 맺힌 땀을 소매로 닦아냈다. 바로 옆에는 다섯 살 아들이 뛰어다니며 놀고 있었다. 아파트에서 살다가 마당이 있는 집으로 와서 무척 기쁜 듯했다.

"하루토, 옷 더럽히면 엄마한테 또 혼난다."

"그치만 흙장난은 너무 재밌어요."

이사 온 지 얼마 안 돼서 하루토는 아직 동네 친구가 없었다. 강아지는 분명 아들의 좋은 친구가 되어줄 것이다. 나오토는 이렇게 느긋한 오후 시간이 만족스러웠다. 흐뭇한 마음으로 자신의 집을 올려다보았다.

1층에는 열 평쯤 되는 거실과 주방, 세 평짜리 일본식 방과 서양식 방이 하나씩 있고 2층에는 세 평 크기의 방이 세 개 있다. 그럭저럭 쓸 만한 마당도 있다. 부부와 아들, 세 식구가 살기에는 충분하고도 넘칠 정도다.

지금까지 살던 도심의 임대 아파트는 월세가 비싸고 좁았다. 아이도 어느 정도 자랐겠다, 대출을 받아 집을 사야겠다고 결심했으나 선택의 폭은 그리 넓지 않았다. 조건을 하나씩 지워가다 보니 도심에서 전철로 한 시간 반이나 걸리는 곳으로 정해졌다.

산을 깎아 택지를 조성하는 중이라 아직 황량한 빈 땅과 애처롭게 깎인 민둥산으로 둘러싸인 곳이었다. 개발 중인 택지 지구 가장 안쪽에 나오토의 새 보금자리가 마련되었다.

집 양옆은 빈터였다. 바로 옆뿐만 아니라 이 근처가 거의 겨우 땅만 다져놓은 참이었다. 조금 떨어진 곳에도 집이 한두 채씩 드문드문 있을 뿐 대부분은 아직 건축 중이었다. 하지만 그만큼 자연이 가까워서 성장기인 아들에게는 오염이 심한 도심보다 한결 좋을 것이다.

나오토는 팔을 돌려 뻣뻣해진 근육을 풀고 다시 강아지 집 만들기에 착수했다. 재료는 집을 지을 때 쓰고 남은 목재였다. 목수에게 마당 한구석에 쌓아달라고 미리 부탁해둔 것이었다.

땀범벅이 되어 망치질을 하는 나오토 곁에서 배추흰나비가 바람에 날리듯 춤을 췄다.

"와, 솜씨 좋네."

등 뒤에서 아내 미유키의 목소리가 들렸다. 미유키의 검고 풍성한 긴 머리가 바람에 나부꼈다. 여전히 밀랍 인형처럼 안색이 창백하긴 하지만 볼에는 연지를 바른 것처럼 살짝 생기가 돌았다. 이사 온 뒤에 몸 상태가 많이 좋아진 것 같다.

"당연하지. 지금까지 보여줄 기회가 없었을 뿐이야."

나오토는 칭찬을 받은 아이처럼 우쭐해졌다. 예전 같으면 상상도 할 수 없는 대화였다. 한동안 둘의 관계는 심각할 정도로 삐걱댔다. 그런 그의 가족에게 이번 이사는 여러모로 좋은 계기가 되어주었다.

8년 전 결혼한 후로 나오토는 줄곧 가정에 소홀했다. 나오토는 일이 바쁘다는 핑계로 자주 외박을 했지만 미유키는 불평 한 번 하지 않고 묵묵히 가정을 지켰다. 영업부 주임이 되면서 일이 바빠진 건 사실이었지만 나오토가 외박을 자주 했던 이유는 따로 있었다.

결혼 전에는 미유키의 얌전하고 차분한 성격에 끌렸으나 시간이 지날수록 감정을 드러내지 않는 아내의 성격이 갑갑하게 느껴졌다. 그 무렵 집에는 늘 음울한 분위기가 감돌았고 나오토를 한눈에 사로잡았던 미유키의 미모도 왠지 인위적으로 보이기 시작했다. 나오토의 마음은 자연스레 부하 직원인 구라사와 히로코를 향했다. 히로코는 미유키와는 정반대로 밝고 활기가 넘치는 사람이었다. 그때 나오토는 이런 마음이 히로코를 끔찍한 재앙에 휘말리게 하리라고는 전혀 상상하지 못했다.

히로코에게 정말 몹쓸 짓을 했다. 지금도 미안한 마음에는 변함이 없지만 나오토가 할 수 있는 일은 오직 한 가지, 히로코에게 다가가지 않는 것뿐이었다.

그 일로 많은 사람들이 힘든 시간을 보냈으나 가장 상처받은 사람은 미유키였다. 그리고 그 상처를 준 장본인은 나오토. 이 집은 자신 때문에 상처받은 미유키에게 바치는 사죄의 선물이었다.

다소 불편하더라도 콘크리트 상자 같은 아파트보다는 자연에 둘러싸인 환경이 미유키에게 도움이 되리라.

"엄마!"

두 사람의 다정한 모습에 질투가 나는지 하루토가 달려와 미유키에게 매달렸다.

"하루토, 그 손으로 엄마를 만지면 어떡해."

미유키가 사랑스러운 비명을 지르며 마당 여기저기로 도망치자 하루토가 깡총깡총 그 뒤를 쫓았다. 방금까지 흙을 만지고 놀아서 하루토의 손은 온통 흙투성이였다.

"여보, 웃지만 말고 좀 도와줘."

미유키가 도움을 요청하는 눈빛으로 나오토를 바라보았다. 어쩔 수 없이 나오토가 나섰다.

"하루토, 엄마를 괴롭히면 안 돼."

"그치만."

하루토는 동그란 눈으로 나오토를 바라보며 입술을 삐죽 내밀더니 볼을 빵빵하게 부풀리고는 몸을 배배 꼬았다. 이토록 사랑스러운 존재가 자기 의지로 움직이다니, 이게 기적이 아니면 무엇일까. 꼭 안아주고 싶은 마음을 억누르며 최대한 엄격한 목소리로 말했다.

"하루토는 남자잖아. 엄마는 여자니까 하루토가 지켜줘야 해. 알겠지?"

"네! 미안해요, 엄마."

하루토가 고개를 끄덕였다. '남자잖아'라는 말이 꽤 마음에 드는 모양이다. 아직 어린데도 남자다움에 대한 동경이 있는지 웬만한 일에는 '남자' 한마디면 곧바로 얌전해졌다.

그 말의 위력을 잘 활용한 덕에 이 집에 이사 온 뒤부터 하루토는 자기 방에서 혼자 잠을 자기 시작했다. 덕분에 나오토와 미유키도 오랜만에 부부만의 시간을 가질 수 있었다.

"우리 아들 정말 착하네. 자, 이제 손 씻자."

미유키가 나오토에게 슬쩍 미소를 건네고 수도꼭지가 있는 마당 한쪽으로 하루토를 데려갔다. 정원을 가꾸고 싶다는 미유키의 말에 화초에 물을 주는 용도로 만든 수도꼭지였다.

아직은 주변에 빈터뿐이지만 1년쯤 지나면 주택들이 들어서서 제법 마을 분위기가 날 것이다. 마당 너머 이웃과 인사를 나누고 이웃 꼬마들이 집 앞에서 뛰어놀면 사람 사는 냄새가 풍기리라. 나오토가 상상할 수 있는 가장 행복한 미래였다.

아름다운 아내, 사랑스러운 아이와 일요일 오후의 즐거운 한때를 보내고 있자니 가슴이 행복으로 벅차올랐다. 회사와는 좀 멀어졌지만 이 집으로 이사 오길 잘했다고 가슴 깊이 느꼈다.

강아지 집은 생각보다 금방 완성됐다. 목공 작업은 고등학교 기술 시간 이후로는 처음이었지만 그런 것치고는 스스로도 만족스러울 정도로 잘 만들었다. 이제 강아지 줄을 묶어둘 나무 말뚝만 박으면 끝이다.

마당 한쪽에 쌓여 있는 목재 중에 적당한 굵기를 하나 골라 땅에 세우고 체중을 실어 힘껏 눌러 박았다. 손을 떼어 보니 말뚝이 간신히 서 있을 정도로만 고정이 됐다. 공구 센터에서 사 온 커다란 망치로 나무 막대를 내리쳤다. 땅을 다진 지 얼마 안 돼서인지 한 번만 내리쳐도 수십 센티미터가 쑥 들어갔다.

어린 강아지를 매어두는 용도이니 이 정도면 충분하다. 너무 깊게 박으면 나중에 말뚝 위치를 옮기고 싶을 때 뽑기 어려울지도 모른다. 그래도 혹시 몰라 나오토는 한 번 더 망치를 내리쳤다.

나오토가 있는 힘껏 망치를 내리치자 둔탁한 소리가 뒤편 잡목림까지 울려 퍼졌다. 그때 미유키의 비명이 들렸다. 조금 전 하루토와 장난칠 때와는 전혀 다른 비명이었다.

나오토는 서둘러 소리가 난 방향으로 달려갔다.

"미유키!"

"여, 여보……."

그늘진 쪽에서 미유키가 뛰어나와 나오토의 품에 안겼다.

"왜 그래? 무슨 일이야?"

미유키는 고개를 돌리지도 못하고 덜덜 떨면서 등 뒤를 가리키며 속삭였다.

"도마뱀이 나왔어."

"도마뱀? 난 또 뭐라고. 깜짝 놀랐잖아."

맥이 빠진 나오토가 허탈한 웃음을 지었다.

"파충류는 정말 질색이란 말이야."

미유키가 멋쩍어하며 나오토의 팔에서 빠져나가 등을 돌렸다.

귀엽다. 도마뱀 정도로 이렇게 놀라다니. 새로운 곳에서 새롭게 시작해서인지 나오토는 신혼 시절로 돌아간 것처럼 미유키가 사랑스럽게 느껴졌다.

그때 나오토와 미유키 앞으로 하루토가 달려왔다.

"아빠……."

얼떨떨한 표정으로 하루토가 나오토를 올려다보며 손을 내밀었다. 하루토는 작은 주먹을 꼭 쥐고 있었다. 혹시 도마뱀을 잡았나 싶었지만 도마뱀 한 마리가 들어가기엔 하루토의 주먹은 너무 작다. 게다가 하루토한테 잡힐 만큼 둔한 도마뱀이 있을지도 의문이다.

"하루토, 손에 있는 게 뭐야?"

나오토가 묻자 하루토의 주먹이 천천히 열리더니 검고 짧은 끈 같은 물체가 나타났다. 고개를 갸웃하는 순간, 그 끈이 꿈틀하고 튀어 하루토의 손바닥을 벗어나 땅으로 떨어졌다.

"으악!"

미유키가 또다시 비명을 질렀다. 나오토도 잠깐 움찔했지만 곧바로 그게 도마뱀 꼬리임을 알아차렸다. 하루토에게 잡힌 도마뱀이 꼬리를 자르고 도망간 듯했다.

줄곧 도시의 아파트에서만 살았던 하루토에게는 도마뱀을 보는 일 자체가 처음이었을 테니 잘린 꼬리를 보고 놀랄 만했다. 어릴 적에 도마뱀을 자주 봤던 나오토 역시 오랫동안 자연과 떨어져 지내서인지 땅 위에서 버둥대는 검은 꼬리가 오싹할 정도로 낯설게 느껴졌다. 그러나 나오토는 이상하게도 그 검은 꼬리에서 눈을 뗄 수가 없었다. 어린 시절의 호기심이 되살아난 걸까? 자기도 모르게 그 섬뜩한 파편을 빤히 쳐다보고 있었다.

"이거 고장 난 거예요?"

몸에서 잘려 나온 채 버둥거리는 꼬리를 바라보면서 하루토가 신기하다는 듯 물었다.

"고장 난 게 아니야. 도마뱀은 적에게 공격을 받으면 스스로 꼬리를 잘라서 버리거든. 이렇게 꿈틀대는 꼬리에 적이 주의를 빼앗기면 그사이에 도망치는 거야."

"근데 꼬리가 없으면 큰일 나는 거 아니에요? 도마뱀이 자기 꼬리를 가지러 다시 올까요?"

아이의 귀여운 질문에 나오토는 웃음을 터뜨렸다.

"도마뱀 꼬리는 다시 자라거든. 그래서 이 꼬리는 이제 필요 없단다."

"꼬리가 다시 자란다고요? 엄청 신기해요!"

하루토의 눈이 반짝반짝 빛났다. 이제껏 몰랐던 세상을 발견한 환희로 빛나는 눈이다. 아이에게는 매일이 그런 즐거움의 연속일 것이다.

"그럼 이 꼬리에서도 도마뱀이 자라요?"

아이의 자유로운 상상력에 놀란 나오토는 말문이 막혔다. 어렸을 때는 어땠을지 몰라도 상식에 익숙해진 지금, 자신은 도저히 그런 발상을 할 수 없다는 사실이 어쩐지 분하기도 했다.

그래서인지 아주 작은 장난기가 일었다. 사랑스러운 아들의 호기심을 저버리고 싶지 않다는 마음도 있었다.

"맞아. 이 꼬리에서도 도마뱀이 자라나지."

"정말요?"

하루토가 들뜬 목소리로 물었다.

"아이참, 여보……."

말리는 아내에게 나오토는 한쪽 눈을 찡긋하며 신호를 보냈다. 미유키는 어이가 없다는 듯 고개를 절레절레 저었지만 더는 아무 말도 하지 않았다.

나오토는 그 자리에 쪼그려 앉아 아직도 땅 위에서 버둥거리는 도마뱀 꼬리를 주워 하루토의 손바닥에 올렸다.

"그런데 땅에 묻고 나서 물을 잘 줘야 해."

"아, 꽃씨를 심었을 때처럼요?"

예전에 미유키가 정원을 가꾸면서 얘기하는 걸 들은 모양이다. 하루토는 자기 나름대로 도마뱀의 구조를 이해한 듯했다. 미유키는 짓궂은 장난을 치는 나오토를 못마땅한 표정으로 바라봤지만 나오토는 웃으며 그런 미유키를 못 본 체했다. 악의 없는 장난이었다. 그때는 정말 그저 장난일 뿐이었다.

"응. 꽃이랑 똑같아."

나오토는 자신의 거짓말을 철석같이 믿는 아들이 너무나 귀여워서 꽉 안아주고 싶었다. 그런 나오토의 마음을 거부하듯 하루토는 몸을 빙 돌려 마당 구석으로 총총 뛰어갔다.

"아빠, 여기에 심어도 돼요? 여기는 햇볕도 잘 들잖아요."

하루토가 고개를 돌려 맑고 검은 눈동자로 나오토를 바라보았다. 이제 와서 장난이었다고 말하면 하루토가 크게 실망할 것이고, 어차피 얼마 안 가 잊을 거라는 생각에 웃으며 대답했다.

"응. 그러자."

하루토는 미유키가 화단을 만들 때 쓰려고 사둔 삽으로 땅을 파고서 여전히 꿈틀대는 도마뱀 꼬리를 묻었다. 작은 몸으로 커다란 물뿌리개를 안아 들고 물을 주기 시작했다.

"아, 아빠가 깜빡 잊고 있었네. 도마뱀 꼬리는 꽃씨하고는 달라. 물만 주는 게 아니라 주문을 외워야 해."

"주문이요?"

"응. '엘로힘 엣사임, 엘로힘 엣사임'*이라고 주문을 외워야 몸통이 자라난단다."

---

* '신이여, 나의 부름에 응하소서'라는 의미로, 프랑스 마법 서적에서 유래한 주문. 일본에서는 여러 매체에 자주 등장한다.

2

주말을 이토록 기다리기는 처음이었다. 새집으로 이사한 후 회사와 멀어져 일찍 나가고 늦게 들어오면서 집에서 지내는 시간이 많이 줄었다. 이삿짐 정리도 안 끝났는데 평일에는 도통 시간을 내기가 어려워서 마음이 조급했다.

고대하던 주말, 나오토가 커튼 틈으로 새어드는 빛에 눈을 떴을 때는 이미 점심 무렵이었다.

"일어났어? 너무 곤히 자서 못 깨웠어."

1층 거실로 내려가자 주방에서 미유키가 앞치마에 손을 닦으며 말을 건넸다.

"응, 괜찮아. 덕분에 잘 자서 개운해."

미유키는 부스스한 머리를 긁적이는 나오토를 웃으며 바라보았다.

"근사한 집, 고마워."

"새삼스럽게 무슨. 그런 말은 포치한테 듣고 싶었는데."

미유키가 빙긋 웃었다.

지인 집에서 데려온 강아지에게 포치라는 이름을 붙여주었다. 나오토가 어렸을 때 강아지 이름은 거의 존이나 포치였다. 언제나 강아지를 키우고 싶었지만 공동 주택에 살면서는 그 꿈을 이룰 수 없었다. 드디어 오랜 꿈이 이루어졌을 때, 나오토는 고민 없이 포치라는 이름을 떠올렸다. 그 포치를 위해 직접 톱질을 해 가며 열심히 집을 만들었는데…….

주말을 기다린 이유는 마당을 손질하고 목공을 하고 싶었기 때문이다. 강아지 집을 만들면서 나오토는 목공의 재미에 흠뻑 빠졌다. 안타깝게도 그때 만든 강아지 집은 한 번도 써먹지 못했지만.

포치만 밖에서 자는 건 불쌍하다며 하루토가 울어대는 통에 기껏 만든 강아지 집은 무용지물이 되었다.

치와와나 푸들 같은 소형견이면 몰라도 시바는 마당에서 기르는 개라고 생각했는데, 작고 동글동글한 강아지의 귀여움에 못 이겨 결국 집 안으로 들이기로 했다. 하긴 아직 어려서 집도 제대로 지키지 못할 것이다. 나오토는 그렇게 스스로를 위로할 수밖에 없었다.

"근데 포치랑 하루토는?"

무심코 건넨 질문에 미유키의 표정이 어두워졌다.

"여보, 할 말이 있는데……."

20

나오토는 미유키에게 떠밀려 유리문을 열고 마당으로 나왔다. 포치는 마당 구석에 앉아 있었다. 어린 강아지라 몸에 비해 머리통이 커서 저렇게 앉아 있으면 갈색 털 뭉치처럼 보였다.

포치 옆에 하루토가 이쪽을 등지고 쪼그려 앉아 있었다.

"하루토는 저기서 뭐 하는 거야?"

"당신이 괜히 이상한 얘기를 해서 그래. 진짜인 줄 안다고."

하루토는 마당 한구석, 조그맣게 흙을 쌓아 올린 곳을 향해 혀 짧은 소리로 "엘로힘 엣사임, 엘로힘 엣사임" 하고 연신 주문을 외고 있었다.

"설마…… 아직도?"

"그래. 매일 저렇게 물을 주면서 주문을 외워. 요즘 당신이 너무 바빠서 말할 시간이 없었어."

나오토가 완전히 잊고 있던 장난을 하루토는 여전히 믿고 있었다.

"하하하!"

웃음이 터졌다. 아들에게는 미안하지만 진지하게 주문을 외는 아이의 모습이 가슴 시릴 정도로 사랑스러웠다.

포치도 묘한 표정으로 하루토 옆에 앉아 있었다. 아직 어린데도 주인에게 충성을 다하는 충견의 기질이 엿보였다. 나오토는 포치의 그런 점이 마음에 들었다. 하루토의 뒤만 졸졸 따라다니고, 밥 줄 때 외에는 나오토가 불러도 모른 체할 정도였다.

아무래도 나오토와 미유키를 자기와 동등하거나 자기보다 아래 서열로 여기는 듯했다. 하긴 실질적으로 집에서 가장 발언권이 강한 사람은 하루토이니 서열을 파악하는 포치의 안목은 정확한 셈이다.

"아빠, 안녕히 주무셨어요?"

나오토와 미유키의 목소리를 들었는지 하루토가 돌아보더니 날아갈듯 달려왔다. 하루토 곁에서 포치가 너무 바짝 붙어서 달려와서 혹여 하루토가 발에 걸려 넘어지지 않을까 조마조마했다.

나오토가 저도 모르게 팔을 뻗자 하루토가 나오토의 품으로 뛰어들었다. 그대로 안아 들자 하루토는 발을 비벼 운동화를 벗어 던졌다. 포치는 신이 나서 하루토의 운동화를 가지고 놀았다.

"있잖아요, 아빠. 이제 도마뱀이 자랐을까요?"

품에 안겨 진지한 표정으로 묻는 하루토를 보자 나오토는 살짝 양심의 가책을 느꼈다. 마냥 웃고 있을 수만은 없었다. 미유키에게 도와달라는 눈빛을 보냈지만 미유키는 어쩔 줄 몰라 하는 나오토를 곁눈으로 보면서 어깨를 들썩이며 웃음을 참고 있었다. 나오토는 짐짓 진지하게 눈썹을 모으며 말했다.

"글쎄…… 나중에 아빠랑 같이 확인해보자."

가벼운 식사를 마친 후에도 목공을 할 여유는 없었다. 나오토는 오후 내내 한 손에 하루토의 곤충채집망을 들고 숲을 누벼야 했다.

후텁지근한 풀숲을 헤매느라 얼굴이 땀범벅이 되었다. 나오토는 풀과 나뭇가지에 팔이 쓸리는 것도 개의치 않고 도마뱀을 찾아 헤맸다. 수십 년 만에 해보는 이런 일들에 묘하게 마음이 설렜다.

아직 원시림이 남아 있는 뒷산에서 산짐승이 다니는 길을 한 시간쯤 더듬어 간신히 도마뱀을 잡는 데 성공했다. 채집망으로 잡은 도마뱀이 꼬리를 자르고 도망가지 못하게 주의를 기울이면서 나오토는 하루토의 눈을 피해 도마뱀을 마당 한구석에 묻었다.

"하루토, 도마뱀이 자랐는지 한번 볼까?"

손에 묻은 흙을 털어내고 하루토를 부르자 집 안에 있던 하루토가 환호하며 포치와 함께 뛰어나왔다. 아이가 기뻐하는 모습을 보고 싶었다. 설령 진실이 아니더라도 하루토가 기뻐한다면 꼬리에서 도마뱀이 자라났다고 믿게 해주고 싶었다.

"자, 땅을 파보자. 근데 도마뱀이 다칠 수도 있으니까 삽으로 하지 말고 손으로 살살."

"네!"

하루토는 긴장한 표정으로 고개를 끄덕이고 봉긋하게 올라온 흙더미를 손으로 파내기 시작했다. 그 옆에서 포치가 이리저리 뛰며 흥분을 감추지 못했다. 동물의 본능으로 흙 속에 생명체가 있다는 걸 느끼는 듯했다.

"엘로힘 엣사임, 엘로힘 엣사임. 아빠도 같이 외워줘요."

"아, 알겠어. 엘로힘 엣사임, 엘로힘 엣사임."

대충 둘러댄 주문이었는데 기억을 더듬어보니 예전에 봤던 영화에서 주술로 죽은 사람을 살려낼 때 외우던 주문이었다.

어린 아들과 그런 주문을 함께 왼다는 게 약간 꺼림칙했지만 딱히 걱정할 필요는 없었다. 흙 속에는 아까 나오토가 잡아 온 도마뱀이 묻혀 있을 뿐이니까.

하루토는 주문을 외면서 조금씩 흙을 파서 옮겼다. 그 아래 묻혀 있는 것이 다치지 않게 주의하는 아주 신중한 손짓이었다.

"우와!"

마침내 하루토가 환호를 터뜨렸고 나오토는 안심했다. 흙에서 검은 덩어리가 기어 나오더니 나오토의 발밑을 맹렬한 속도로 빠져나갔다. 포치가 사냥개처럼 용감하게 으르렁대며 도마뱀을 쫓아갔지만 도마뱀은 쏜살같이 풀숲에 몸을 숨겼다.

"아빠, 대단해요! 정말 도마뱀이 자랐어요."

하루토가 하얗고 부드러운 뺨을 붉히며 풀숲에서 도마뱀을 찾아다니는 포치의 뒤를 쫓았다.

"하루토, 넘어지지 않게 조심해."

나오토는 습관처럼 당부를 건네며 이상하게도 죄책감을 느꼈다. 정말 주술을 사용해 도마뱀을 살려낸 것처럼, 해서는 안 될 짓을 저지른 게 아닐까 하는 후회와 오싹한 느낌이 온몸에 번졌다.

○

3

　새집에서 몇 개월을 지내며 어느 때보다 계절의 변화를 가까이 느낄 수 있었다. 날이 더워지고 녹음이 짙어지는 더위의 최고조를 지나자 단풍이 서서히 뒷산을 뒤덮으며 가을의 방문을 알리더니 그 화려했던 단풍도 어느덧 다 떨어지고 요즘에는 때때로 진눈깨비가 날렸다.

　도심 한복판에 있는 회사에 다니지만 자연을 가까이 두고 생활해서인지 기분이 늘 상쾌했다. 긴 통근 시간에도 익숙해져서 오히려 여유롭게 느껴졌다.

　나오토가 사는 곳은 전철이 출발하는 역이라 아침에는 느긋하게 앉아서 갈 수 있고 저녁 퇴근길에도 절반 정도 지나면 전철 안이 텅 비었다. 부족한 잠은 전철에서 보충했다. 무엇보다 자기 집이 있다는 사실이 큰 만족감을 줬다. 대출을 받긴 했으나 내

집이라는 사실에는 변함이 없었다.

그리고 그 집에 나오토를 기다리는 가족이 있다. 미유키와 하루토가 매일 나오토를 따뜻하게 맞아줬다. 비록 출퇴근 시간에 하루토는 자고 있을 때가 많아서 거의 자는 얼굴밖에 보지 못했지만 나오토는 이 생활이 만족스러웠다.

퇴근을 하면 포치가 자기 주인을 대신해 나오토를 맞이했다. 처음 집에 데려왔을 때는 정말 조그마했는데 두세 달 만에 훌쩍 몸집이 커졌다. 아직 전체적으로 성견보다 조금 작다는 점만이 포치가 아직 강아지임을 보여주고 있었다.

나오토가 만든 강아지 집은 결국 한 번도 사용되지 못한 채 마당 한구석에 그대로 방치되었다. 포치를 묶어두려고 박아둔 나무 말뚝도 그대로였다. 그것들은 이미 집 안을 휘젓고 다니는 데 익숙해진 포치에게 전혀 필요치 않았다.

미유키도 요즘 몸이 많이 좋아진 것 같았다. 깨끗한 공기와 쾌적한 주거 환경이 도움이 되었을 것이다. 모든 것이 순조로웠다. 그날 회사에서 한 통의 전화를 받기 전까지는……

접수처 직원이 내선 전화로 '경찰서에서 전화가 왔다'고 하길래 의아해하며 외선을 연결했다.

"전화 바꿨습니다. 이하라 나오토입니다."

"아내분이…….."

경찰이라며 이름을 대는 남성의 목소리에 다급함은 없었다. 꺼내기 어려운 말을 전해야 하는 사람의 난처함만 담겨 있었다.

나오토는 전화를 끊자마자 회사를 뛰쳐나왔다. 집이 이토록 멀게 느껴지기는 처음이었다. 전철은 지독하게 천천히 움직여서 멈춰 있는 것만 같았다.

나오토는 전화로 들은 말을 몇 번이고 되뇌었다.

"아내분이 졸음운전을 하던 트럭에 치여 돌아가셨습니다."

집에서 가까운 경찰서로 달려갔다. 왜 병원이 아니라 경찰서 인가. 그 사실이 나오토를 절망케 했다. 나오토는 경찰서 안 의무 실로 안내받았다. 복도 의자에 나오토의 어머니 요리코가 앉아 있었다.

"미유키는요?"

"하루토가 안에서 기다린다."

나오토의 질문에 대답하지 않고 요리코는 기운 없이 속삭이 며 의무실 문을 열었다. 침대 위에 하루토가 누워 있고 침대 옆 에 미유키의 부모님과 나오토의 아버지 슈지가 서 있었다.

"나오토……."

미유키의 어머니는 나오토의 얼굴을 보자마자 그 자리에 울 면서 쓰러졌다. 새하얗고 싸늘한 의무실 안에 흐느낌만 울려 퍼 졌다.

그러나 지금 나오토에게 장모를 신경 쓸 겨를 따위는 없었다.

"하루토!"

하루토는 침대에 매달리며 울부짖는 나오토를 말없이 바라보 았다. 잠이 들진 않았던 모양이다.

"하루토는 괜찮아. 기적처럼 상처 하나 없어. 그런데 충격 때 문인지 아까부터 한마디도 하지 않고 잠도 자지 않아."

요리코의 말을 듣자 멈췄던 심장이 다시 세차게 움직이며 온몸에 피가 돌기 시작했다. 손끝이 저릴 만큼 뜨거워졌다. 하지만 나오토를 바라보는 하루토의 눈동자에서는 아무런 감정도 느껴지지 않았다.

미유키의 사고 광경을 바로 앞에서 목격하고 엄청난 충격을 받은 걸까? 나오토는 온몸에서 힘이 빠졌다.

"미유키는? 미유키는 어디 있어요?"

나오토가 묻자 모두 일제히 나오토의 눈을 피하며 침통한 표정으로 고개를 떨궜다. 마치 그 순간을 기다렸다는 듯이 문 쪽에 서 있던 하얀 가운 차림의 남자가 입을 뗐다.

"남편분이신가요? 삼가 고인의……."

남자가 입안에서 우물대듯 중얼거리더니 어색하게 고개를 숙였다. 그 옆에서 꼿꼿한 자세로 서 있던 제복 차림 경찰이 말을 이었다.

"아내분은 지하에 계십니다. 확인하시겠습니까?"

나오토는 말없이 고개를 끄덕였다. 조금 전 격하게 뛰기 시작한 심장이 다시 움츠러들며 온몸이 순식간에 차가워졌다.

미유키의 부모와 요리코는 하루토 곁에 남았다. 미유키 모습을 다시 볼 자신이 없어서였다.

나오토는 아버지와 하얀 가운 차림의 남자, 경찰을 따라 엘리베이터를 타고 지하 2층으로 향했다. 아무도 입을 떼지 않는다. 무거운 침묵이 나오토의 심장을 짓눌렀다. 산소가 부족한 것처럼 숨쉬기가 힘들었다.

"즉사였다는구나. 고통스럽지 않게 떠난 게 그나마 다행이지. 근데 지금 상태가 좀 끔찍해서……."

엘리베이터에서 내려 지하의 삭막한 복도를 걸으며 겨우 입을 연 나오토의 아버지 슈지가 말끝을 흐렸다.

미유키는 장을 보고 돌아오는 길에 졸음운전을 하던 트럭에 치였다고 한다. 그런데 운전사가 브레이크를 밟은 흔적이 전혀 없다고 했다. 브레이크는커녕 내리막길에서 가속이 붙은 커다란 트럭이 미유키를 그대로 덮쳐버린 것이다.

미유키가 하루토를 밀쳐냈는지 하루토는 기적처럼 전혀 다치지 않았다.

"여기입니다."

앞서 걷던 하얀 가운 차림의 남자가 걸음을 멈추고 문을 연 순간, 냉장고를 열었을 때처럼 차가운 공기가 쏟아져 나와 나오토를 발끝까지 집어삼켰다.

남자의 어깨 너머로 하얀 천을 덮은 미유키 같은 존재가 보였다. 머리맡에는 향이 피워져 있었다. 콘크리트가 그대로 드러난 싸늘한 공간과 향이라는 기묘한 부조화가 위화감을 불러일으켰다.

"이쪽입니다."

온몸이 굳어 도저히 발이 떨어지지 않았다.

"못 보겠어요."

나오토는 고개를 저었다. 오늘 아침 웃는 얼굴로 나오토를 배웅한 미유키가 어두컴컴하고 차가운 곳에 누워 있었다. 하얀 천

아래 있을 미유키의 비참한 모습을 확인하고 싶지 않았다.

"그래. 무리해서 볼 필요 없어. 아름다웠던 모습으로 기억 속에 간직하면 되지."

슈지가 나오토의 어깨에 손을 얹었다. 몸이 차갑게 식은 탓인지 손의 체온이 코트 위로도 느껴졌다.

"이미 확인은 끝났습니다. 지문도 대조했으니 남편분이 다시 신원을 확인하실 필요는 없습니다."

경찰도 다소 안심한 듯했다. 내심 나오토에게 미유키의 상태를 보여주고 싶지 않았는지도 모른다.

"이제 장례 업체에 맡기면 돼. 어서 하루토한테 가보자. 눈앞에서 엄마가 죽는 장면을 봤으니 애가 충격이 컸을 거다."

슈지에게 떠밀리는 자세로 멈춰 서서 영안실에 들어가지도 자리를 떠나지도 못하는 나오토 뒤편으로 문이 살짝 삐걱대며 열렸다. 신경을 긁는 듯 삐걱거리는 소리가 나오토에게는 신음소리처럼 들렸다. 기분 탓이 아니었다. 미유키가 고통스럽게 신음하는 소리였다.

"아니야. 미유키는 죽지 않았어."

나오토의 말에 모두의 얼굴이 어두워졌다. 하얀 가운을 입은 남자가 나오토를 달래듯 말했다.

"안타깝지만 아내분은 돌아가셨습니다."

"거짓말이야. 내가 분명 목소리를 들었어. 당신 제대로 치료한 거 맞아? 왜 병원에 데려가지 않았지? 느닷없이 경찰서 영안실이라니 이상하잖아!"

"나오토! 진정해. 미유키는 죽었어."

슈지가 나오토의 어깨를 안으며 다독였다.

"거짓말, 다 거짓말이야! 지금 분명히 들었어. 미유키의 목소리가 들렸다고."

나오토는 아버지의 팔을 뿌리치며 경찰을 제치고 영안실 안으로 걸음을 옮겼다. 아무도 말리려고 하지 않았다. 나오토는 사실 누군가 말려주기를 바랐는지도 모른다. 몸이 뻣뻣하게 굳어 녹슨 기계처럼 삐걱거렸다.

"미유키, 얼른 집에 가자. 우리 집에 가자."

목소리가 떨렸다. 손을 뻗어 하얀 천을 단숨에 걷어냈다.

"아아, 미유키……."

정신을 잃기 직전 나오토의 눈에 들어온 것은 사랑스러운 아내가 아니라 그저 검붉은 고깃덩어리였다.

○

4

"아, 춥다. 추워."

나오토의 어머니 요리코가 두 손을 비비며 거실에 있는 석유
난로에 불을 붙였다. 동시에 불쾌한 냄새가 실내에 퍼졌다. 나오
토는 등유 냄새가 영 거북했지만 가스난로나 온풍기보다 비용이
덜 든다는 미유키의 고집으로 올겨울부터 사용하기 시작했다.
사실 아파트에서 지낼 때는 사용하고 싶어도 사용할 수 없었다.

거슬리는 등유 냄새조차 미유키와의 추억을 불러와 나오토의
가슴을 날카롭게 찔렀다.

눈을 감으면 영안실에 누워 있던 미유키의 모습이 떠올랐다.
마음이 아프다는 감각을 넘어, 도저히 그것이 미유키라는 사실
이 믿기지 않았다. 이는 미유키의 죽음을 믿을 수 없다는 의미이
기도 했다. 받아들여야 한다는 건 알고 있었다. 경찰이 지문까지

확인했다고 했다.

우선은 장례식 준비도 해야 했기에 나오토는 장인 장모와 경찰서에서 헤어진 뒤 부모님, 하루토와 함께 집으로 돌아왔지만 시간이 지나도 여전히 방전 상태였다.

행복의 절정에서 갑자기 발밑에 구멍이 뚫리면서 나락으로 떨어진 기분이었다. 머릿속이 마비되어 아무 생각도 할 수가 없었다.

그런 나오토와는 대조적으로, 요리코는 잠시도 가만히 있고 싶지 않은 듯 쉴 새 없이 움직이며 어질러진 집을 정리했다.

미유키도 그랬다. 하지만 미유키가 아무리 열심히 치워도 하루토가 순식간에 다시 난장판을 만들었기 때문에 처음에는 정리에 열을 올리던 미유키도 어느 정도 포기하게 된 참이었다.

지나치게 예민한 성격의 미유키가 정신없이 어질러진 방에 태연하게 앉아 있는 모습을 보면 나오토는 묘한 안도감을 느꼈다. 지극히 평범한 행복이었다. 앞으로 이 집에서 몇십 년간 대출을 갚아나가며 하루토가 자라는 모습을 미유키와 함께 지켜보고 싶었다.

장난감이 여기저기 널브러진 방을 보자 끔찍한 사고가 마치 거짓말처럼 느껴졌다. 어질러진 채 그대로 두고 싶었다.

"그대로 두세요. 정리하지 말고……."

나오토는 소파에 앉아 혼잣말처럼 중얼거렸다. 한없이 무거운 몸을 쿠션 깊숙이 파묻었다.

요리코는 나오토의 말을 흘려들으며 손을 멈추지 않았다. 미유키의 죽음이라는 충격에서 눈을 돌리기 위해서라도 일상에 집중하는 듯했다. 나오토도 요리코의 그런 마음을 모르는 바는 아니었다.

더 말하지 않고 가만히 시선을 마당으로 옮겼다. 밖이 완전히 어두워져 숲과 하늘의 경계는 어둠의 농도 차이로 겨우 알 수 있었다. 세찬 바람에 숲을 가득 메운 나뭇잎 그림자가 흔들렸다. 전깃줄을 가르며 울려대는 바람 소리가 집 안에서도 또렷하게 들렸다. 누군가의 비명 같은 바람 소리였다.

"이제 커튼 닫자."

요리코가 나오토의 시선을 막듯이 커튼을 잡아끌었다. 나오토는 폭신한 솜뭉치처럼 감미로운 어둠 속에 있다가 갑자기 형광등 불빛이 번쩍이는 생생한 현실로 끌려왔다.

"이러고 있으면 어쩌니. 하루토를 생각해서라도 네가 정신을 똑바로 차려야지."

요리코는 2층 쪽으로 시선을 돌렸다. 슈지가 하루토를 2층 방으로 데려갔을 것이다. 경찰서에서 돌아온 뒤에도 하루토는 한 번도 입을 열지 않았다. 엄마의 죽음을 바로 앞에서 목격했으니 충격이 클 것이다. 정신을 차려야 한다. 나오토에게는 이제 하루토밖에 없다.

"하루토……."

나오토는 휘청대며 일어나 2층으로 걸음을 옮겼다. 상처받은 주인을 지키기라도 하는지 하루토의 방문 앞에는 포치가 꼼짝도 안 하고 앉아 있었다. 나오토는 포치를 밀어내고 방문을 열었다.

"아, 나오토. 몸은 좀 괜찮아졌니?"

슈지가 안도한 말투로 물었다.

"네. 괜찮아요. 하루토는요?"

침대에 앉아 있던 하루토가 초점 없는 눈을 나오토에게 돌렸지만 그 시선은 나오토 너머 먼 곳을 응시하고 있었다.

"하루토는 계속 이런 상태다."

슈지는 주름이 깊게 팬 얼굴을 일그러트리며 말했다.

하루토는 아직 유치원생이다. 무슨 일이 일어났는지 제대로 이해했을까? 이해할 수 없기에 충격이 더 컸을지도 모른다.

"하루토, 조금 자고 일어나자."

나오토가 하루토의 머리를 부드럽게 쓰다듬었다. 그러자 하루토가 느닷없이 침대에서 내려와 나오토를 지나쳐 방 밖으로 달려나갔다.

"하루토!"

나오토는 반사적으로 하루토의 뒤를 쫓았다. 요리코가 계단 아래서 걱정스러운 표정으로 서 있었다.

"무슨 일이니? 하루토가 쏜살같이 뛰어가던데."

"아무 일도 아니에요. 데려올 테니 걱정하지 마세요. 두 분은 안에서 쉬고 계세요."

나오토는 신발을 대충 구겨 신고 밖으로 나갔다. 애써 찾을 필요도 없었다. 하루토는 어두운 마당 한구석을 바라보며 오도카니 서 있었다.

"하루토, 거기서 뭐 해? 감기 걸리니까 안으로 들어가자."

하루토가 갑자기 또 뛰어갈까 봐 조심스레 걸음을 옮겼지만 쓸데없는 걱정이었다. 나오토가 어깨에 손을 올리자 하루토는 천천히 뒤를 돌며 동그란 눈으로 나오토를 바라보았다. 엄마의 죽음에 충격을 받은 눈빛이 아니었다. 나오토는 그 눈빛의 의미를 이해할 수 없었다. 그저 불길함만이 바람에 흔들리는 나뭇가지처럼 마음 깊은 곳에서 요동쳤다.

스산한 바람이 발밑에서 불어왔다. 산을 깎아 만든 택지에 시커멓고 거대한 산 그림자가 드리웠다. 숲 전체가 흔들리자 정체를 알 수 없는 커다란 생물체처럼 보였다.

"하루토는 남자잖아. 할아버지랑 할머니를 걱정시키면 안 되지."

나오토가 자기 안의 불안을 달래듯이 말하자 하루토가 오늘 처음으로 입을 열었다.

"아빠."

나오토는 마른침을 삼키며 아들의 다음 말을 기다렸지만 하루토는 손만 쑥 내밀었다. 머릿속에서 하얀 섬광이 번득이며 강렬한 기시감이 파도처럼 밀려왔다.

하루토는 주먹을 꽉 쥐고 있었다. 그러고 보니 하루토는 경찰서에서부터 내내 손을 움켜쥐고 있었다. 충격 때문이려니 싶어 대수롭지 않게 여겼다. 정확히는, 나오토 자신이 너무 큰 충격을 받아서 하루토에게 신경 쓸 여유가 없었다.

하루토가 손에 무언가를 꼭 쥐고 있다.

"뭐야? 아빠한테 뭔지 보여줄래?

"아빠, 손가락이 안 펴져요."

하루토는 다섯 살답지 않은 어른스러운 표정으로 고개를 저었다. 한참 동안 손끝이 하얗게 될 만큼 세게 쥐고 있어서 손가락이 굳은 듯했다. 도대체 무엇을 이토록 소중하게 쥐고 있을까?

엄지, 검지, 중지……

마당에 등이 있었지만 주변은 어두컴컴했다. 손끝에 전해지는 감촉이 나오토를 점점 더 긴장시켰다. 하루토의 손바닥은 축축하게 젖어 있었다. 물이나 땀이 아니라 거무죽죽하고 끈적거리는 액체였다.

약지, 새끼손가락……

간신히 손가락을 다 펴자 그것이 나타났다. 희미하게 떨리는 조그마한 손바닥 위에 손가락이 있었다. 첫 번째 관절과 두 번째 관절 사이를 강한 힘으로 비틀어 끊어낸 것 같은 형태였다.

"이건…… 엄마의 손가락이니?"

하루토가 살짝 고개를 끄덕였다.

나오토가 애써 지우려 했던 그 모습, 경찰서 영안실에서 본 미유키의, 아니 다른 이들이 미유키라고 말하던 그것의 모습이 머릿속에 되살아났다. 팔다리가 전부 떨어져나가 마치 조립 전의 장난감처럼 영안실 침대에 누워 있던 미유키…….

손가락 하나쯤 사라진들 아무도 알아챌 수 없었을 것이다. 그 조각 중 하나가 여기에 있다.

사고로 잘린 손가락을 하루토가 주워 온 듯했다. 피범벅이었으나 자세히 보니 마당 불빛에 손톱이 반짝였다. 미유키는 하루토가 태어난 후로 매니큐어는 바르지 않았지만 깨끗한 손톱이 좋다며 종종 손톱을 다듬곤 했다.

입술을 살짝 모으고 진지한 표정으로 손톱을 다듬는 미유키의 모습이 떠올라 또다시 감정의 빗장이 풀려버릴 것만 같았다.

"아빠, 이거 묻어도 돼요?"

하루토의 목소리에 번뜩 정신이 돌아왔다.

"뭐라고?"

"엄마 손가락을 땅에 묻고 싶어요. 내가 매일 물도 주고 주문도 열심히 외울게요. 괜찮죠? 엄마 손가락 마당에 묻어도 되죠?"

조금 전 기시감의 원인을 깨달았다. 도마뱀. 이사 온 지 얼마 안 됐을 무렵, 일요일 오후 하루토가 도마뱀 꼬리를 가져와 마당에 묻었을 때 느꼈던 오싹함이 생생하게 되살아났다.

"아빠, 그래도 되죠?"

누군가의 죽음을 완전히 이해하기엔 너무 어린 아들이 새카만 눈동자로 나오토를 보며 애원했다. 그 발밑에서 주인을 거들듯이 포치까지 꼬리를 힘껏 흔들며 나오토를 빤히 보고 있었다.

"아…… 아아……."

목이 갈라져 공기가 새는 듯한 목소리로 나오토가 말했다.

"그래. 엄마를 묻어주자."

어둡게 가라앉았던 하루토의 얼굴이 환해졌다. "네!" 하고 고개를 크게 끄덕이고는 마당 한구석에 쪼그려 앉더니 미유키가 사둔 삽으로 구멍을 팠다. 어린 마음에도 도마뱀을 묻을 때보다 크게 파야 한다고 생각했는지 구멍을 깊게 깊게 계속 팠다.

그 주변을 포치가 뛰어다녔다. 얼핏 흙장난을 하는 것처럼 보였지만 지금 하루토가 묻으려는 건 죽은 엄마의 손가락이다. 무덤을 만드는 것이 아니라 죽은 엄마를 되살리기 위해……

손발이 움츠러들 만큼 추운 밤인데도 눈앞의 광경이 아지랑이처럼 흔들렸다. 말려야 한다. 말도 안 되는 일이다. 나오토는 하루토를 막아야 한다는 걸 알면서도 움직이지 못했다.

미유키가 살아 돌아오기를 바라는 자신의 마음을 억누를 수 없었다. 설령 현실이 아니더라도…….

"아빠."

하루토가 흙투성이 손으로 나오토의 손을 잡았다. 나오토의 손에 묻은 흙이 나오토도 공범이라고 말하는 듯했다.

마당 한구석 땅이 살짝 봉긋하게 올라왔다. 새로 파낸 검고 축축한 흙 때문에 더 불길한 표식처럼 보였다. 평범한 풍경에 그 표식이 선명하게 떠 있었다.

나오토는 그 자리를 내려다보며 되돌아갈 수 없는 어두운 길에 들어섰음을 깨달았다.

5

"데스크에서 이동 401······ 데스크에서 이동 401."

신호가 바뀌기를 기다리고 있는데 랜드로버 대시보드 위에 있는 무전기에서 잡음 섞인 음성이 흘러나온다. 사건이다. 긴박함이 전해진다. 구라사와 히로코는 서둘러 무전기를 들었다.

"네. 이동 401입니다."

"나다. 현 지점, 취급 여부, 오버."

무전기 속 목소리가 살짝 부드러워지는가 싶더니 금세 사무적인 말투로 돌아왔다. 볕에 그을린 구사마 에지의 부처 같은 얼굴이 머릿속에 떠올랐다. 히로코라는 걸 뻔히 알 텐데 구사마는 착실하게 번호를 댔다. 묘하게 성실한 구석이 있는 남자다.

"현 지점 호난도리 시미즈 교차점 부근, 취급 없음, 오버."

히로코도 사무적으로 응답했다. 취급 여부는 현재 취재 중인지 확인하는 것으로, '취급 중'이라고 하면 일을 하고 있다는 의미다. 오전에 기치조지에 있는 인기 카페를 취재하고 돌아오는 길이라 마침 '취급 없음' 상태였다.

사실 무전기에는 위치 정보 시스템이 있어서 데스크에서는 히로코의 위치를 알 수 있다. 그런데 어째서 매번 위치를 묻는지, 형식을 중시하는 방송국이라는 곳이 새삼 답답하게 느껴졌다.

"도겐자카 교차점 부근 청소년 집단 난투극. 급히 취재 바란다."

구사마의 목소리에서 다시 한번 긴박감이 전해졌다. 난투극 이라는 말을 들으니 겁나기는커녕 아드레날린이 솟구쳤다. 이 일을 시작한 지도 3년, 이제 사건 사냥꾼이 다 됐다.

"알겠습니다. 바로 가겠습니다."

"의욕이 넘치는 건 좋은데 너무 무리하지는 마."

대답도 하기 전에 무선이 끊기자 히로코는 씁쓸하게 웃었다. 구사마는 히로코를 늘 어린아이 취급했지만 사실 평범한 회사원 이던 히로코를 이 세계로 데려온 장본인이었다.

어느새 신호가 파란불로 바뀌어 있었다. 서둘러 차를 움직였 다. 도겐자카 교차점은 여기서 멀지 않았다. 야마테도리도 한산 한 시간대였다. 그런데 교차점에서 왼쪽으로 돌자마자 갑자기 차가 막혔다. 히로코는 거침없이 옆 차선으로 비집고 들어갔다.

인파가 보이기 시작했다. 구경꾼들이 큰길을 완전히 막고 현 장 주변을 둘러싸고 있었다. 아직은 근처에 있던 교통 경찰만 출 동했는지 경찰은 두 명뿐이었다.

경찰들은 소년들의 기세에 눌려 그저 구경꾼들을 통제하며 싸움판을 지켜보고 있었다. 경찰서에서 지원 인력이 나오면 금세 정리가 될 테니 어떻게든 그 전에 취재를 해야 했다.

길옆에 차를 세운 히로코는 조수석에서 커다란 소니 비디오 카메라를 집어 들었다. 요즘은 아무도 쓰지 않는 구형 모델로, 거의 화석 같은 녀석이다. 무게도 엄청나서 배터리를 포함하면 5킬로그램이 족히 넘는다. 처음에는 한 손으로 들지도 못했다. 그래도 시간이 지나니 가뿐할 정도는 아니지만 그리 힘들지 않았다. 오히려 이 카메라를 어깨에 메면 그 묵직함이 사건 현장의 긴장과 불안을 누그러뜨려줬다.

소동이 끝나기 전에 서둘러야 한다. 카메라를 어깨에 메고 차에서 내린 히로코는 구경꾼을 제치며 앞으로 나아갔다. 짧은 커트 머리가 건조한 바람에 휘날렸다.

목덜미까지 문신을 새기거나 금발로 염색한 소년들 수십 명이 큰길을 막고 싸움판을 벌이고 있었다. 저마다 손에는 목도며 금속 배트를 들고 있었다.

히로코는 카메라 파인더를 보면서 소년들의 모습을 찍었다. 몇 명은 이미 피를 흘리며 길 한가운데에 쪼그려 앉아 있고 다른 소년들은 구경꾼들의 선동과 야유 속에서 마치 링에 오른 격투기 선수나 무대에 선 예술가라도 된 양 한껏 흥분한 표정으로 치고받는 데 여념이 없었다.

그들의 눈에서 공포나 증오는 느껴지지 않았다. 사람들에게 주목받는 것이 짜릿할 뿐이다. 갈 곳 없는 분노의 표출 따위가 아니라 단순히 이 순간을 즐기고 있었다.

히로코는 길 한복판으로 걸어나가며 소년들의 표정을 집중적으로 찍었다. 그들의 날뛰는 모습을 대중에게 고스란히 전하고 싶지만 방송에서는 모자이크 처리가 될 것이다. 그 점이 아쉬울 따름이다.

"이봐요, 위험해요!"

경찰이 달려오며 히로코를 저지했다. 요즘에는 휴대폰 카메라로 촬영하는 구경꾼이 많아서 그들과 같은 거리에서 찍은 영상은 현장감도 없고 상품 가치도 없다. 프로의 자존심이 걸려있다. 히로코는 경찰을 뿌리치고 소년들의 난투 현장으로 들어갔다.

십여 분에 걸쳐 이어진 난투로 아이들은 이미 지칠 대로 지쳐 있었다. 이제는 이 상황을 종료할 핑계를 찾는 눈치였다. 하지만 구경꾼들이 그것을 허락하지 않았다.

"뭐야, 벌써 끝이냐? 근성도 없는 것들."

"방송국 카메라도 왔는데 좀 더 화려하게 싸워봐!"

"그냥 다 죽여라!"

힘이 빠진 소년들에게 구경꾼들이 소리쳤다. 반사적으로 소리가 난 쪽으로 카메라를 돌렸지만 인파 속에서 누가 그런 말을 했는지는 찾을 수 없었다. 다들 얼굴에 희미한 웃음을 띠고 있었다.

몰지각한 소리를 내뱉은 주인공의 낯짝을 전국에 보여주고 싶지만 그럴 수는 없었다. 보도라는 대의명분이 있다고는 하나 사실 히로코도 휴대폰을 든 구경꾼들과 별반 다르지 않았다.

갑자기 뒤쪽에서 기척이 느껴져 카메라를 돌리자 어깨를 들썩이며 숨을 몰아쉬는 소년의 번쩍이는 눈이 보였다. 눈에 띄고 싶다. 주목받고 싶다. 그 강렬한 마음이 넘지 말아야 할 선을 넘도록 부추기는 듯했다.

"찍지 마! 카메라 치워!"

눈썹을 모조리 밀어버린 소년이 고함을 지르며 히로코를 향해 배트를 치켜들었다. 어느새 히로코는 길 한가운데까지 나와 있었다. 줌으로 촬영하는 것보다 가까이에서 광각으로 찍어야 훨씬 박력 있는 영상이 나온다. 다른 카메라맨보다 한 발 더 피사체에 가까이 가려는 습관 탓에 어느새 소동의 중심부까지 들어온 것이다.

"당장 치우라고! 내 말 안 들려?"

소년은 스스로를 고무하려는 듯 다시 한번 목소리를 높였다. 치켜든 배트에 순간 겁이 났지만 히로코는 파인더를 들여다봤다. '내게는 진실을 기록할 사명이 있다. 나는 사명을 가진 카메라맨이다'라고 생각하면 용기와 힘이 솟아났다.

신참 때 구사마에게 들었던 말이다. 사건 현장에 달려갈 때마다 히로코는 이 말을 마음속으로 되뇌었다.

구경꾼들이 야유하며 부추겼다. 소년의 얼굴을 클로즈업했다. 가까이에서 보니 앳되고 귀여운 얼굴이다. 히로코는 정면으로 카메라 렌즈를 들이댔다.

검객이 날카롭게 노려보면 상대는 그 눈빛에 다리가 굳어 움직이지 못한다는 말이 있다. 가녀린 히로코에게 검객 같은 힘은 없었다. 그러나 카메라의 커다란 렌즈는 히로코의 눈이 뿜어내는 힘을 몇 배, 아니 몇십 배나 강하게 만들었다. 렌즈 앞에 선 소년은 소리만 지를 뿐 배트를 휘두르지는 못했다.

그때 경찰차 사이렌 소리가 점점 가까워졌다. 위험해. 도망가자. 소년들은 오토바이와 차에 뛰어올라 구경꾼들을 헤치며 도망쳤다.

소동의 한복판에서 히로코는 카메라를 멘 채 멍하니 서 있었다. 공포로 몸이 얼어붙었다. 카메라 전원을 끄자 갑자기 카메라가 너무나 무겁게 느껴졌다. 카메라를 몸 옆으로 축 늘어뜨리고 크게 심호흡했다.

○

6

히로코는 열려 있는 문으로 도호 방송국 보도국 사무실에 들어섰다. 넓은 사무실은 큰 소리로 외치며 이리저리 뛰어다니는 사람들로 정신없이 복잡했다. 일각을 다투는 보도의 세계에는 인간의 살기를 돋우는 묘한 면이 있다.

히로코는 사무실을 가로질러 가장 안쪽에 있는 구사마의 데스크로 향했다. 구사마는 전화로 뭔가 협의 중인 듯했지만 히로코와 눈이 마주치자 다시 연락하겠다며 전화를 끊었다.

"집단 난투극 영상입니다."

히로코가 가죽 재킷 주머니에서 메모리 카드를 꺼내자 구사마가 기다렸다는 듯 일어나 카드를 낚아챘다.

"수고했어. 바로 확인하지."

구사마는 보도국 옆 편집실로 뛰어 들어갔다. 히로코도 그 뒤를 따랐다. 구사마는 메모리 카드를 재빨리 편집기에 넣었다. 재생 버튼을 누르자 난투극 현장이 화면에서 흘러나왔다. 구사마는 빨리감기로 마지막까지 확인한 후 만족스러운 듯 말했다.

"넌 여전히 무서운 게 없구나. 영상 좋네. 저녁 뉴스에 내보내지."

구사마는 모니터를 들여다보던 스태프에게 지시했다.

"60초로 편집해. 얼굴에 모자이크 넣는 거 잊지 말고."

히로코는 벽에 있는 시계를 힐끗 봤다. 오후 4시 7분이니 5시 뉴스까지 시간은 충분했다.

"잠깐 좀 보지."

구사마는 편집실을 나와 복도 끝에 있는 흡연실로 향했다. 금연 구역이 늘어 흡연자의 입지가 좁아진 요즘, 방송국도 예외는 아니었다. 유리문을 닫고 담배를 꺼내 불을 붙인 구사마는 한 모금 깊이 빨아들이더니 흡족한 듯 연기를 내뱉었다.

히로코는 무의식중에 가죽 재킷 주머니로 손을 뻗다가 멈칫했다.

"안 피워?"

"네. 좀 줄이려고요."

프리랜서 카메라맨은 체력 싸움이다. 아예 끊고 싶지만 도저히 엄두가 나지 않아 우선 식후 한 개비씩, 하루 세 개비로 줄이는 걸 목표로 삼았다.

"흠, 그렇군."

흥미로워하는 말투로 대꾸하고 구사마는 한 번 더 연기를 내뱉었다.

"그건 그렇고, 너무 가까이 갔어. 무리하지 말라고 했잖아."

"구사마 선배한테 배운 대로 했을 뿐입니다."

"내가 그런 걸 가르쳤어?"

구사마는 얼굴을 찌푸리며 웃었다. 웃을 때 얼굴을 찌푸리는 게 이 남자의 버릇이다. 구사마의 '무리하지 마'는 '무리해라'와 동의어다. 처음에는 히로코도 그 말을 곧이곧대로 받아들였으나 경험을 통해 숨은 진의를 깨닫게 되었다.

"네. 구사마 선배한테 아주 확실히 배웠습니다."

히로코는 웃음기 없는 얼굴로 대답했다.

"그랬나?"

구사마가 이번엔 쓸쓸하게 웃었다. 새카맣고 둥근 얼굴, 온몸에 지방이 붙어 슬슬 성인병이 걱정되는 40대 남성. 느긋해 보이는 외모와 달리 현장 스태프에게 지나칠 정도로 치열한 취재를 기대했지만 한편으론 그런 면이 프로다웠다.

평범한 회사원이던 히로코를 이 세계로 끌어들인 장본인이기도 했다. 히로코는 대학 때 사진 동아리에서 활동했다. 자연 풍경을 촬영하고 싶어서 여기저기 여행을 다녔다. 그런데 언제부턴가 사진보다 여행이 주가 되어 정작 촬영 기술은 좀처럼 늘지 않았다. 구사마는 그 사진 동아리의 선배였다.

당시 구사마는 이미 방송국에 입사한 상태였는데 학교 축제 같은 행사에 종종 나타나서 열정적으로 후배들을 지도하곤 했다. 본인 표현에 따르면 학교를 떠나고 싶지 않은 모라토리엄 인간*일 뿐이라고 했다.

당시 히로코는 열정적인 동아리 회원도 아니었기에 열 살 이상 차이 나는 구사마를 그저 귀찮은 선배라고만 여겼다. 대학을 졸업하고 난 뒤에는 연락할 일이 전혀 없었다.

그런데 어찌 된 영문인지 3년 전 히로코가 최악의 상태로 집에 틀어박혀 있을 때 구사마가 홀연히 나타나 그 상태에서 벗어날 계기, 즉 카메라맨이라는 직업을 히로코에게 안겨줬다.

"안녕하세요. 늘 신세 지고 있습니다."

가시와바라 료지가 흡연실 문을 열고 얼굴을 들이밀었다.

"외부인이 멋대로 방송국을 어슬렁거리면 안 되지."

"구사마 선배, 우리 사이에 무슨 그런 섭섭한 말씀을!"

구사마가 짓궂게 말하자 가시와바라는 긴 갈색 머리를 쓸어 넘기며 웃었다.

가시와바라는 히로코보다 한 살 아래로 스물여덟 살이다. 동안이라 가끔 아르바이트를 하는 대학생으로 오해받기도 하지만, 그럭저럭 꽤 실력 있는 디렉터였다. 예전에는 도호 방송국 보도국에서 구사마의 부하 직원으로 근무했으나 처음 맡은 뉴스 특집 코너에서 의도치 않게 광고주를 비판하는 바람에 그 책임을 지고 퇴사했다.

가시와바라는 그 뒤에 작은 제작사를 차렸고, 과거 인맥에 의

---

* 사회인으로서의 책임과 의무를 기피하며 대학 졸업 후에도 사회 진출을 미루고 학교에 남아 있는 사람.

지해 구사마에게 일감을 받고 있다. 구사마는 사진 동아리 때도 그랬지만 의외로 후배를 잘 챙기는 사람이다. 히로코는 가끔 가시와바라에게 일을 받는, 이른바 '을' 입장이다. 히로코가 가볍게 눈짓으로 아는 체를 하자 가시와바라는 쑥스러워하며 머리를 긁적였다.

"그래서 용건이 뭐야?"

"구사마 선배한테는 용건 없어요. 히로코 씨가 복도를 뛰어가길래 무슨 일인가 싶어서 와봤지요."

"아, 히로코가 목적이었어? 이런 녀석이 운영하는 회사라니 통 신뢰가 안 간다. 앞으로 일 주지 말아야겠어."

"에이, 또 왜 그러세요. 섭섭한 말씀 마세요."

가시와바라는 도움을 요청하듯 히로코를 바라보았다. 익숙한 장면이다. 히로코는 두 사람의 콩트를 거들고 싶지 않았다. 가시와바라는 일할 때는 곱상한 외모와 달리 며칠 밤을 새워도 끄떡없는 터프한 제작자지만 히로코 앞에서는 어린아이처럼 호감을 전혀 숨기지 않았다. 히로코는 그 감정이 부담스러웠다. 다시는 아무도 좋아하지 않겠다고 다짐했기 때문이다.

"히로코 씨, 오늘 다른 일정 있어요? 저랑 같이 식사하실래요?"

"미안하지만 사적으로 만날 일은 없을 것 같네."

그러자 구사마가 기막히다는 말투로 덧붙였다.

"여전히 차갑네. 예쁜 얼굴로 좀 웃어주면 얼마나 좋아. 히로코가 웃는 걸 본 게 언제 적이야. 하긴 다른 사람한테는 보여줄지도 모르지. 그게 가시와바라가 아닌 건 분명한 것 같은데?"

옆에서 가시와바라가 허망한 표정을 지었다.

"저는 가볼게요. 보수는 늘 쓰는 계좌로 넣어주세요."

히로코가 숄더백을 집어 들었다.

"가시는 거예요?"

"일 있으면 연락해. 먼저 실례합니다."

히로코는 서둘러 흡연실을 나섰다.

7

"음료 나왔습니다."

카페 직원이 살짝 고개를 숙이며 히로코 앞에 커피를 내려놓았다.

"감사합니다."

무릎 위 잡지에서 시선을 떼고 직원을 빤히 바라보았다. 직원은 자신을 향한 시선에 부끄러워하며 고개를 돌렸다.

"맛있게 드세요."

직원은 고개를 꾸벅 숙이고 쟁반을 끌어안더니 주방으로 향했다.

귀엽다. 고등학생일까? 어려 보이지만 성인일지도 모른다. 머리 모양과 화장법이 누가 봐도 힙합 마니아다. 코의 피어싱은 아기자기한 분홍색 유니폼과 전혀 어울리지 않았다.

흑인의 구릿빛 피부를 동경해서 태닝을 했을까? 하지만 순간의 즐거움만 좇는 애들과는 느낌이 다르다. 댄서라는 확고한 목표와 그 꿈을 향한 진정성이 강하게 느껴졌다.

아, 또 이러고 있네.

히로코는 살짝 혀를 찼다. 무심코 타인에 대해 짐작하고 탐색하는 게 직업병이 됐다. 가볍게 고개를 저으며 손에 든 잡지로 시선을 떨어뜨렸다.

'빛나는 여성' 특집에 한 면의 4분의 1 분량으로 히로코가 소개되었다.

평소에는 취재만 하다가 거꾸로 취재 대상이 되니 기분이 이상했다. 살짝 굳은 표정이 클로즈업된 사진도 영 쑥스러웠다. 그렇게 많이 찍더니, 이 사진보다 나은 건 없었던 걸까.

사진이 작아서인지 조명이 강해서인지 하얗게 나온 얼굴은 실제보다 어려 보였다. 기분 좋은 것도 잠시, 이름 아래 29세라고 확실하게 쓰여 있는 것을 보자 어려 보인다 한들 아무 의미도 없다는 생각이 들었다. 직업은 '프리랜서 비디오카메라맨'으로 적혀 있다. 이러니 제법 근사한 직업 같지만 실제로는 단순한 육체 노동자에 지나지 않는다. 혼자 거대한 카메라를 메고 사건 사고며 지역 행사 현장 따위를 취재하고 때로는 삼각대를 설치해 리포터 일까지 겸한다. 직접 편집까지 마친 영상을 방송국에 넘길 때도 있다.

일만 힘든 게 아니라 수입도 불안정하다. 100퍼센트 성과제라 찍은 영상이 방송되지 않으면 한 달간의 수고가 완전히 무료

노동이 되기도 했다.

그런 불안정함 때문에 도호 방송국과 프리랜서 보도 카메라맨으로 계약을 맺고 일하기 시작했다. 아까 같은 난투극 비슷한 사건이 벌어졌을 때 무선으로 취재 요청 호출을 받으면 현장으로 달려간다.

원칙상 무전기는 도호 방송국 기술부 소속 카메라맨에게만 지급되지만 구사마의 재량으로 특별히 프리랜서인 히로코도 무전기를 받았다. 다만 그 무전기는 사건 현장 가까이에 방송국 소속 카메라맨이 없고, 히로코가 가장 먼저 도착할 수 있는 경우에만 사용되었기에 히로코만 득을 보는 상황은 아니었다.

그러니 호출을 받고 출동했지만 딱히 큰 신세를 졌다고 느낄 필요는 없었다. 오늘 사건은 구사마에게 연락을 받아 취재한 것이라 도호 방송국에 영상을 넘겼지만 좋은 영상을 찍으면 어디든 값을 많이 쳐주는 곳에 넘긴다. 괜찮은 소재가 있을 때만 대접받는 처지이니 받을 수 있을 때 많이 받아야 한다는 게 히로코의 생각이다.

인터뷰에서 이런 얘기를 해서인지 '현대판 현상금 사냥꾼'이라는 소개 문구가 히로코의 사진 옆에 적혀 있었다. 제법 센스 있는 기자다. 현상금과 사건을 쫓아 헤맨다는 점에서 둘은 매우 비슷하니까.

설마 이런 일을 하며 살게 될 줄은 몰랐다. 히로코는 대학을 졸업하고 디자인 용품 회사에 취직해서 평범한 회사원으로 살았다. 그림이 좋아서 들어간 회사였으나 맡은 업무는 그런 개인적인 취향과 전혀 관련 없는 단순 사무였다. 그래도 좋았다.

정해진 시간에 근무하고 정해진 월급을 받았다. 야근이나 주말 근무도 거의 없었고 휴일에는 친구와 인기 있는 카페에 다니느라 바빴다. 긴 연휴나 여름 휴가, 연말연시에는 해외여행을 갔다. 그때 히로코는 그 생활에 어떤 불만도 의문도 품지 않았다. 인생에 남은 과업은 적당한 상대를 찾아 결혼과 동시에 퇴사하는 것이었다. 그리고 아이를 둘쯤 낳고 평범한 주부로 여유롭게 지내는 것이 히로코가 꿈꾸는 인생의 청사진이었다. 그런데 지금은 난투극 한복판에 뛰어들어 소년이 휘두르는 금속 배트에 얻어맞을 뻔하다니…….

사실 오늘처럼 위험한 일은 흔치 않다. 평소에는 지방 축제나 행사를 취재하며 간신히 입에 풀칠만 하는 정도였다. 그런 일은 보수가 적지만 어쩔 수 없었다. 범죄나 사고같이 무거운 뉴스만 좇다 보면 마음이 황폐해진다.

인터뷰가 실린 잡지를 덮고 옆에 내려놓았다. 테이블 위에 놓인 커피잔 속 흑갈색 액체 표면이 미세하게 흔들렸다. 향긋한 커피 향에 기분이 좋아졌다. 일 끝내고 마시는 커피 한잔 때문에 이 일을 하고 있다고 해도 과언이 아니다.

히로코가 커피잔에 손을 뻗는 순간 귓가에 속삭이듯 희미한 신음이 들렸다. 벌레 소리 비슷했지만 아무래도 느낌이 달랐다. 불길한 느낌이 밀려오며 목덜미에 소름이 돋았다. 바로 그때 눈앞의 컵에 세로 방향으로 네 줄의 금이 생겼다. 그리고 바로 다음 순간, 상자 안에서 사람이 튀어나오는 마술 공연의 한 장면처럼 컵이 네 조각으로 쫙 쪼개지더니 커피가 테이블 위로 쏟아졌다.

"괜찮으세요?"

조금 전 커피를 가져다줬던 직원이 황급히 달려와 냅킨으로 테이블을 닦았다.

"아, 괜찮아요."

"죄송해요. 바로 다시 가져다드릴게요."

잔뜩 겁먹은 직원에게 신경 쓰지 말라고 말하고 히로코는 당혹감을 감추며 화장실로 향했다.

거울에 비친 자기 얼굴을 보고 하마터면 소리를 지를 뻔했다. 피로에 절은 얼굴이 새파랗게 질려 있었다. 평소 동안이라는 말을 들을 때가 많은 히로코였지만 지금은 실제 나이인 스물아홉 살보다도 훨씬 더 나이가 들어 보였다.

우연일 것이다. 원래 금이 가 있던 컵에 뜨거운 커피를 담아서 컵이 깨졌을 뿐이다. 아무리 그래도 그런 식으로 깨질 수가 있나? 5년 전 공포가 몸속 깊숙한 곳에서 되살아났다.

이하라 미유키…….

잊을 수 없다. 이상한 힘을 가진 그 여자를 어떻게 잊을 수 있을까. 그렇지만 전부 지난 일이다. 그 직장을 그만둔 뒤로 기묘한 일들은 다시 일어나지 않았다.

히로코가 디자인 용품 회사에 다니던 시절, 미유키의 남편인 이하라 나오토는 히로코의 직장 상사였다. 나오토와 히로코는 말이 잘 통했다. 그 나이 남자답지 않게 순수하면서 진지한 나오토에게 마음이 끌렸다. 나오토를 보는 낙으로 회사에 가던 시기도 있었다. 하지만 상대는 유부남이었다. 불륜을 저지를 생각은 없었다. 남몰래 동경에 가까운 마음을 품었을 뿐이다. 그런데…….

더는 떠올리고 싶지 않았다.

손을 씻으려고 세면대 레버를 눌렀지만 물이 나오지 않았다.

"이럴 줄 알았어."

심호흡을 반복하며 마음을 가라앉혔다. 천천히 고개를 들어 거울에 비친 얼굴을 바라보자 창백한 얼굴에 서서히 혈색이 돌기 시작했다. 그래, 그때랑은 다르다.

"제발 적당히 좀 해요. 난 당신 남편한테 관심 없어요. 벌써 다 끝난 얘기잖아요."

히로코가 거울을 보며 거칠게 말하는 순간 화장실 문이 열리며 한 여자가 들어왔다. 의아한 표정으로 두리번대다 히로코 혼자인 걸 확인하더니 거북한 표정을 숨기지 않았다. 분명 정신 나간 사람인 줄 알았겠지. 히로코는 얼굴이 달아올랐다.

"실례할게요."

히로코가 여자를 지나쳐 화장실을 나서려고 출입문에 손을 뻗는 동시에 수도꼭지에서 물이 뿜어져 나왔다. 여자는 비명을 터뜨렸고 히로코는 담담하게 화장실을 나섰다.

새 커피가 테이블 위에 놓여 있었지만 이미 커피 생각은 싹 사라진 후였다.

보아 털이 달린 가죽 재킷을 챙겨 계산을 하고 나와 보니 밖은 이미 어두워져 있었다. 히로코는 주차장까지 성큼성큼 걸어 갔다. 때마침 주차하고 차에서 내리던 회사원이 깜짝 놀란 표정으로 히로코를 바라봤다. 아마도 지독한 표정을 하고 있겠지.

육중한 사륜구동 자동차 운전석에 올랐다. 조수석에는 밥벌이 수단인 비디오카메라가 놓여 있다. 과할 정도로 커다랗고 시커먼 데다 엄청나게 무거워서 처음에는 제대로 들지도 못했다. 그런데 이 투박한 카메라가 히로코에게 용기를 주었다. 이것만 있으면 어떤 비참한 사고 현장도 흉악한 살인마도 겁나지 않았다. 진실을 기록한다는 사명감이 히로코를 오롯이 혼자 힘으로 설 수 있게 해줬다.

천천히 심호흡을 반복하며 마음이 차분해지기를 기다렸다. 습관적으로 재킷 주머니에서 담배와 지포 라이터를 꺼냈다. 은빛 라이터의 적당한 묵직함이 손바닥 가득 느껴졌다.

담배를 줄이겠다고 마음먹었지만 지금은 그럴 때가 아니다. 불을 붙여 한 모금 깊게 빨아들이자 마음이 조금 진정됐다. 다시 한 모금을 마셨다가 천천히 연기를 내뱉었다. 겨우 마음에 여유가 생기자 시선을 창밖으로 돌렸다. 편의점 앞에 고등학생으로 보이는 커플이 찐빵 하나를 나눠 먹으며 다정하게 이야기를 나누고 있었다.

1월의 차가운 바람도 그 둘에게는 아무 상관 없는 듯했다. 어린 연인의 모습을 흐뭇하게 바라보고 있으니 조금 전의 꺼림칙한 일은 현실이 아닌 것처럼 느껴졌다.

아무것도 아닌 일에 혼란스러워한 자신이 한심했다. 히로코는 이미 한참 전에 끝난 일이라고 자신을 타이르며 시트에 몸을 기댔다.

이하라 미유키와는 딱 한 번 만난 적이 있다. 미유키가 나오토의 직장이자 히로코의 직장에 찾아왔을 때였다. 아주 예쁜 사람이었다. 검고 긴 머리와 흰 피부가 인상적이었지만 예민해 보였다. 그리고 그 지나치게 아름다운 외모가 어쩐지 인형처럼 인위적인 분위기를 풍겼다.

미유키도 예전에 그 회사에서 근무했고 나오토와 사내 커플이었다고 들었다. 두 사람이 결혼하고 미유키가 퇴사한 건 히로코가 입사하기 전의 일이다. 미유키가 회사로 찾아온 날, 사무실에는 미유키를 아는 직원이 적지 않았다.

미유키는 근처에 볼일이 있어서 온 김에 인사차 들렀다고 했지만 그건 핑계에 불과했다. 미유키는 히로코를 만나러 온 것이었다. 히로코를 향한 눈빛에 시퍼런 질투의 불꽃이 타올랐다. 미유키는 히로코와 나오토의 사이를 의심하고 있었다. 그러나 대놓고 물어본 적은 없었다.

나오토가 말하길, 미유키는 매사에 조심스러운 성격으로 감정을 거의 드러내지 않는 사람이라고 했다. 히로코를 만났을 때도 남편이 늘 신세 지고 있다면서 웃는 얼굴로 인사했다. 그리고 히로코도 웃으며 답했다. 나중에 그런 끔찍한 일이 일어날 줄은 꿈에도 상상하지 못했다.

그때 미유키는 갓난아기와 함께였다. 유모차 안에 귀여운 남자아이가 새근새근 잠들어 있었다.

하루토…….

분명 하루토라는 이름이었다. 아이가 정말 귀엽네요, 하고 히로코가 쪼그려 앉아 아이를 쓰다듬으려고 하자 미유키는 하루토를 안아 들며 등을 돌렸다.

"우리 아이한테 손대지 마."

히로코에게만 들리도록 작게 말하며 등을 돌리는 미유키의 눈빛은 얼음장처럼 차가웠다. 그때부터였다. 히로코에게 기묘한 일이 일어나기 시작했다. 처음에는 무슨 일이 벌어지는지도 몰랐다. 영감靈感이 전혀 없는 히로코에게는 전부 낯선 일이었다. 혼란과 공포 속에서 히로코는 궁지로 내몰렸다.

하지만 다 지난 일이다. 카페에서 있던 일은 우연일 뿐이다. 담배 한 개비를 다 피웠을 즈음에는 이런 말로 마음을 다독일 만큼 한결 진정되었다.

지금 히로코에게 담배는 신경안정제나 다름없었다. 아무래도 당분간은 끊지 못할 듯했다. 히로코는 필터만 남은 담배를 재떨이에 문질러 끄고 차에 시동을 걸었다.

○

8

길옆에 차를 대고 5년 전에 근무했던 회사를 올려다봤다. 퇴사 후 이곳에 온 건 처음이었다.

내가 왜 여기에 왔을까? 냉정하게 생각하자. 카페에서 있던 일은 단순한 우연이다. 그때 이후 아무 일도 없다가 지금 다시 기괴한 현상이 시작될 이유가 없다. 그런데 왜 여기까지 온 걸까? 사실 답을 알고 있다.

히로코의 시선이 저절로 현관 로비를 빠져나오는 직원들로 향했다. 마침 퇴근 시간이라 가장 붐빌 때였다. 히로코는 그 인파 속에서 나오토의 모습을 찾고 있었다.

직원들은 모두 정장 차림을 하고 있어서 다 비슷해 보였다. 히로코는 예전에 자신도 저들 중 하나였다는 사실이 어쩐지 낯설게 느껴졌다. 그런데 따지고 보면, 청바지에 가죽 재킷 차림으로 사륜구동 자동차를 몰며 5킬로그램이 넘는 비디오카메라를 메고 사건 사고 현장을 누비는 지금 자신의 모습이 훨씬 더 이상하지 않을까.

"앗……."

무심코 입에서 소리가 새어 나와 히로코는 몸을 숨기듯이 시트를 뒤로 젖혔다. 잿빛 건물에서 쏟아져 나오는 사람들 사이에서 나오토를 발견하자 반가움이 밀려왔다. 5년 전 그런 식으로 헤어진 뒤 다시는 나오토를 만나지 않았다.

살짝 몸을 일으켜 창문 너머 나오토의 모습을 눈으로 좇았다. 나오토는 곧장 히로코가 있는 쪽으로 걸어왔다. 그런데 오랜만에 보는 나오토 모습은 어쩐지 위화감이 들었다. 히로코가 아는 밝고 씩씩한 나오토가 아니었다. 볼이 홀쭉하게 야위고 안색도 좋지 않았다. 걸음걸이는 꼭두각시 인형처럼 휘청거렸다.

나오토는 차 옆을 스쳐 지나갔지만 히로코의 시선을 눈치채진 못했다. 히로코는 차마 말을 걸 수 없었다. 예전 일 때문이 아니라 너무나 변해버린 지금 나오토의 모습에서 희미한 공포를 느꼈기 때문이다.

한 게임에 100엔짜리 다트 게임기 주변에서 이따금 환성이 터졌다. 등 뒤에서 남자 몇 명이 술값을 걸고 승부를 펼치고 있었다. 히로코는 옛 직장 바로 근처, 예전에 회사 동료들과 자주 들렀던 술집에 왔다.

그리 좁지 않은 실내가 퇴근한 직장인들로 거의 만석이었다.

홀에는 직장에서 받은 스트레스를 해소하려는 사람들이 무아지경으로 춤을 추고 있었다.

"음료 나왔습니다."

카운터석 가장 안쪽 자리에 앉은 히로코 앞에 바텐더가 토마토 주스를 내려놓았다. 예전부터 있던 바텐더였다. 나이는 40대 정도로 보이고, 윗입술 위에 펜으로 그린 듯한 가느다란 수염을 길러서 히로코의 직장 동료들 사이에서는 '콧수염'으로 통했다. 몸짓이 어딘지 여성스러워서 게이라는 소문도 돌았다. 히로코는 그런 시시한 잡담에 열을 올리던 과거의 자신이 우스웠다.

이 사람은 아직도 이곳에서 일하고 있구나. 여러 일을 겪어서 5년이 꽤 긴 시간인 줄 알았는데 옛 '지인'과 예전 그대로인 환경에 있으니 꼭 그렇지만도 않은 듯했다.

"고마워요."

히로코가 잔을 손에 들고 빙긋 웃자 콧수염은 만족스럽게 고개를 끄덕이고는 다시 바쁘게 칵테일을 만들기 시작했다.

히로코는 토마토 주스를 한 모금 마셨다. 시큼함이 기분 좋게 입안에 퍼졌다. 히로코는 체질상 술을 마시지 못한다. 게다가 사건 사고는 히로코의 사정과 관계없이 갑작스럽게 일어나고 정보원이나 보도국 데스크, 가시와바라를 비롯한 제작사에서 언제 의뢰가 들어올지 알 수 없다. 호출을 받으면 한밤중이라도 차를 몰고 달려가야 하는 프리랜서 카메라맨에게 술을 못 마시는 체질은 아주 유리했다.

아까부터 히로코를 힐끔거리는 남자들의 시선이 느껴졌지만 말을 거는 사람은 없었다.

히로코는 어쩐지 씁쓸했다. 저들에게 히로코는 부자연스러운 존재로 보일 것이다. 확실히 보아 털이 달린 가죽 재킷에 청바지 차림은 직장인들이 드나드는 술집에 어울리지 않았다.

두 개비째 담배에 불을 붙일 때 뒤에서 누군가 가볍게 히로코의 어깨를 쳤다.

"오랜만이네."

히라오카 마야가 긴 머리를 넘기며 생긋 웃었다. 아찔할 만큼 상큼한 미소였다.

"어떻게 된 거야? 엄청 달라졌다. 히로코가 맞나 하고 한참 봤어. 다른 사람인가 했네."

마야는 히로코 옆에 앉아 맥주를 주문했다.

"갑자기 불러내서 미안해."

"아니야. 나도 한잔 마시고 싶었어. 온종일 답답한 사무실에 앉아 있다가 집에 바로 가기는 아쉽잖아. 근데 설마 히로코랑 마시게 될 줄은 몰랐지."

"맥주 나왔습니다."

콧수염이 마야 앞에 맥주가 찰랑대는 잔을 내려놓았다. 마야가 콧수염과 히로코를 번갈아 보더니 쿡 하고 웃음을 터뜨렸다. 콧수염은 게이가 분명하다고 확신하던 사람이 바로 마야였다.

"재회를 축하하며, 건배!"

마야는 히로코와 동갑내기로 회사에서 가장 가깝게 지낸 사이였지만 얼굴을 보는 건 오랜만이었다. 히로코가 힘든 시간을 보낼 때 마야가 여러 가지로 힘이 되어줬다. 매사에 긍정적인 마야의 조언이 큰 도움이 되었다. 그러나 그 뒤로 히로코가 기괴하고 끔찍했던 기억에서 벗어나기 위해 당시 지인들과 거리를 두면서 자연스레 마야와도 관계가 소원해졌다.

원래는 회사 앞에 잠깐 들렀다가 조용히 가려고 했으나 나오토의 수척한 얼굴을 보니 도저히 발길이 떨어지지 않았다. 나오토에게 무슨 일이 있는지 궁금해서 견딜 수가 없었다. 그래서 유일하게 연락처를 알고 있는 마야에게 5년 만에 전화를 걸었다.

"히로코는 잘 지내는 것 같네."

"내 소식을 들었어?"

"응. 소문으로 들었어. 방송국 카메라맨이었나? 취재기자로 일하지? 히로코가 텔레비전에 나온 거 봤다는 사람도 있거든. 아쉽게도 내가 히로코의 용감한 모습을 직접 본 적은 없지만 말이야. 혹시 위험한 일은 아닌가 좀 걱정했어."

마야가 물끄러미 히로코의 차림을 바라보았다.

"왜?"

"꽤 늠름해졌네. 그때는 귀엽고 가녀린 공주님 같았는데."

"뭐, 어른이 된 거지."

"너무 어른이야. 패션이 꼭 하드보일드 소설 좋아하는 아저씨 같은걸."

"뭐? 아저씨는 좀 심했다!"

얼굴을 맞대고 깔깔거리다 보니 그런 일이 있기 전, 쇼핑과 여행에 심취했던 그 시절로 돌아간 것만 같았다.

"미안, 미안. 근데 히로코가 그런 일을 잘 해내는 게 너무 의외라서."

"나 대학 때 사진 동아리였잖아. 몰랐어?"

"전혀 몰랐네. 근데 여행 가서 히로코가 찍은 사진은 왜 다 흔들렸던 거야?"

"아, 그랬던가. 전혀 기억이 없는데요."

"하하, 얼버무리긴."

5년이라는 공백이 무색할 만큼 두 사람은 금세 다시 마음을 터놓았다. 서로 근황을 공유하다가 마야가 살짝 머뭇대며 고개를 숙였다.

"있잖아. 나 올해 3월에 결혼해. 20대에 결혼하겠다는 꿈을 간신히 이뤘지."

"어머, 축하해!"

히로코는 진심으로 축하의 말을 건넸다.

"어떤 사람이야?"

"너도 아는 사람이야. 영업부에 있던 와타세 씨. 지금은 행사 사업부에 있어. 가까운 데서 아무나 골랐다는 얘기 들을까 봐 좀 걱정되긴 하는데, 어쩌다 보니 그렇게 됐어."

"와타세 씨? 아, 기억난다! 상냥해 보였던 기억이 나. 잘됐네. 부럽다, 마야!"

불쑥 휴대폰 벨소리가 들려왔다.

"아, 미안. 잠깐 통화 좀 하고 올게."

마야가 가방에서 휴대폰을 꺼내 들고 일어섰다.

"애인?"

"응, 매일 퇴근 시간쯤 전화하거든. 지금은 서로 다른 층에서 근무하니까 회사에서 얼굴 보기도 어렵고 퇴근도 늘 나보다 늦어서."

"그냥 여기서 통화해."

"여긴 음악 소리가 크잖아. 금방 올게."

가게를 빠져나가는 마야의 종종걸음에서 행복이 묻어났다.

"휴대폰……."

히로코는 가죽 재킷 주머니에서 휴대폰을 꺼냈다. 사건 사고 소식을 전하는 업무 전화 외에는 울릴 일 없는 휴대폰이었다. 그 때 이후로 누군가의 전화를 기다려본 적도 없었다.

"이봐, 같이 춤출래?"

느닷없이 누군가 히로코의 팔을 잡았다. 돌아보니 정장 차림의 남성이 술 취한 얼굴로 음흉하게 웃고 있었다.

"친구들하고 내기했거든. 선머슴같이 차려입은 게 묘하게 끌리네."

남자는 상당히 취한 듯했다. 일행으로 보이는 양복 차림 남자들이 댄스홀에서 히죽대며 히로코를 흘끔대고 있었다. 어떤 반응이 돌아올지 잔뜩 기대하는 눈빛이었다. 방금까지는 아무도 말을 걸지 않는 자신의 처지가 쓸쓸했는데 실제로 이런 상황이 되니 그저 귀찮을 뿐이었다.

"좋은 말로 할 때 손 놓으시지. 그럴 기분 아니야."

"뭐야, 한 곡만 추자고. 분위기 좀 맞춰봐. 같이 즐기자는 거잖아."

"그쪽이랑 춤춰봤자 난 전혀 즐겁지 않으니까 당신한테 어울리는 상대를 찾아봐."

히로코가 손을 뿌리치자 남자는 균형을 잃고 넘어지며 스툴에 머리를 박았다.

"으악! 아프잖아!"

남자는 호들갑스럽게 비명을 지르고 머리를 감싸쥐었다. 그러더니 꼴사납게 넘어진 데 대한 부끄러움과 분노로 벌겋게 달아오른 얼굴을 일그러뜨리며 일어섰다.

"야! 비싸게 굴지 마. 이런 곳에 그따위로 입고 온 주제에!"

남자는 당장이라도 한 대 칠 기세로 고함쳤다. 히로코는 차가운 눈으로 남자를 응시했다. 때릴 용기 따위 없다는 걸 알고 있었다. 만에 하나 한 대라도 친다면 곱절로 갚아줄 작정이다.

"어이, 그만해."

남자의 동료로 보이는 사람들이 황급히 달려왔다.

"죄송합니다. 이 친구가 많이 취했나 봐요."

눈썹 끝을 늘어뜨리며 정말 미안하다는 표정을 지어 보이고는 히로코를 위협하던 남자를 타이르며 자기들 자리로 데려갔다. 히로코가 그 뒷모습을 보고 있을 때 통화를 마치고 돌아온 마야가 걱정스러운 듯 물었다.

"왜 그래? 무슨 일 있었어?"

"아무것도 아니야. 취한 사람이 시비를 좀 걸어서."

히로코는 눈을 살짝 찡그리며 말했다. 실제로 아무 일도 아니다. 지금의 히로코는 직장 상사가 성희롱을 하면 따귀를 때리거나 발로 걸어차서라도 확실하게 처리할 수 있을 것이다. 하지만 그때는 그러지 못했다.

히로코가 회사에 입사하고 반년쯤 지났을 때였다. 그 무렵 히로코는 시도 때도 없이 집적거리는 영업부장 때문에 무척 힘든 시간을 보내고 있었다. 순한 성격에 자기 의견을 확실히 표현하지 못하는 신입사원 히로코는 영업부장에게 더없이 만만한 성희롱 상대였다. 부장은 사내 행사나 회식 같은 술자리뿐만 아니라 근무시간 중에도 히로코를 회의실로 불러내 끈질기게 관계를 요구했다. 히로코가 울면서 회의실을 뛰쳐나온 적도 있었다.

그 부장은 회사 사람 모두가 싫어하는 존재였다. 자기 마음에 들지 않는 부하 직원에게 업무 실수를 떠넘기거나 부당한 해고나 좌천도 서슴지 않는, 제정신이라면 불가능한 일들을 태연히 저지르는 인간이었다. 그렇지만 다들 그런 부장이 두려워 좀처럼 목소리를 내지 못했다.

그러던 어느 날, 퇴근 시간을 알리는 종소리가 사무실에 울리고 직원들이 일제히 컴퓨터를 끄며 서류를 정리할 때였다. 퇴근 준비를 하는 히로코에게 부장이 불쑥 말을 걸었다.

"히로코 씨, 오늘 나랑 야근 좀 해야겠어."

"저요?"

저절로 경계심 가득한 목소리가 흘러나왔다. 다른 여직원들은 행여 자기한테 불똥이 튈까 "먼저 퇴근하겠습니다"라는 말만 남기고 재빨리 사라졌다. 그 자리에 마야가 있었다면 히로코를 도와줬을지도 모르지만, 하필 마야는 외근을 하고 곧장 퇴근한 날이었다.

부장은 내일 아침까지 꼭 끝내야 한다며 히로코에게 회의 녹취록 작성을 지시했다. 부장의 명령을 거부할 수는 없었다. 그나마 남아 있던 직원들도 하나둘 퇴근하고 이내 부장과 히로코 두 사람만 넓은 영업부 사무실에 남겨졌다.

부장은 전기를 절약해야 한다며 자신과 히로코 책상 주변을 제외한 사무실 전등을 모두 꺼버렸다. 한순간에 분위기가 숨 막힐 듯 갑갑해졌다.

"피곤하지? 조금 쉬었다 할까? 자네는 애인 없어? 이렇게 귀여운 아가씨한테는 유혹이 많을 것 같은데."

부장이 능글대며 히로코의 머리를 쓰다듬었다. 히로코는 온몸이 굳었지만 싫다는 말은 할 수가 없었다. 남에게 상처 주고 싶지 않은 마음, 미움받고 싶지 않다는 마음 때문에 히로코는 늘 자기 의사를 제대로 표현하지 못하고 살아왔다.

"그럼 나랑 사귈래? 네가 원하는 건 뭐든 사줄 수 있어. 이래 봬도 돈은 꽤 있거든."

히로코의 귓가에 입을 바싹 대고 부장이 속삭였다. 혐오감이 일어 온몸에 소름이 돋았다.

"부장님, 저는……."

히로코가 머뭇대자 부장이 히로코의 어깨에 손을 올렸다. 그러더니 손을 천천히 내려 히로코의 가슴을 더듬었다.

회사에서 이런 짓을 하다니……. 가슴속에서 분노가 치밀어

올랐지만 입 밖으로 한마디도 나오지 않았다. 손의 움직임이 점점 대담해지고 부장의 숨소리가 거칠어졌다.

그때 복도에서 인기척이 들렸다. 부장이 황급히 히로코에게서 떨어진 순간, 사무실 문이 열렸다. 들어온 사람은 당시 주임이던 이하라 나오토였다. 원래는 오사카 출장을 마치고 바로 퇴근할 계획이었지만 다음 날 회의 준비로 사무실에 들렀다고 했다.

"아, 수고가 많군. 오사카 출장은 어땠나?"

어색한 분위기를 얼버무리듯이 친근하게 말을 거는 부장에게 나오토가 가까이 다가갔다.

"복도까지 다 들립니다. 적당히 좀 하시죠. 부하 직원을 관리하는 자리에 계신 분이 부끄러운 줄 아세요."

나오토는 부장을 똑바로 노려봤다. 아무도 입 밖으로 꺼내지 못했던 말을 나오토가 꺼냈다. 부장의 얼굴이 벌겋게 달아올랐다.

"뭐? 지금 내 방식에 문제가 있다는 거야?"

"그렇습니다. 요즘 성폭력 문제로 세상이 얼마나 떠들썩한지 모르십니까? 당신이 하는 짓은 명백한 성추행이에요. 아니, 더 심하죠. 당신은 저급한 치한이나 마찬가지입니다."

나오토는 매서운 표정으로 부장을 노려보며 조금도 물러서지 않았다. 먼저 눈을 피한 사람은 부장이었다.

"감히 상사한테 이런 망발을 내뱉고 그냥 넘어갈 거라고 생각하진 않겠지? 다음 인사 회의 때 두고 보지."

부장은 잔뜩 일그러진 얼굴로 던지듯 말하더니 재킷과 가방을 들고 서둘러 사무실을 나갔다.

"주임님, 정말 괜찮을까요?"

도움을 받았다는 기쁨보다 이 일로 나오토가 곤란해질까 봐 걱정되는 마음이 훨씬 컸다.

"괜찮아. 자네는 신경 쓸 필요 없어. 잘못된 일을 잘못됐다고 말했을 뿐이야. 그걸로 부장이 뭐라고 하면 나도 맞서 싸우면 돼. 부끄러움을 조금이라도 안다면 더는 바보 같은 짓은 안 하겠지. 하지만 너도 분명하게 표현해야 해. 싫으면 싫다고 확실하게 말해. 그런 애매한 태도는 부장 같은 파렴치한을 불필요하게 자극할 뿐이야."

나오토는 강한 어조로 말하고는 히로코를 아주 잠깐 쏘아보더니 하얀 이를 드러내며 활짝 웃었다.

자기 입장이 곤란해지는 것도 개의치 않고 자신을 위해 부장에게 일침을 가했다는 사실에 히로코는 심장이 멎을 정도로 감동했다. 사실은 입사 이래 나오토에게 줄곧 호감을 느끼고 있었다.

기혼자인 걸 알고 애써 마음을 억눌렀지만 나오토를 떠올리며 잠들지 못하는 밤이 손꼽을 수 없을 정도로 많아졌다. 더는 그런 밤을 보내고 싶지 않았다. 나오토에게 마음을 고백하고 편해지고 싶었다. 히로코는 나오토에게 한 걸음 다가갔다.

"주임님…… 사실은…… 저…….'"

"나한테 할 말 있어?"

분위기가 급변했다. 나오토는 히로코의 눈을 들여다보며 다음 말을 기다렸다. 히로코가 가까스로 용기를 내어 드디어 입을 떼려고 크게 숨을 들이마신 순간, 나오토의 정장 안주머니에서 벨소리가 울렸다. 그 소리에 떠밀리듯 히로코는 나오토에게서 물러났다.

"아, 미안. 어머니 전화네."

나오토는 휴대폰을 꺼내 히로코를 등지고 전화를 받았다. 전화에 대고 낮게 몇 마디를 한 후 몸을 돌린 나오토는 평소 주임의 모습으로 돌아와 있었다.

"급한 일이 생겨서 가봐야 해. 얘기는 나중에 듣지."

나오토는 가방을 들고 황급히 사무실에서 달려 나갔다. 히로코는 그 뒷모습에 매달리듯 시선을 보냈지만 나오토는 돌아보지 않았다.

다음 날, 나오토는 아무 일도 없던 것처럼 사무적으로 히로코를 대했다. 물론 그날 전화가 어떤 용건이었는지도 히로코에게 말하지 않았다.

그 후 부장은 횡령 행위가 발각되어 회사에서 해고되었다. 그 덕에 나오토가 불이익을 받을지도 모른다는 걱정이 사라져서 히로코는 한결 마음이 놓였다.

"지금 내 이야기 듣고 있어?"

라이터를 만지작거리던 히로코는 마야의 발끈한 목소리에 정신을 차렸다.

"아, 미안."

히로코는 급히 라이터를 주머니에 찔러 넣었다. 그때 자신을 구해준 나오토에게 무언가 보답하고 싶어서 샀던 지포 라이터였다. 하지만 그때쯤 나오토는 아내의 임신 소식을 듣고 담배를 끊었기 때문에 선물을 줄 타이밍을 놓치고 말았다. 결국 라이터는 히로코 손에 남았다.

히로코가 남몰래 품었던 금단의 마음은 그렇게 끝나버렸다.

"내 생일이 4월이잖아. 그래서 그 전에 결혼식을 올리기로 했어."

"사내 결혼이라 다들 난리겠네."

"응. 근데 지난달에 나오토 씨 부인 일도 있고 해서 회사에서 결혼식 얘기를 할 분위기는 아니야."

나오토의 이름이 나온 순간, 히로코의 심장이 세차게 뛰기 시작했다. 혈류 속도가 빨라지면서 귀를 양손으로 꽉 막은 것처럼 심장 소리가 크게 울렸다.

"왜? 나오토 씨 부인한테 무슨 일이 있었어?"

히로코는 간신히 목소리를 짜냈다.

"뭐? 그거 알고 온 거 아니었어?"

마야는 조심스러운 목소리로 나오토의 아내가 교통사고로 세상을 떠났고 그 뒤 나오토가 아예 다른 사람이 되어버렸다고 알려주었다.

"근데 히로코한테는 잘된 일 아니야? 그 사람이 사라졌으니 이제 이상한 일은 일어나지 않을 거 아니야."

마야는 작은 목소리로 말을 이었다.

"사실 섬뜩한 여자였잖아. 히로코를 저주해서 죽이려 하고 말이야."

아까부터 자꾸 머릿속에 떠오른 생각, 히로코가 그토록 떨쳐내고 싶었던 그 말을 마야는 똑똑히 내뱉었다. 그 순간 히로코는 온몸이 뻣뻣하게 굳고 머릿속에 희뿌연 안개가 꼈다. 그 공포는 아직도 치유되지 않았다.

그때 히로코에게 벌어졌던 괴이한 일들을 오직 마야만이 의심하지 않고 들어주었다. 원래도 오컬트 영화 마니아에 잡지 코너의 별점 읽기를 좋아하던 마야는 초현실 현상을 너무나 당연스럽게 받아들였다.

마야가 곁에 있었기에 히로코는 버틸 수 있었다. 자신에게 벌어지는 괴이한 일들을 호소하다가 병원에 강제 입원되었을 때도 마야는 여러 번 병문안을 와주었다.

단 한 명이라도 자신의 말을 믿어준다는 건 무척 든든한 일이었다. 마야가 없었다면 히로코까지 자신의 정신 상태를 의심하다가 정말로 미쳐버렸을지도 모른다.

저주라니…… 그런 어처구니없는 일이 실제로 벌어지다니, 직접 겪지 않았다면 히로코도 믿지 못했을 것이다. 그러나 그 괴이한 일들에서 미유키의 악의가 분명히 느껴졌다.

지푸라기라도 잡는 심정으로 신사에 가서 액막이를 해봤지만 아무 효과가 없었다. 나아지기는커녕 날로 더 심해졌다. 히로코는 나오토에게 울면서 토로했다.

"주임님의 아내가 저한테 이상한 짓을 하고 있어요. 저를 죽이려고 해요."

물론 나오토는 히로코의 착각이라고 주장했다.

"내 아내가 무슨 괴물인 것처럼 말하는군."

나오토가 부장의 성추행에서 히로코를 구해주기 몇 주 전부터 두 사람 사이에는 연인이 되기 직전의 묘한 분위기가 흐르고 있었다. 가끔 단둘이 점심을 먹으러 가기도 했는데 그때 미유키 이야기가 나왔다.

나오토는 한껏 어두운 눈빛으로 예전부터 아내에게 약간 기이한 구석이 있어서 이따금 겁이 난다고 말했다. 자기가 내뱉은 말에 자기가 혼란스러웠는지 고개를 가로젓고 금세 화제를 돌리긴 했지만 말이다.

나오토는 자신이 했던 말 때문에 히로코가 미유키에 대해 부정적인 이미지를 가지게 됐다고 생각하는 눈치였다.

자기 아내를 괴물 취급하는 것에 대한 나오토의 불쾌함은 이해할 수 있었지만 히로코는 착각이 아니라 정말로 미유키가 자신을 저주하고 있다고 확신했다.

그런데 죽었다고? 이하라 미유키가 정말 죽었다는 말인가? 정말 죽었다면 이제 히로코를 저주하거나 괴롭힐 수 없을 것이다. 아까 카페에서 컵이 네 조각으로 깨진 일은 정말 우연이었나?

"히로코, 결혼식에 올 거지?"

웃으며 말하는 마야의 목소리가 어쩐지 아득하게 들렸다.

○

9

차가운 바깥 공기에 새하얀 입김이 나왔다. 비가 내리기 시작하면 금세 눈으로 바뀌겠지. 숲 쪽은 마을보다 확실히 기온이 낮았다.

언덕에 오르자 나오토는 발길을 멈췄다. 저 멀리 빈터 끝에 보이는 자기 집이 주변의 어둠에 서서히 가라앉는 것처럼 보였다. 그 사고 뒤에는 집 자체가 암울한 추억에 잠겨 있는 것 같아서 이렇게 보고 있기만 해도 마음이 착잡해졌다.

간신히 무거운 걸음을 옮겨 집 현관문을 열자 신발장 위에 놓인 원숭이 장식이 나오토를 맞아주었다. 풍수를 믿는 어머니 요리코가 나쁜 기운을 없애준다며 사 온 물건이었다. 미유키라면 절대 집에 들이지 않았을 넉살 좋게 생긴 원숭이였다.

"어서 와라."

요리코가 안쪽에서 얼굴을 내밀었다. 요리코는 하루토를 돌보기 위해 남편만 집으로 보내고 나오토의 집에서 머무르고 있다.

원래는 요리코와 슈지가 하루토를 본가로 데려가 돌보려고 했지만 하루토는 할머니의 제안을 단호하게 거절했다. 마당에 묻은 미유키를 보살피려는 이유였겠지만 요리코는 하루토가 엄마와의 추억이 가득한 집을 떠나고 싶지 않은 갸륵한 마음 때문에 그런다고 생각하는 것 같았다.

"법원에서 우편물이 왔어."

"아, 그래요?"

나오토는 건성으로 대답하며 눈길을 돌리지도 않은 채 코트를 벗고 넥타이를 풀었다. 재판이 아직 끝나지 않았지만 나오토는 전혀 관심이 없었다. 사고를 일으킨 운전자가 졸음운전 사실을 인정한다고 해도 업무상 과실 치사에 그칠 뿐이다. 유죄가 인정돼도 집행유예 판결이 나올 가능성이 컸다.

장례 직후 운송회사 측 변호사가 찾아와 최대한 보상하겠다고 말했지만 모든 말들이 닳고 닳게 느껴졌고, 미유키의 죽음을 사무적으로 처리하는 과정들이 불쾌했다.

그리고 그들이 어떤 보상을 해줘도 미유키는, 미유키와의 평범하고 행복했던 나날은 돌아오지 않는다.

나오토가 2층에 있는 하루토 방으로 가려고 계단을 오르려는데 요리코가 다가와 속삭였다.

"하루토는 위에 없어."

요리코는 뭔가 찜찜한 듯 나오토의 눈길을 피하며 말을 이었다.

"마당에 있어. 아침부터 내내 마당에 쪼그려 앉아서 이상한 말을 중얼거리기만 하고, 들어오래도 말을 듣지 않아. 일단 옷은 따뜻하게 입혔는데 괜찮을까 모르겠네. 아무래도 충격이 너무 컸나 봐. 어쩌니, 정말 큰일이다."

요리코는 아무것도 몰랐다. 하루토가 미유키의 손가락을 마당에 묻은 것, 그 일을 나오토가 용인한 것, 그리고 이 모든 일들은 손가락에서 미유키가 다시 자라나길 바라기 때문이라는 사실을 알게 되면 요리코는 나오토의 정신 상태를 의심할 게 뻔했다. 그래서 나오토는 하루토에게도 단단히 일러두었다.

"할머니한테는 비밀이야. 다른 사람이 알면 주문의 효과가 사라지거든."

이 일은 나오토와 하루토 둘만의 비밀이었다. 정말 미유키의 부활을 믿어서가 아니라 약간의 위안으로 삼고 싶을 뿐이었다. 머지않아 하루토의 상처도 자연히 치유되리라 믿었다.

"제가 가볼게요. 식사 준비 좀 해주실래요? 배고프네요."

식욕이 전혀 없었지만 거짓말을 했다. 그저 하루토와 나누는 대화를 요리코가 듣지 못하게 하기 위해서였다. 나오토는 거실 커튼을 걷고 마당으로 난 유리문을 열었다. 결국 한 번도 써먹지 못한 강아지 집이 마당 한쪽에 방치되어 있고 반대편 마당 구석에 하루토가 등을 보이고 쪼그려 앉아 있었다.

하루토 옆에는 그의 충견 포치가 함께였다. 포치는 하루가 다르게 성장했고 그만큼 하루토를 향한 충성심도 날로 커졌다.

나오토는 하루토의 진지한 모습에 선뜻 말을 걸지 못하고 조용히 다가갔다. 기척을 느낀 포치가 슬쩍 뒤를 돌아보더니 이 집의 일원이라는 것을 확인하고는 다시 하루토가 보고 있는 쪽으로 시선을 돌렸다.

"엘로힘 엣사임, 엘로힘 엣사임."

하루토는 무서울 정도로 진지하게 주문을 외고 있었다. 나오토는 그날 엄마의 손가락을 묻지 말라고 확실하게 말하지 않은 것이 후회스러웠다.

하루토가 처음 도마뱀 꼬리를 주워 왔을 때 꼬리에서는 도마뱀이 자라지 않는다고 알려줘야 했다. 나오토가 괜한 기대를 품게 한 탓에 다섯 살 아들이 이 추운 날 이렇게도 간절하게 엄마의 부활을 기도하는 것이다.

죄책감을 느끼며 하루토를 향해 다가가던 나오토는 숨이 멎는 듯했다. 등줄기에 작은 벌레가 기어가는 것처럼 섬뜩한 감각이었다. 미유키의 손가락을 묻은 곳이 봉긋하게 올라와 있었다.

하루토가 손가락을 묻을 때 작은 언덕처럼 흙을 쌓아 올리긴 했지만 그것보다 훨씬 범위가 넓고 봉긋해져서 언뜻 봐도 손가락보다 큰 것이 묻혀 있는 것처럼 보였다.

그럴 리 없었다. 도마뱀이 부활한 건 주문이 효과를 발휘해서가 아니라 나오토가 멀쩡한 도마뱀을 잡아다 묻었기 때문이었다. 손가락에서 인간이 되살아날 리 없다. 하루토가 나중에 흙을 더 덮었기 때문이겠지. 나오토는 자신을 납득시키려 애쓸 뿐 하루토에게 사실을 확인할 용기는 없었다.

"아빠, 오셨어요?"

하루토가 나오토를 돌아보며 천진하게 웃었다. 방금까지 죽은 자를 되살려내기 위해 주문을 외웠다고는 믿을 수 없을 만큼 하루토의 미소는 순수했다. 하루토에게 미유키는 죽은 사람이 아니었다. 엄마가 손가락 하나라는 형태가 되었을 뿐이며 곧 거기서 새로운 몸이 자라나 원래 모습 그대로 다정하게 자신을 안아주리라 믿고 있었다.

"종일 여기 있었어? 할머니가 걱정하셔."

하루토는 나오토의 질문에는 대답하지 않고 들뜬 기색으로 재잘대기 시작했다. 말하고 싶어서 내내 입이 근질근질했던 모양이다.

"아빠, 오늘 아침에 엄마가 와서 '금방 다시 만날 수 있으니까 하루토가 열심히 기도해주렴' 하고 말했어요. 그래서 오늘 더 열심히 기도했더니 엄마 몸이 많이 자란 것 같아요."

말도 안 되는 소리라고 호통치고 싶었지만 그럴 수는 없었다.

"꿈을 꿨구나."

나오토는 최대한 평정심을 가장한 목소리로 말했다. 엄마를 그리워하는 마음이 그런 꿈을 꾸게 한 것이리라. 나오토도 미유키를 사랑하는 마음에는 변함이 없었다. 미유키가 살아 있다면 얼마나 좋을까 매일같이 생각했다. 그러나 나오토는 손가락에서 미유키가 자라날 리 없다는 걸 안다. 설령 몸이 자라난다 해도 그런 건 미유키가 아니라고 확신했다.

"꿈이 아니에요. 엄마가 진짜 돌아왔다니까요. 아빠, 보세요. 땅이 이렇게 많이 올라왔잖아요."

나오토가 애써 부정하고 싶었던 사실을 하루토는 조금의 주저도 없이 내뱉었다. 그리고 자기 말을 믿어주지 않는 아빠를 불만스럽게 노려봤다. 나오토는 그 시선을 무시하고 하루토의 손을 잡았다.

하루토의 작은 손이 놀랍도록 차가워서 보니 장갑이 발밑에 떨어져 있었다. 요리코가 따뜻하게 입혔다고 했으니 장갑은 스스로 벗었을 것이다. 차갑게 얼어붙은 그 손에서 기도의 간절함이 전해졌다.

"이렇게 추운데 감기라도 걸리면 어쩌려고 장갑을 벗었어. 할머니께서 걱정하시겠다. 얼른 집에 들어가자."

"그치만……."

순간, 몸이 달아오르며 분노가 솟구쳤다.

"잔말 말고 당장!"

사실 나오토는 하루토의 기이한 행동에 점점 두려움을 느끼고 있었다. 어쩌면 공포심에 가까운 그 감정을 감추기 위해 소리를 질렀는지도 모른다.

"하루토! 말 안 들을 거야?"

나오토의 호통에 하루토는 숨겨진 가시에 찔린 듯 고개를 떨구며 몸을 움츠렸다.

"얼른 들어와."

나오토는 하루토의 팔을 끌고 집 안으로 들어와 유리문을 닫았다. 강압적인 나오토의 행동에 하루토는 결국 울음을 터뜨렸다.

"아파요, 아빠. 팔이 아파요."

무의식중에 손에 힘이 들어갔는지 나오토의 손가락이 하루토의 팔을 억세게 움켜쥐고 있었다. 포치가 주인의 위기에 맞서려는 듯이 사납게 짖으며 당장이라도 나오토에게 달려들 기세로 꼬리를 세우고 위협적으로 흔들었다.

"시끄러워!"

나오토가 포치의 배를 걸어차며 소리를 질렀다. 비명을 내지르며 나동그라진 포치의 눈에는 증오의 빛이 가득했지만 가족의 일원을 차마 물 수는 없는지 주변을 뛰어다니며 낮게 으르렁댈 뿐이었다.

"대체 무슨 일이니!"

요리코가 주방에서 달려 나와 나오토가 잡고 있는 하루토 손을 잡아챘다.

"할머니!"

하루토는 울부짖으며 할머니 품에 얼굴을 묻었다. 나오토는 그런 하루토를 보면서도 마음을 진정시킬 수가 없었다. 스스로도 이해할 수 없는 악한 감정이 하염없이 끓어올랐다. 평소 냉정한 편이라 감정적으로 행동하는 일이 드물었지만 오늘은 도저히 자신을 통제할 수가 없었다.

"아무것도 아니에요."

소파에 쓰러지듯이 앉아 머리를 감싸쥐었다. 옆에서 요리코가 깊은 한숨을 쉬며 말했다.

"하루토가 이렇게 울고 있는데 아무것도 아니라니 그게 무슨 말이니! 너, 요즘 정말 이상하구나. 미유키 일로 충격이 크겠지만 너는 하루토 아빠잖니. 네가 정신을 똑바로 차려야지."

"됐어요. 그만하세요. 저는 이제 어린애가 아니에요. 이 집도 내가 지었잖아요. 엄마, 언제까지 여기 계실 거예요? 여기는 우리 집이라고요. 나와 하루토⋯⋯."

그리고 '미유키의 집'이라는 말을 간신히 삼켰다. 미유키는 돌아오지 않을 것이다. 말도 안 되는 일이 일어날 리 없다. 요리코는 하루토를 안은 채 걱정스러운 눈빛으로 나오토를 바라보았다. 하루토 앞에서 다투는 상황은 피하고 싶은지 더는 아무 말도 하지 않았다.

"소리 질러서 미안해요. 좀 피곤해서 그래요. 목욕물 받으셨어요?"

"그래, 언제든 편할 때 들어가."

"그럼 하루토 먼저 씻겨주실래요? 몸이 차더라고요."

나오토는 머리 안쪽이 묵직하게 저리며 현기증이 났다.

"그래. 하루토, 할머니랑 목욕하러 가자. 수건 챙겨서 먼저 욕실로 가 있을래?"

하루토가 살짝 뽀로통한 표정을 지으면서도 순순히 욕실 쪽으로 걸음을 옮겼다. 요리코는 그 뒷모습이 사라질 때쯤 소파에 앉아 머리를 쥐고 있는 나오토에게 근심 어린 목소리로 물었다.

"괜찮을까?"

"뭐가요?"

"하루토 말이다. 뭔가 이상해. 온종일 마당 구석에 쪼그리고 앉아서 이상한 말을 중얼대고……."

요리코는 말끝을 흐렸다. 요리코는 결혼 전부터 미유키가 풍기는 묘한 느낌에 늘 신경이 쓰인다고 말했다. 하지만 미유키의 이상한 힘에 대해서는 아무것도 몰랐기 때문에 단순히 미유키가 마음의 병을 앓는다고 여겼다. 요리코는 혹시라도 그 병이 하루토에게 유전된 게 아닐까 걱정하는 눈치였다.

"그냥 노는 거니까 걱정하지 마세요. 그 나이 애들이 원래 다 그렇잖아요."

"그렇긴 하지만…… 마당에 뭐가 있나?"

요리코가 테라스 쪽 유리문으로 다가가려 하자 나오토는 그 걸음을 제지하듯이 크게 소리 질렀다.

"걱정하지 마시라고요! 하루토는 포치랑 놀았을 뿐이에요!"

욕실까지는 따라나서지 못하고 테이블 아래 엎드려 있던 포치가 귀를 납작 젖혔다.

"그래…… 근데 뭔가 좀 섬뜩한 기분이 들어서."

요리코는 급히 말을 덧붙였다.

"나도 참 별소리를 다 하네. 손자한테 섬뜩하다니, 내가 정신이 없다."

요리코는 자신을 책망하듯이 고개를 가로젓더니 씻으러 가야겠다며 혼잣말처럼 중얼거리고 거실을 떠났다.

○

10

히로코는 아파트 주차장에 차를 대고 짧은 한숨을 내뱉었다. 오늘도 작은 마을 행사를 취재하느라 정신없이 뛰어다녔다. 속 칭 '심심풀이 취재'로, 보수는 적지만 평화로운 현장을 촬영하는 것도 나쁘지만은 않았다. 시장 사람들의 활기찬 미소는 히로코 의 마음 한구석에 작은 얼룩처럼 자리 잡은 불안을 잠시 잊게 해 주었다.

적당히 피곤했다. 미유키의 사망 소식을 들은 뒤 심란한 마음 에 도통 잠을 자지 못했는데 오늘 밤은 푹 잠들 수 있을 듯했다.

아파트 현관 앞, 찬 바람이 낙엽을 공중에 띄워 회오리를 만들 고 있었다. 히로코가 사는 아파트는 원룸 전용으로 세대 수가 많 고 건물이 꽤 큰 편인데 설계상 문제인지 현관 쪽에는 1년 내내 바람이 세게 불었다. 여름에는 그나마 좀 나았지만 겨울에는 살을 에는 듯한 바람이 몰아쳤다.

히로코는 가방을 어깨에 메고 소중한 파트너인 비디오카메라를 끌어안은 채 아파트 로비를 향해 달렸다. 한쪽 벽면에 작은 우편함이 죽 늘어서 있고 그 옆으로 노란색 엘리베이터 문이 있다. 평소처럼 엘리베이터 버튼을 누르려다 손을 멈췄다. 방금 누가 탔는지 엘리베이터 숫자판에 아래로 향하는 화살표가 뜨더니 숫자가 내려오고 있었다.

혼자 사는 사람이 많아서인지 이 아파트는 이웃 간 교류가 전혀 없다. 이런 공유 공간에서 마주쳐봤자 어색할 따름이다. 계단을 이용할까 잠시 고민했지만 한 손에 비디오카메라를 들고 배터리와 삼각대가 든 가방까지 메고서 4층까지 오르고 싶지는 않았다.

결국 엘리베이터를 기다리기로 마음먹고 하나씩 줄어드는 숫자판의 숫자를 소리 없이 중얼거렸다. 4, 3, 2⋯⋯ 1.

땡 하고 건조한 전자음이 울리며 엘리베이터 문이 열렸다. 히로코는 어색한 마주침을 피하려고 옆으로 한 발짝 물러섰지만 내리는 사람은 없었다. 이상해서 엘리베이터 안을 들여다봤지만 역시나 아무도 없었다. 엘리베이터는 분명 히로코가 버튼을 누르기도 전에 움직였는데.

누군가 엘리베이터에 타고 1층 버튼을 눌렀다가 잊은 물건을 가지러 돌아간 걸까? 그렇겠지. 히로코는 신경이 조금 예민해졌을 뿐이라며 자신을 다독였다.

엘리베이터에 타서 4층 버튼을 누르는 순간 알 수 없는 불쾌함이 온몸을 뒤덮었다. 버튼에 미끈거리는 뭔가가 묻어 있었다. 급히 손수건을 꺼내 손을 닦는 사이 엘리베이터 문이 조용히 닫히고 위로 움직이기 시작했다. 문득 등 뒤에서 인기척이 느껴졌다. 그리고 기척은 점점 짙어졌다.

뒤에 사람이 있나? 아니, 아무도 없는 걸 분명 확인하고 탔다. 아무도 없다고 되뇌면서도 돌아볼 수가 없었다. 문에 바짝 붙어서서 숫자판만 빤히 응시할 뿐이었다. 어서…… 어서 도착했으면……. 비디오카메라를 든 손에 저절로 힘이 들어갔다.

드디어 4층에 도착해 문이 열리자마자 복도로 뛰어나갔다. 고개를 돌려 엘리베이터 안을 봤지만 역시나 아무도 없었다. 히로코는 겁에 질린 자기 모습이 초라하고 우스워서 씁쓸하게 웃었다. 현관문을 열고 전등 스위치로 손을 뻗은 순간, 휴대폰이 청바지 주머니 안에서 요란하게 진동했다. 그 순간 찬물을 뒤집어쓴 것처럼 등줄기에 소름이 돋았지만 '가시와바라'라는 이름을 보자 긴장이 풀렸다.

"여보세요."

"저희 카메라맨이 갑자기 쓰러졌어요. 급하게 부탁해서 미안한데 지금 좀 도와줄 수 있어요? 아, 지금 시나마치로 오시면 되거든요."

질문에 대답도 하기 전에 가시와바라는 장소를 설명하기 시작했다. 꽤 곤란한 상황인 듯했다. 작은 제작사는 스태프가 늘 풀가동된다. 언제나 빡빡한 일정으로 촬영을 진행하기 때문에 누군가 과로로 쓰러지면 히로코 같은 프리랜서에게 지원을 요청해야 한다.

사건 사고가 매일 벌어지는 건 아니라서 프리랜서 카메라맨에게 이런 일은 꽤 중요한 수입원이다. 피곤했지만 생계가 걸려 있으니 거절할 수는 없다.

"지금 바로 갈게."

히로코는 사랑하는 파트너, 업무용 비디오카메라를 들고 엘리베이터 앞에서 잠시 멈칫하다가 곧바로 계단을 뛰어 내려갔다.

야마테도리 북쪽 방면에서 시나마치 입체 교차로를 지나자 왼편으로 사람 그림자가 보였다. 가시와바라가 손을 크게 흔들고 있었다. 2월의 차가운 밤바람을 맞으며 내내 기다린 모양이다.

"어서요. 이쪽이에요."

가시와바라는 히로코의 차를 갓길로 유도하더니 불쑥 문을 열고 업무 내용을 설명했다. 히로코는 그제야 오늘 자기가 할 일이 무엇인지 알았다.

1년 전 아오모리 하치노헤시에서 고누마 마모루라는 남성이 실종됐는데, 조사 결과 경영하던 회사가 도산하자 채권자들을 피해 도망친 것으로 밝혀졌다. 홀로 남겨진 아내는 빚쟁이들에게 시달리며 지옥 같은 나날을 보내다가 이제야 간신히 재기했다. 그리고 힘겨운 시기에 버팀목이 되어준 한 남성과 사랑에 빠졌지만 자신을 버리고 도망간 남편과 아직 호적상 부부 상태라 재혼을 할 수가 없었다. 법적으로 실종된 지 7년이 지나야 호적에서 빠질 수 있다. 탐정도 고용해봤지만 남편의 행방을 찾는 데 실패했다.

탐정 사무소에 드나드는 정보원이 가시와바라에게 이 정보를 넘겼고, 도호 방송국 계열사에서 방영 예정인 '영능력 탐정국'이라는 프로그램에서 이 사건을 다루기로 했다. 한마디로 히로코는 지금 영능력자의 힘으로 실종자를 찾는 방송을 찍으러 온 것이다.

"영능력 탐정국? 행방불명된 사람을 영적인 힘으로 찾겠다고? 진지하게 하는 말이야?"

"당연하죠. 여러 영능력자 중에서도 우리 팀이 맡은 다이몬 선생님은 정말 대단한 분이에요. 저도 지금까지 자칭 영능력자라는 사람들을 많이 봤지만 이렇게 신통한 사람은 진짜 처음 봐요."

가시와바라는 흥분한 목소리로 다이몬 겐신이 얼마나 대단한지 늘어놨지만 그런 설명은 필요치 않았다. 히로코도 다이몬 겐신에 대해 이미 잘 알고 있었기 때문이다. 진언종 쪽 절의 주지로 있으면서 악령 퇴치, 영시, 심령사진 검증 등 온갖 수상쩍은 일에 손을 대는 남자였다.

몇 번인가 텔레비전에서 본 기억도 난다. 큰 소리로 의뢰인을 위협하는 모습은 품위 있는 종교인은커녕 사기꾼으로밖에 보이지 않았다. 가시와바라는 다이몬을 전혀 의심하지 않는 것 같았다. 가시와바라는 그냥 오컬트를 좋아하는 사람인지도 모른다. 가시와바라가 방송국에서 해고된 게 오히려 다행이라는 생각까지 들면서 히로코는 급격히 의욕을 잃었다. 긴급 상황이라는 호출을 받았을 때는 아드레날린이 마구 솟구쳤는데 가시와바라의 설명을 듣고 나니 순식간에 마음이 식어버렸다. 다시는 사기꾼 영능력자 따위와 얽히고 싶지 않았다.

5년 전 히로코가 기괴한 일 때문에 괴로워할 때 점술을 좋아하는 마야의 추천으로 영능력자 몇 명에게 상담을 받은 적이 있다. 하지만 누구 하나 제대로 된 능력을 보여주지 못했다. 별자리 풀이나 손금 풀이처럼 뻔한 조언을 늘어놓으면서 비싼 상담료만 뜯어내려고 했다. 하나같이 남의 약한 부분을 이용하려는 사기꾼들뿐이었다.

"그런 사기꾼이 하는 일, 거들고 싶지 않아."

"네? 여기까지 와서 왜 그러세요. 다이몬 선생님은 진짜라니까요. 히로코 씨, 부탁할게요. 제발 저 한 번만 살려주세요."

가시와바라는 히로코 앞에서 파리처럼 양손을 비비면서 딱한 표정을 지어 보였다. 며칠째 잠도 제대로 못 잤는지 눈 밑까지 다크서클이 내려와 있었다. 적어도 이 남자가 다른 사람의 약점을 이용해 사기를 치려는 게 아니라 프로그램에 진심이라는 것만은 알 수 있었다.

"다이몬 선생님의 영시를 따라서 일주일이나 찾아다니다가 드디어 발견했어요. 의뢰인인 아내분도 오셨어요. 내일 아침까지 기다리면 또 놓칠 거예요. 제발이요. 지금 다른 카메라맨 섭외할 시간이 없어요."

촬영팀 버스 옆에서 걱정스러운 시선을 보내는 사람이 있었다. 이 방송에 남편을 찾아달라고 의뢰한 여자인 듯했다. 고생을 많이 했는지, 한때 사장 부인이었을 텐데 그런 여유는 전혀 느껴지지 않았다. 의뢰인은 히로코의 시선을 피하듯이 차 뒤로 모습을 감췄다.

"아무튼 나는 '영능력 탐정국' 같은 사기 방송에는 흥미가 없어."

"히로코 씨, 제발 좀 부탁합니다. 난부 씨가 고열로 쓰러져서 지금 찍을 사람이 없어요. 히로코 씨가 가버리면 이 취재는 실패예요. 이왕 여기까지 왔으니까 저 좀 살려주세요."

다운 점퍼를 입은 듯한 근육질 카메라맨이 쓰러지다니 어찌 된 일일까? 그만큼 현장이 혹독했다는 뜻일지도 모른다. 정말 영능력이 있다면 일주일이나 걸릴 이유가 없었다. 가시와바라도 끌려다니는 피해자일 뿐, 모든 게 다 다이몬이라는 사기꾼 탓이다.

당장이라도 울음을 터뜨릴 것 같은 가시와바라를 보자 히로코는 자기가 어린아이를 괴롭히는 악당이라도 된 것 같았다. 가시와바라는 상대의 동정심과 죄책감을 불러일으키는 묘한 재주가 있다.

"가시와바라 씨, 큰일 났어요."

조연출인 나카하라가 달려와 초조한 듯 속삭였다. 나카하라는 전문학교를 졸업한 지 얼마 되지 않아 융통성은 좀 부족했지만 열정만큼은 히로코도 본받고 싶을 정도로 대단한 남자였다.

"무슨 일이야? 타깃이 움직였어?"

가시와바라의 표정이 굳었다.

"아니요. 사치 씨가 더는 못 기다리겠다고 난리예요. 지금 오오하시가 진정시키고 있는데 감당이 안 돼요. 너무 시끄러워지면 타깃이 눈치챌지도 모르는데."

사치라는 사람이 의뢰자인 모양이다. 고뇌에 찬 얼굴로 서로를 마주 보는 두 남자를 앞에 두고 히로코도 더는 고집을 부릴 수 없었다.

"알겠어."

가시와바라가 건넨 메모리 카드를 카메라에 끼우고 비디오카메라를 어깨에 얹었다. 카메라라는 무기를 들고 전장으로 향하는 군인의 심정이었다. 어깨에서 느껴지는 묵직함이 히로코에게 힘을 주었다.

"저 아파트예요. 2층 맨 오른쪽 집이요."

오래된 아파트가 밀집된 골목으로 들어서며 나카하라가 말했다. 히로코는 파인더 너머로 문을 응시했다. 빛이 새어 나오는 유리문을 당겨 찍자 사람 그림자가 움직이는 게 보였다.

히로코 바로 옆에 있던 검은 벤츠의 창문이 조용히 내려갔다. 기척을 느낀 히로코가 반사적으로 카메라를 돌리자 다른 스태프가 조명을 비췄다. 까무잡잡한 피부에 머리를 빡빡 민 남자가 눈이 부신 듯 얼굴을 찌푸렸다. 남자의 날카로운 눈매가 카메라에 또렷하게 담겼다.

"창문으로 도망간다. 얼른 뒤쪽으로 가봐."

남자의 저음에 가장 먼저 반응한 사람은 의뢰인, 사치였다. 의뢰인은 괴성을 지르며 달리기 시작했다.

"히로코 씨! 얼른 따라가요!"

가시와바라가 말하기 전부터 히로코는 이미 달리고 있었다. 의뢰인의 뒷모습을 파인더로 쫓으며 달렸다. 헤어진 남편을 만나고 싶어 하는 의뢰인의 간절한 마음이 파인더 너머로 절절히 느껴졌다.

하지만 그 간절함은 애정에서 비롯된 것이 아니다. 의뢰인이 뿜어내는 분노와 증오가 카메라를 통해 생생하게 전해졌다. 이것이 비디오카메라의 매력이자 무서운 점이다.

"또 도망치려고?"

아파트 뒤편으로 돌자마자 의뢰인이 소리쳤다. 그 시선 끝에 창문에 매달린 백발의 남자가 있었다. 침대 시트를 난간에 묶어서 타고 내려오려고 했던 것 같지만 현실은 영화와 달랐다. 남자는 시트와 지면 사이 1미터쯤 되는 높이에서 겁을 먹고 뛰어내리지 못하고 있었다.

의뢰인은 남편의 다리를 잡고 사정없이 끌어당겼다.

"하지 마! 놔, 이거 놓으라고!"

남자는 안간힘을 쓰며 버텼지만 결국 손에 힘이 풀렸는지 화단으로 떨어지고 말았다.

"이 나쁜 놈아! 혼자만 살겠다고 도망을 가?"

악을 쓰며 덤벼드는 의뢰인을 가시와바라와 오오하시가 달려가 붙잡았다. 남자 둘이 매달려 간신히 제지할 정도로 억센 힘이었다. 작은 체구 어디에 그런 힘이 숨어 있었을까? 히로코는 무시무시한 증오의 위력에 등골이 서늘해졌다.

11

"커피 한잔 마시면서 마음을 좀 가라앉히세요."

패밀리 레스토랑 가장 안쪽 자리에 얌전히 앉아 있는 고누마 마모루에게 가시와바라가 커피를 권했다. 스태프가 주변을 둘러싸고 있어서 도망가려야 갈 수도 없었다.

"아, 네."

고누마는 작게 대꾸할 뿐 커피에 손을 대지 않았다. 맞은편에 앉은 무라타 사치가 고누마를 빤히 노려봤다. 아직 법적으로는 고누마 사치였지만 여자는 이미 결혼 전 성을 쓰고 있었다. 쉰 정도 되었을까. 얼굴의 깊은 주름에서 고생의 흔적이 엿보였다.

고누마는 사치에게 잡혀 화단에 처박혔지만 다행히 크게 다치지는 않았다. 다리에 가벼운 상처를 입은 게 다인데, 그 상처 덕에 도망칠지도 모른다는 걱정을 덜었으니 취재팀으로서도 다행스러운 일이었다. 뒤이어 현장에 주변 주민들이 모여들자 취재팀은 호기심 어린 시선을 피해 가까운 패밀리 레스토랑으로 이동했다.

히로코는 모든 과정을 카메라에 담았다. 레스토랑에 들어올 때 직원이 고개를 갸웃하긴 했지만 그런 것까지 신경 쓸 수는 없었다. 늦은 밤이라 손님도 거의 없는 데다 일일이 촬영 허가를 받으려면 시간과 돈이 아무리 많아도 부족하다. 이런 영세 제작사는 게릴라 촬영이 기본이다.

비디오카메라는 무릎 위에 두고 위에서 액정을 보며 촬영하기 때문에 직원은 카메라가 돌아가고 있다는 사실을 모를 것이다. 조명을 켤 수 없어서 화질이 떨어지긴 하지만 현장감이 살아나 오히려 다큐멘터리다운 영상이 나왔다.

"지금도 촬영 중인가요?"

"얼굴은 모자이크 처리를 할 테니 안심하세요."

가시와바라는 고누마의 질문에 취재 의도와 내용을 상세하게 설명했다.

화면에 비치는 고누마는 완전히 풀죽은 모습이었지만 한편으로는 안심한 것처럼도 보였다. 아파트 주변의 수상한 움직임을 느끼고 빚쟁이라고 착각한 듯했다.

이미 파산한 상태였지만 불법 사채업체의 굴레는 고누마를 평생 따라다닐 것이다. 고누마는 사채업자가 찾아온 줄 알고 죽을힘을 다해 창문에 매달렸는데 알고 보니 자신이 버린 아내라는 사실에 맥이 풀린 모양이다.

옆에서 가시와바라의 설명을 듣고 있자니 새삼 기가 막혔다. 가시와바라는 절대 흥미 위주의 오컬트 방송이 아니라고 역설했다. 실제 사건 수사나 사람 찾기에 영적 능력을 활용할 수 있다는 사실을 과학적으로 증명하는 것이라고 주장했다. 히로코는 그게 오컬트 방송과 뭐가 다른지 이해할 수 없었다.

한마디로 여러 영능력자가 영적 능력을 활용해 실종자를 찾는 프로그램에서 고누마가 실험 대상 중 하나로 선택된 것이었다.

"영능력자요?"

고누마는 고개를 숙인 채 중얼거렸다. 어처구니없는 방송 기획 때문에 자신이 발각됐다는 사실이 분했는지 고누마는 돌연 고개를 들고 추궁하듯 덧붙였다.

"영능력으로 어떻게 제가 있는 곳을 찾아냈나요?"

태어나 자란 곳을 떠나 아무도 모르는 곳에서 이름을 바꾸고 완전히 고립된 생활을 하고 있었으니 사막에서 바늘을 찾아내는 것이나 마찬가지였을 터였다. 고누마는 이번 실패의 원인을 파악해서 앞으로 도망칠 때 참고하려는 것일까?

"그건……."

가시와바라가 갑자기 말을 멈추고 히로코 뒤쪽으로 시선을 옮겼다. 히로코가 카메라 화면에서 눈을 떼고 뒤를 돌아보니 엄청나게 화려한 보라색 법의 차림의 거구 남성이 서 있었다. 다이몬 겐신이다.

주변 공기의 흐름이 급변했다. 히로코도 방송국을 드나들며 적잖은 연예인을 만나봤다. 그들은 독특한 아우라를 뿜어낸다. 다이몬 겐신에게도 그런 아우라가 있었다. 종교적이고 경건한 힘이라기보다 연예인의 아우라에 가까웠다.

레스토랑 직원과 다른 손님들도 다이몬을 알아본 듯했다. 힐끗거리기만 하던 사람들이 눈을 반짝이며 노골적으로 호기심 어린 시선을 보냈다.

빡빡 민 머리에 피부는 까무잡잡하고 풍채가 과하게 좋아서 목이 거의 보이지 않았다. 패밀리 레스토랑과 전혀 어울리지 않는 용모였다. 바로 뒤에는 검은 정장 차림의 경호원 같은 남자가 서 있었는데 그 존재가 다이몬의 인상을 한층 위협적으로 만들었다.

"차에서 기다리기가 영 지루해서 말이지. 내 일의 성과를 확인하고 싶은 것이 인지상정 아니겠나."

다이몬이 크게 울리는 목소리로 넉살 좋게 말하더니 나카하라를 밀어내고 의자에 걸터앉았다.

"선생님, 감사합니다. 다이몬 선생님이 도와주지 않으셨다면 이 매정한 사람을 찾지 못했을 거예요. 정말 감사합니다."

무라타 사치가 테이블에 이마가 닿을 정도로 깊게 고개를 숙였다. 이게 종교가 아니라면 무엇일까. 기적을 보여주고 그 힘을 경외하게 만들어 자신을 완전히 신뢰하도록 유도하는 것이다.

"이게 내 일이니 그렇게 고마워할 필요 없어요. 내 능력을 확인해서 나도 기분이 좋으니까. 하지만 내가 아무리 능력을 보여줘도 믿지 않으려는 사람도 있는 법이지."

다이몬은 잠시 히로코를 쏘아보더니 고누마에게 눈길을 돌리며 복부에서 나오는 저음으로 이야기를 시작했다.

"영능력도 여러 가지가 있는데 이번에 내가 사용한 힘은 '사이코메트리'라는 거지. 물건에는 주인의 영혼이 깃들기 때문에 당신의 물건을 만지면 지금 당신이 보는 광경이 내 머릿속에 떠오릅니다. 그러니 어디로 도망가든 소용이 없어요. 본인이 소중하게 여긴 물건, 몸에 오래 지니고 있던 물건이면 그 힘이 더 강해지지."

다이몬의 짐짓 꾸민 듯한 미소가 더 혐오스럽게 보였다. 다이몬의 말을 듣고 있으니 5년 전 히로코가 괴로움에 몸부림칠 때 도움의 손길을 내주기는커녕 한몫 챙기는 데 여념이 없던 영능력자들에 대한 분노가 되살아났다. 히로코는 이런 자를 촬영해야만 하는 자신의 직업이 원망스러웠다.

"그래서 무라타 사치 씨한테 받은 물건을 다이몬 선생님이 영시하신 겁니다."

가시와바라가 자신만만한 표정으로 말을 이었다.

"몸에 지니고 있던 기간이 길수록 주인의 에너지가 강하게 느껴진다고 해서 고누마 씨의 오래된 안경을 사용했습니다. 역시나 다이몬 선생님은 안경을 만지기만 했는데 고누마 씨가 있는 장소가 보인다고 하셨어요. 낡은 목조 아파트가 밀집된 곳, 바로 옆에 큰 도로가 있고 창문에서 고층빌딩이 보이는 곳, 이런 식으로 우리한테 이미지를 알려주셨죠. 그런 장소를 찾기가 쉽지는 않았지만 이 근처까지 오자 다이몬 선생님이 훤히 아는 길처럼

길을 안내해주셨습니다. 바로 그 아파트 2층 끝 집이라고!"

가시와바라의 목소리에서 기획대로 실종자를 찾는 데 성공했다는 뿌듯함이 고스란히 전해졌다. 전부 다 사기일 게 뻔하다. 운 좋게 우연이 겹쳤거나 다이몬이 따로 탐정을 고용했을 가능성도 있다. 어찌 됐건 이런 일은 얼른 끝내고 싶었다. 히로코는 계속 카메라를 돌리면서도 꺼림칙한 기분을 떨치지 못했다.

한밤중의 패밀리 레스토랑에서 촬영이 이어졌다. 영능력의 활약을 뒤로하자 이제 남은 건 산 사람 간의 대화였다. 그건 심령이나 사이코메트리 같은 사기가 아니다. 히로코는 그들의 생생한 사연을 카메라에 담았다. 이야기는 비교적 담담하게 진행되었다. 아내를 버리고 도망간 고누마가 이혼을 거부할 이유는 딱히 없었다. 방송 기획에 관한 설명을 들은 후 영능력으로 실종자를 찾는 것 이상의 의도가 없다는 사실을 알고 안심한 듯했다. 앞으로 고누마의 행방을 쫓지 않겠다는 약속을 하고 이혼 서류에 도장을 받기로 했다.

"여기에 도장 찍어요."

의뢰인 사치가 이혼 서류를 테이블 위에 펼쳤다. 아내가 써야할 항목은 이미 다 채워져 있었다.

"알았어. 그래야 당신이 행복해진다면 찍을게. 고생시켜서 미안해."

한참을 머뭇거리다가 피할 수 없다는 사실을 깨달았는지 아니면 카메라를 의식했는지 고누마는 이혼 도장을 찍었다. 카메라 앞에서는 누구나 자신이 좋은 사람으로 보이길 바란다. 타인의 시선을 더욱 강하게 의식하기 때문일까. 이렇게 커다란 렌즈가 자신을 정면으로 바라보고 있으니 당연한지도 모른다.

고누마는 허리춤에 맨 가방에서 인감을 꺼냈다. 언제든 도망갈 수 있도록 중요한 물건을 전부 그 가방에 넣어서 가지고 다니는 듯했다. 50대 후반 남자의 모든 것이 그 작은 가방에 다 들어간다는 사실도 서글펐지만 그런 남자에게 인생이 매여 있던 여자도 애처롭게 느껴졌다.

"이제 끝났습니다. 늦은 시간까지 정말 감사했습니다. 자, 철수합시다."

가시와바라의 입에서 고대하던 말이 나왔을 때 하마터면 '야호!' 하고 소리칠 뻔했다. 다이몬에게 인사하는 가시와바라의 옆에서 히로코는 서둘러 퇴근 준비를 시작했다. 메모리 카드를 꺼내 나카하라에게 건네면 모든 업무가 끝난다. 몸이 납덩이처럼 무거웠다. 손목시계 바늘이 벌써 2시 반을 가리키고 있었다. 유난히 긴 하루였다.

"여기 메모리 카드. 먼저 들어갈게. 보수는 늘 주는 계좌로 보내줘."

히로코가 평소처럼 인사를 건네고 일어서자 다이몬이 말을 걸었다.

"이봐요, 빠뜨린 게 있네요."

다이몬이 테이블 위에 놓인 히로코의 지포 라이터로 손을 뻗었다. 담배를 줄이려고 노력 중이지만 무심코 주머니에서 라이터를 꺼내 테이블에 올려둔 모양이다.

"아, 감사합니다."

다이몬과는 말도 섞고 싶지 않았다. 히로코는 서둘러 손을 뻗었지만 다이몬의 손이 조금 먼저 지포 라이터에 닿았다. 그 순간 다이몬의 표정이 변했다. 능글맞은 사기꾼 기색이 역력했던 얼굴이 험악하게 굳었다. 다이몬은 눈을 부릅뜨고 히로코를 쏘아봤다. 그 눈빛에 히로코는 등줄기가 오싹했다.

"당신, 요즘 이상한 일이 일어나지 않아?"

"아니요!"

히로코는 가시 돋친 말투로 내뱉으며 라이터를 낚아챘다.

사기꾼 영능력자의 뻔한 수법이다. 심각한 표정으로 요즘 이상한 일이 없냐고 물으면 누구나 불안을 느끼기 마련이다. 히로코는 그 수법에 걸려들지 않을 자신이 있었다.

"전혀요. 나는 댁 같은 사람의 말을 믿지 않으니까 관둬요."

"잠깐 기다려!"

발길을 돌리는 히로코를 다이몬이 불러세웠다.

"당신한테 사악한 게 붙어 있어. 아직은 약하지만 그냥 두면 걷잡을 수 없이 강해지겠지. 그게 당신을 죽일 거야."

"닥쳐요!"

히로코는 신경질적으로 소리쳤다.

"그게 무슨 말이에요?"

가시와바라가 눈을 반짝이며 물었다. 흥미로운 소재를 찾은 방송인의 호기심을 숨길 생각이 없어 보였다. 히로코를 피사체로 30분짜리 방송을 만들 작정이다.

"아무것도 아니야."

히로코의 말에 다이몬은 다시 시선을 히로코로 향했다. 다이몬은 적의로 똘똘 뭉친 히로코에게 웃으며 말했다.

"천천히 이야기를 하고 싶으니 연락하게."

다이몬은 금박 입힌 명함을 내밀었다. 졸부 취향의 수상쩍기 그지없는 명함이었다. 히로코는 잠시나마 가슴 졸인 자신이 부끄러워서 애써 태연한 척 웃으며 명함을 받았다.

"제 명함은 마침 다 떨어졌네요. 그리고 나는 당신이랑 할 이야기 따위 없습니다."

"괜한 고집을 부리는군. 당신은 나한테 오게 되어 있어. 언제든 상관없으니 연락해."

"제가 워낙 바빠서요. 찾아뵐 시간이 없을 겁니다."

"꼭 와. 안 그러면 영문도 모른 채 죽을 수도 있어. 당신한테 붙어 있는 그 사악한 것이 당신을 죽이겠지. 나도 이제껏 본 적 없는 무시무시한 놈이야. 더 강해지기 전에 퇴치해야 해."

"아무 말이나 지껄이지 말아요. 그런 헛소리에 내가 겁먹을 줄 알아요?"

히로코는 다이몬의 말에 발끈하며 카메라를 쥔 손에 힘을 실었다.

"실례하겠습니다."

히로코가 자리를 뜨자 다이몬은 어깨를 으쓱할 뿐이었다.

12

"선생님, 괜찮으십니까?"

운전사이자 경호원 그리고 제자인 구로사키 구니아키가 룸미러 너머로 물었다. 그 목소리가 멍하던 다이몬의 정신을 불러왔다.

히로코를 생각하고 있었다. 흰 피부, 드세 보이는 큰 눈, 화장기 없는 얼굴, 털털한 차림새로도 넘치는 여성미를 감추지는 못했다. 분명 다이몬이 좋아하는 타입이었지만 성적인 관심만으로 히로코를 떠올린 건 아니다.

"운전이나 해."

"네. 죄송합니다."

언짢아하는 다이몬의 목소리에 구로사키는 움츠리며 시선을 돌렸다. 아무것도 느끼지 못하다니 구로사키는 영능력자로서 재능이 없는 게 분명하다.

구로사키는 자위대에서 훈련 중 사고를 당해 죽을 고비를 넘기자 영적 능력이 생겼다면서 제자로 삼아달라며 다이몬을 찾아왔다. 그렇지만 다이몬은 그 말을 믿지 않았다. 진짜 영감이 있다면 다른 사람의 제자가 될 필요도 없을 테니까.

다이몬은 구로사키가 자기 노하우를 훔칠 목적으로 접근했다고 판단했다. 하지만 그때 마침 방송 활동이 바빠져서 급한 김에 매니저 역할을 맡겼다가 벌써 7년이란 시간이 지났다.

구로사키는 성실하게 일하며 '선생님, 선생님' 하며 다이몬을 극진히 모셨다. 그런 면은 예상 밖이었지만 영감이 없을 것이란 짐작은 틀리지 않은 모양이다. 패밀리 레스토랑에서도 다이몬 바로 뒤에 서 있었지만 아무것도 느끼지 못한 듯했다. 그토록 강렬하고 요사스러운 기운이 맴돌았는데 말이다.

다이몬은 패밀리 레스토랑에 들어서는 순간 강렬한 증오의 기운을 느꼈다. 그것은 작은 틈에서 새어 나온 가스처럼 공기 중에 퍼져 있어서 출처가 어디인지 알 수 없었다.

나른한 표정으로 턱을 괸 채 앉아 있는 남자나 수다 삼매경에 빠진 여고생들이 그런 기운을 내뿜는 것 같지는 않았다. 그러나 무라타 사치는 조금 달랐다.

다이몬은 예전에도 사치를 본 적이 있다. 도망간 남편을 강하게 원망하긴 했지만 하룻밤 술잔을 기울이며 눈물로 흘려보낼 만한 정도였다. 레스토랑에서 다이몬이 느낀 원념은 그런 수준이 아니었다. 다이몬은 아주 오랜만에 공포를 느꼈다. 그토록 지독한 원념을 온몸으로 감지하는 자신의 영능력이 원망스러울 정도였다.

철들 무렵부터 여러 가지 존재가 눈에 보였다. 처음에는 다른 사람도 자신과 비슷한 것을 보는 줄 알았기 때문에 아무런 공포도 느끼지 않았다. 어른이 된 뒤에도 겁이 날 만한 일은 거의 없었다.

하지만 조금 전 라이터에 손을 댄 순간 머릿속에 떠오른 이미지는 구토가 치밀 만큼 끔찍했다. 웬만한 일에는 놀라지 않는 다이몬 겐신을 움츠러들게 할 정도로 무시무시하고 섬뜩한 존재였다. 구라사와 히로코라는 여자의 정체가 궁금하다. 그토록 사악한 것을 붙이고 다니다니, 대체 어떤 사람일까?

별생각 없이 창밖으로 시선을 돌렸다. 뿌옇게 습기가 차서 밖은 보이지 않았지만 다이몬은 알 수 없는 불길함을 느끼며 창문에 서린 김을 손으로 쓸어냈다. 그 순간 거의 동시에 운전석에 앉은 구로사키가 짧게 숨을 토하며 차를 급히 멈췄다. 브레이크가 비명을 지르는 동안 몸이 앞으로 쏠리면서 안전벨트가 몸으로 파고들었다.

다행히 늦은 시간이라 도로는 한적했으나 뒤에 차가 있었다면 틀림없이 충돌했을 것이다.

"죄송합니다. 다친 데는 없으십니까?"

구로사키가 새파랗게 질린 얼굴을 뒷자리로 들이밀었다.

"무슨 일이야?"

다이몬의 물음에 구로사키가 번뜩 정신을 차린 듯 문을 열고 뛰어내렸다.

"뭘 들이받았나?"

다이몬이 상황을 살피려 차에서 내려 보니 구로사키가 길 한가운데에 멀뚱히 서 있었다.

"분명히 뭐가 앞으로 뛰어들었는데……."

구로사키가 선명한 타이어 자국을 바라보며 혼잣말처럼 중얼거렸다. 구로사키의 험상궂은 얼굴이 살짝 흐려졌다. 맞다. 개나 고양이 따위가 아닐 것이다. 구로사키에게도 영능력이 아예 없는 건 아닌 모양이다.

"따라왔나 보군."

빌딩 사이를 빠져나와 발밑으로 불어오는 바람에 갑자기 비린내가 섞였다. 다이몬은 무의식중에 손목에 감고 있던 염주를 손으로 꼭 쥐었다. 의뢰인들에게 그럴듯해 보이려고 걸고 다니는 것이지만 이런 순간에는 저도 모르게 의지하게 된다. 종파에서 파문당한 신분이지만 여전히 무슨 일이 있을 때는 부처님의 힘에 기댔다.

"나마 사만다 바즈라남 잔다 마하로사나 스포다야 훔 드라드 함 맘."*

진언을 낮게 읊조리기 시작할 즈음 섬뜩한 기운이 사라졌다. 힘이 탁 풀려 하늘을 올려다보니 드문드문 빛이 새어 나오는 고층 빌딩 사이로 탐스러운 보름달이 고개를 내밀고 있었다.

---

* 부동명왕 진언의 일본어 음역을 우리말 음역으로 옮긴 것.

○

13

정체를 알 수 없는 것이 나오토의 발목에 엉겨 붙었다. 풀 같기도, 담쟁이 같기도, 사람 손 같기도 한 무언가가 축축한 땅에서 솟아나와 나오토의 발목을 휘감으려 했다.

나오토는 그것을 발로 걷어차고 비명을 지르며 어둠 속을 헤맸다. 제대로 달리지 못하고 자꾸 넘어져서 흙투성이가 된 꼴로 기다시피 일어나 다시 달렸다. 발바닥이 땅에 붙어 힘껏 잡아떼니 끈적한 실 같은 것이 죽 늘어났다.

신음 같은 소리를 지르며 죽을힘을 다해 도움을 요청했지만 진흙탕에 발이 빠져 다시 넘어지고 말았다. 두 손까지 진흙에 파묻혀 도저히 빠지지 않았다. 주변을 둘러보니 나오토는 늪 한가운데에 있었다.

어두운 늪으로 몸이 점점 빠져들었다. 나오토가 몸부림칠수록 늪이 나오토의 몸을 서서히 삼켰다. 나오토는 무엇이 자기 발목을 잡아당기는지 보지 않아도 알 수 있었다. 차가운 땅속에 있는 미유키가 나오토를 저세상으로 데려가려는 것이다.

"미유키, 제발 날 놔줘."

나오토는 간신히 머리만 밖으로 내놓은 채 애원했지만 크게 벌린 입으로 진흙이 쏟아져 들어왔다. 숨을 쉴 수도, 팔다리를 움직일 수도 없었다. 발목을 잡힌 채 머리끝까지 완전히 진흙에 묻혔다.

나오토는 침대에서 벌떡 일어났다. 숨이 가쁘고 온몸에 식은땀이 흘렀다. 어깨를 들썩이며 숨을 몰아쉬었다. 시계를 보니 아직 새벽 3시, 마지막으로 시계를 본 게 2시쯤이었으니 아주 잠깐 새에 꿈을 꾼 모양이다. 악몽은 입안에 진한 흙맛을 남겨놓았다.

나오토는 깜깜한 방 안을 둘러보았다. 정적 속에서 시곗바늘 소리만 유난히 크게 울렸다. 그 소리에 규칙적인 리듬이 하나 더 얹어졌다. 열차가 지나가는 소리 같았다. 근처에 선로가 있나? 창문을 열자 달빛에 비치는 산 그림자 너머에서 열차 소리가 더 크게 들려왔다.

이런 시간에 운행하는 걸 보니 화물열차인 듯했다. 자기 외에도 깨어 있는 사람이 있다는 사실이 어쩐지 위로가 됐다. 나오토는 깊은 밤 어둠 속에 홀로 남겨진 어린아이처럼 불안했다.

부동산 업자의 말대로라면 지금쯤 이 일대에는 건물이 빼곡하게 들어서서 어엿한 주택가가 되었어야 한다. 창문을 열면 이웃집 창문에서 흘러넘치는 불빛에 적적함을 달랠 수 있을 터였다.

하지만 개발 업체의 자금 사정이 악화되면서 주택 건설은 고사하고 토지 조성도 중단된 상태였다. 아무도 관리하지 않는 황폐한 벌판에 나오토의 집만 덩그러니 서 있었다. 마치 재앙을 피하듯이 나오토의 집을 피하고 있는 것만 같았다.

내뱉는 숨이 하얗게 번졌다. 잠옷만 걸친 몸이 차게 식자 따뜻한 이불 속이 그리워졌다. 다시 잠을 청하려고 창문을 닫으려는 순간, 뒤에서 인기척이 느껴졌다. 등줄기가 찌릿하며 온몸에 다시 식은땀이 흘렀다.

그런 게 있을 리 없다고, 아무것도 겁낼 필요 없다고 자신을 타이르며 천천히 뒤를 돌아보았다.

"하루토……."

잠옷 차림의 하루토가 잠이 덜 깬 얼굴로 서 있었다. 창문 여는 소리 때문에 깬 걸까. 사랑스러운 아들을 보자 안도감이 밀려왔다. 대체 무엇을 두려워한 것인지, 움찔했던 자신이 한심하게 느껴졌다.

"아빠가 시끄럽게 해서 깼구나."

"아니에요. 엄마 목소리가 들렸어요."

하루토가 보드라운 입술을 움직이며 내뱉은 한마디에 나오토는 참을 수 없는 구토감을 느꼈다. 간신히 침을 삼키자 입안에서 서걱서걱 흙 씹는 감각이 생생하게 느껴졌다. 아직 꿈속인가?

나오토는 하루토 앞에 쪼그려 앉아 하루토의 머리를 부드럽게 쓰다듬었다. 나오토가 꿈을 꾼 것처럼 하루토도 꿈을 꿨을 것이다. 둘 다 미유키가 나오지만 하루토에게는 행복한 꿈, 나오토에게는 악몽이다.

나오토도 미유키가 돌아오기를 간절히 바랐지만 결코 불가능한 일임을 알기에 그 순간을 상상하기가 두려웠다.

"잘못 들은 거야. 바람 소리가 엄마 목소리 같았나 보다."

"진짜예요, 아빠. 밖에서 엄마 목소리가 들렸어요. 그 소리에 깬 거예요. 엄마가 땅에서 나왔어요."

이상한 소리 하지 말라고 혼낼 수는 없었다. 하루토에게 미유키를 부활시키는 방법을 가르쳐준 사람이 나오토였기 때문이다.

"정말이에요."

나오토가 잠자코 있자 하루토가 부루퉁한 표정을 지었다. 하루토의 눈가가 금방이라도 눈물을 쏟아낼 듯이 순식간에 촉촉해졌다.

"알았어. 그럼 같이 확인하러 가보자."

미유키의 손가락을 묻은 마당으로 가서 아무 변화가 없는 걸 보면 하루토도 자기가 꿈을 꿨다고 인정할 것이다. 엄마의 부활을 바라는 하루토는 앞으로도 여러 번 같은 꿈을 꿀지도 모른다. 그때마다 마당을 확인하고 현실을 직시하면 도마뱀과 미유키의 부활은 그저 나오토의 장난이었음을 알게 될 것이다. 아직 어려서 죽음을 이해하지 못했을 뿐이다. 머지않아 여린 마음에 생긴 상처도 아물 터였다.

하루토는 나오토의 손을 잡아끌며 앞장서서 계단을 내려갔다. 실내가 이렇게 추우니 밖은 훨씬 추울 것이다. 나오토는 가운을 챙기고 싶었지만 하루토의 조급한 발길을 멈춰 세울 수가 없었다.

어느새 포치가 달려와 하루토의 발 주변을 맴돌더니 자기가 먼저 테라스로 이어지는 유리문으로 향했다. 포치는 귀를 바짝 세우고 커튼 너머에 있는 무언가를 향해 입꼬리에 거품이 생길 만큼 맹렬하게 짖어댔다. 근처에 다른 집이 없다고는 해도 한밤중이었다. 개 짖는 소리가 불길하게 울려 퍼졌다.

"포치, 조용히 해."

포치는 나오토의 말이 들리지 않는지 흥분한 채 계속 짖어댔다.

"포치, 조용히 하랬지!"

목줄을 잡고 바닥에 엎드리게 했지만 포치는 여전히 낮게 으르렁댔다. 커튼 너머에 대체 무엇이 있는 것일까. 나오토는 이 커튼을 열어서는 안 된다는 직감이 들었다. 적어도 아침이 올 때까지는……. 그러나 마당에서 무슨 일이 벌어지고 있는지 확인해야 했다.

"아빠, 커튼 열게요."

하루토가 힘차게 커튼을 젖혔다. 나오토는 시선을 피하고 싶었지만 가까스로 견뎌냈다. 두려워하면 그것이 현실이 될 것만 같았다. 맹렬하게 짖던 포치도 꼬리를 말아 감췄다.

하루토가 작은 손으로 잠금쇠를 풀고 유리문을 옆으로 밀었다. 집 안으로 흙내음이 흘러들었다.

"엄마!"

죽은 자의 신성한 침묵을 깨뜨리듯이 하루토가 씩씩하게 외쳤다. 나오토는 당장이라도 미유키의 대답이 들려올 것 같아 다리에 힘이 풀렸지만 그런 일은 일어나지 않았다.

"엄마, 왜 대답이 없어요?"

하루토의 목소리가 불안하게 떨렸다. 돌아왔던 엄마가 다시 사라져버린 것처럼 어깨를 축 늘어뜨렸다. 나오토는 아들의 작은 등이 가여워서 견딜 수 없었다. 미유키가 돌아올까 두려워한 것이 너무나 미안했다. 미유키의 대답이 없다는 사실에 마냥 안도할 수는 없었다. 어린 아들이 엄마의 부활을 간절히 바라고 있다.

나오토는 말없이 하루토를 끌어안았다. 두 사람은 서로 체온을 나누며 꽁꽁 언 몸을 녹였다.

아들의 부드러운 머리카락에 얼굴을 부볐다. 하루토는 엄마와의 재회가 꿈이었다는 사실에 큰 충격을 받았는지 멍하니 서 있었다. 나오토는 가여운 아들을 바라보다 무심코 시선을 마당으로 돌렸다. 노란 달빛이 마당을 비췄다.

동트기 전의 어둠과는 다른, 악몽을 떠올릴 만큼 음산한 기운이 마당에 맴돌았다. 메마른 땅에는 낙엽이 나뒹굴고 하루토의 장난감이 널브러져 있었다. 마당 한구석에는 포치를 위해 나오토가 만든 강아지 집이 마치 폐허처럼 남아 있었다. 아직 1년도 채 되지 않았는데 벌써 여기저기 색이 바래고 썩어가고 있다. 문득 이 집에서 보낸 짧고 행복한 순간이 아주 먼 옛날 일처럼 느껴졌다.

근사한 정원을 만들겠다며 미유키가 즐겁게 계획을 세우던 곳이 이제 흉하게 변해버렸다. 힘들게 마련한 가족의 보금자리가 이렇게 된 걸 보면 미유키는 뭐라고 할까.

사고 이후 요리코가 살림을 맡으면서 집 안은 미유키가 살아 있을 때보다 더 깨끗해졌지만 마당은 서서히 황폐해졌다. 요리코가 마당에 나가기를 꺼렸기 때문이다.

하루토가 온종일 기묘한 주문을 외는 모습이 섬뜩해서 그렇다고 했지만 이유는 그뿐만이 아닐 것이다. 본능적으로 불길함을 느꼈던 게 아닐까. 인간도 동물이기에 본능이 위험을 감지하고 요리코에게 경고한 것인지도 모른다.

위험이라니 가당치도 않다, 여기는 평화로운 집의 작은 마당일 뿐이다……. 나오토는 스스로에게 변명하듯 중얼거리며 휑한 마당을 바라보았다. 하지만 시선은 의도적으로 어느 한 지점을 피하고 있었다. 왼쪽 구석에서 알 수 없는 기척이 느껴졌으나 온몸이 굳어 고개가 돌아가지 않았다. 공포심이 몰려왔지만 시야 끝에 보이는 확실한 존재를 부정할 수 없었다.

"미유키……."

무심히 새어 나온 자기 목소리에 놀라 나오토는 급히 입을 다물었다. 낙엽 쌓인 마당 한구석, 미유키의 손가락을 묻은 곳에 작은 흙더미가 야구장의 투수 마운드처럼 봉긋하게 솟아 있었다. 아니, 사실은 그보다 훨씬 불온한 느낌을 풍겨서 어릴 적 돌아가신 할아버지의 무덤을 연상시켰다.

당시 그 지역에서는 사람이 죽으면 매장하는 풍습이 일반적이었다. 할아버지의 생전 뜻에 따라 시신을 화장하지 않고 매장한 뒤 봉긋하게 무덤을 만들어 묘비를 세웠다. 그 작은 무덤은 시신과 관이 썩어 흙으로 돌아가면 다시 평평해진다고 했다.

그때 본 무덤과 비슷해 보이는 것이 마당에 있었다. 뭔가 묻혀 있다는 확신이 들었다. 하루토 혼자 흙을 쌓아 만들었다고 생각하기엔 너무 컸다. 그렇다면 시신이 썩어서 사라지는 것과 정반대의 일이 그 아래서 일어나고 있다는 뜻이 아닐까?

봉긋하게 올라온 흙더미를 빤히 응시하던 나오토는 한순간 섬뜩함을 느꼈다. 그 이유를 이해하기까지는 시간이 좀 걸렸다. 나오토는 자신의 눈을 믿고 싶지 않았지만 마당의 그 커다란 흙더미가 미세하게 움직이고 있었다. 안에서 무언가가 기어 나오려 하고 있다. 작은 벌레 따위가 아니라 거대한 무언가가 무거운 흙을 뚫고 나오려 하고 있었다.

하루토는 그 움직임을 눈치채지 못했다. 엄마가 돌아와 자신을 다정하게 안아줄 거라던 기대가 좌절되어서인지 여전히 어깨를 늘어뜨린 채 애처롭게 서 있었다.

"다시 자러 갈까?"

나오토는 유리문과 커튼을 닫고 최대한 동요를 감추며 하루토의 팔을 잡았다. 포치도 마당에서 멀어지고 싶었는지 안도하듯 두 사람과 함께 계단을 올랐다.

"정말로 엄마 목소리를 들었어요."

나오토는 아직도 아쉬워하는 아들을 침대에 눕히고 이불을 덮어주었다.

"그래, 이제 다시 자자. 아빠가 열을 세는 동안 잠들면 꿈에서 엄마를 다시 만날 거야."

"정말요?"

"그럼, 정말이지. 하나, 둘, 셋, 넷……."

나오토가 침대 옆에 무릎을 꿇고 앉아 이불을 토닥이면서 숫자를 세기 시작했다. 하루토는 이불을 턱 언저리까지 올리고 눈을 감았다. 포치가 침대로 뛰어올라 하루토 옆에서 몸을 둥글게 웅크렸다.

"여섯, 일곱, 여덟, 아홉, 열."

열까지 세자 하루토는 코를 골기 시작했다. 정말로 잠든 것이 아니라 잠든 척하는 것이지만. 미유키가 살아 있을 때부터 했던 잠자기 의식으로, 쉽게 잠들지 못하는 하루토를 위해 미유키가 고안한 방법이었다.

미유키가 처음 이 게임을 제안하자 하루토는 눈을 반짝이며 좋아했다. 미유키가 천천히 열까지 세면 하루토는 코를 골기 시작했다. 물론 눈꺼풀이 움찔거려서 자는 척하는 티가 고스란히 났지만.

"어머, 벌써 잠들었네. 내가 졌다."

미유키가 안타깝다는 듯이 중얼거리면 하루토는 승리의 만족감에 취해 금세 사랑스러운 숨소리를 내며 잠들었다. 자는 척하다가 정말로 잠이 든 아들의 얼굴을 나오토와 미유키는 한참을 바라보곤 했다.

어느새 하루토의 코 고는 소리는 쌕쌕대는 숨소리로 바뀌어 있었다. 어떤 꿈을 꾸고 있을까. 하루토는 잠결에 희미하게 미소 지었다. 아무래도 아침까지 푹 잘 것 같다.

나오토는 발소리를 죽이고 방을 나섰다. 이대로 나오토도 다시 잠자리에 들고 싶었지만 그럴 수 없었다. 아까 땅 아래서 움직인 '그것'의 정체를 확인해야 했다.

계단을 내려가 다시 거실로 향했다. 다리가 후들거려 걸음을 옮기기가 어려웠다. 도중에 몇 번이나 다리를 주먹으로 두드리며 간신히 유리문 앞에 도착했다. 나오토는 유리문을 열고 떨리는 목소리로 물었다.

"미유키, 당신이야?"

대답은 없었다. 곧바로 나오토는 자신이 바보 같은 질문을 했음을 깨달았다. 흙더미는 꼼짝도 하지 않았고 마당은 쥐 죽은 듯 조용했다. 아까 움직인 건 두더지였을 것이다. 산이 바로 근처니 마당에 두더지가 있대도 이상할 게 없다.

"하하하!"

나오토는 겁먹은 자기 모습이 우스워서 일부러 크게 소리를 내며 웃었다. 그러나 그 웃음소리는 오래가지 못했다. 온몸의 털이 곤두섰다. 솟아오른 흙더미의 꼭대기 부분이 무너지며 작은 돌들이 굴러떨어졌다. 땅속에서 뭔가가 움직이고 있었다.

숨이 막혔다. 숨 쉬는 것조차 잊고 있던 나오토는 급히 숨을 들이쉬다가 기침을 터뜨렸다.

저 아래 분명 뭔가 있다.

나오토는 신발도 신지 않고 마당으로 내려갔다. 딱딱한 돌이 발바닥을 찔렀지만 그런 걸 신경 쓸 여유가 없었다. 미유키의 손가락이 묻혀 있는 지점을 향해 비틀대며 걸어갔다.

사실 요 며칠 마당을 보지 않으려고 애썼다. 이런 상황이 올까 봐 두려웠다. 미유키가 나오토를 부르고 있었다. 나오토의 발목을 잡고 끌고 가려는 것이다. 차가운 땅속에서 미유키가 혼자 외로워하고 있다. 흙더미 아래서 괴로워하는 미유키의 숨소리가 들리는 것만 같았다. 차가운 기운이 발끝부터 스멀스멀 올라왔다.

"미유키, 당신이야? 정말 당신이야?"

나오토는 고개를 저으며 섬뜩한 상상을 떨쳐내려 했다.

아니다, 미유키일 리 없다, 미유키는 죽었다, 더없이 확실한 죽음이었다고 나오토는 자기 자신에게 설명했다. 경찰서 지하에서 미유키의 처참한 시신을 확인하던 순간을 떠올렸다.

저기 묻혀 있는 것은 손가락이다. 만에 하나 손가락에서 몸이 자라난다고 해도 그건 미유키가 아니다. 그러나 나오토는 눈앞에서 들썩이는 흙더미를 보며 혼란에 빠졌다. 난 여기 있어, 내가 살아서 돌아왔어, 하고 미유키가 자기 존재를 알리는 것 같았다.

일어나서는 안 될 일이었다. 나오토는 저 흙더미를 뚫고 나오는 존재를 확인하는 순간 제정신을 유지할 수 없으리란 확신이 들었다. 나오토는 지난날 자신이 저지른 장난이 후회스러웠다. 하루토가 도마뱀 꼬리를 주워 왔을 때 짓궂은 거짓말을 한 것, 하루토가 미유키의 손가락을 가져와 마당에 묻겠다고 했을 때 말리지 않은 것을 진심으로 후회했다.

내내 우려하던 일이 눈앞에서 벌어지려고 한다. 미유키가 완전한 형태를 갖추고 밖으로 나오기 전에 어떻게든 막아야 했다. 미유키가 어렸을 때부터 기이한 힘으로 주변을 놀라게 했다는 말은 들었지만 잘린 손가락에서 몸이 자라나다니, 있을 수 없는 일이다. 그것은 결코 미유키가 아니다.

돌연 흙더미 윗부분이 솟아오르며 흙이 무너져 내렸다. 그리고 갈라진 땅 사이로 하얗고 길쭉한 무언가가 삐죽 나타났다. 그 존재가 집게벌레 유충처럼 본능적인 혐오감을 불러일으켰다. 나오토는 등에서 작은 벌레들이 꿈틀대는 듯한 소름 끼치는 감각에 휩싸였다.

나오토는 마당을 둘러보다 포치를 묶어두려고 박아놓은 나무 말뚝에 눈길이 멈췄다. 나오토는 튀어나가듯 달려가 말뚝을 힘껏 뽑아 들었다.

"미유키, 나를 용서해줘."

흙이 묻은 말뚝에 체중을 실어 미유키가 묻혀 있는 곳에 깊이 박아 넣었다. 탁한 비명이 울리는 듯했다.

오싹한 감각이 손을 타고 온몸에 퍼졌다. 흙이 아니라 물컹하고 부드러우면서 탄력이 있는 무언가를 뚫는 감각이었다. 나오토는 주체할 수 없는 섬뜩함에 비틀대며 주저앉았다.

땅에 박힌 말뚝이 마치 맥박처럼 간헐적으로 떨렸다.

이 아래 무언가 살아 있는 것이 묻혀 있다.

나오토는 다리에 힘이 풀려 일어나기 힘들었지만 가까스로 몸을 일으켜 공구함에서 망치를 꺼냈다.

취미로 목공을 하려고 산 망치를 이렇게 사용하게 될 줄은 상상도 하지 못했다.

"나오지 마. 제발 땅속에서 나오지 마! 으아아!"

나오토는 괴성을 지르며 흔들거리는 나무 말뚝을 망치로 세게 내리쳤다. 이번에는 땅 아래서 내지르는 비명이 확실하게 들렸다. 그 소리는 사랑하는 아내의 목소리가 아니라 사나운 짐승의 두껍고 갈라진 울부짖음에 가까웠다.

나오토는 더욱 힘을 실어 한 번, 또 한 번 망치를 내리쳤다. 망치를 휘두를 때마다 몸속 깊은 곳에서 분노가 솟구쳤다. 강렬한 증오에 공명하듯 분노가 거세게 끓어올랐다.

나오토는 하염없이 망치를 내리쳤다. 어둠 속에 둔탁한 소리를 울리며 말뚝은 나오토의 망치질에 따라 점점 깊이 들어갔다.

강아지 집을 만들던 때가 떠올랐다. 미유키의 다정한 미소, 천진난만한 표정으로 흙장난을 하는 하루토, 따스한 햇볕이 내리쬐는 마당은 평화로운 일상의 한 장면이었다.

무언가 뺨을 타고 흘러내렸다. 왜 이렇게 됐을까. 나오토는 미유키에게 용서를 구하며 눈물을 흘렸다.

손에 힘이 빠져 망치가 헛돌다가 엉뚱한 곳으로 날아갔다. 말뚝은 땅에 반쯤 박힌 채 여전히 맥박이 뛰듯 들썩이고 있었다.

아직 살아 있다. 마지막 결정타가 필요했다. 저것은, 저 아래 있는 것은 미유키가 아니라고 중얼거리면서도 나오토는 움직이지 못했다. 나오토는 도저히 그 기둥을 더 깊이 박을 수가 없었다. 결국 나오토가 두 팔로 말뚝을 뽑아내자 그 자리에서 새빨간 피가 뿜어져 나왔다.

"미유키, 미안해. 당신을 죽이려고 하다니……"

나오토는 말뚝을 던져버리고 피가 솟구치는 자리를 두 손으로 막았다. 어깨를 들썩이며 눈물을 쏟아냈다.

"나오토! 거기서 뭐 하는 거니?"

나오토가 요리코의 목소리에 정신을 차리고 돌아보니 잠옷 위에 한텐*을 걸친 요리코가 미친 사람을 보듯 겁먹은 표정을 짓고 서 있었다.

여기 묻혀 있는 것을 요리코에게 보일 수는 없었다. 급히 마당으로 고개를 돌리자 무언가 꿈틀대며 땅속으로 숨는 게 보였다. 그 기괴한 움직임에 나오토는 온몸이 얼어붙었다.

---

* 일본의 전통적인 겨울 겉옷.

◦

14

히로코는 어둠 속에서 눈을 떴다.

최근 열흘 정도 매일같이 날이 밝기 전에 눈이 떠졌다. 무의식 중에 다이몬의 말을 마음에 담아두고 있는 자신에게 화가 났다. 잠옷이 식은땀에 젖어 피부에 달라붙어 있었다. 히로코는 조용히 몸을 일으켰다.

심해 같은 푸른빛이 방 안에 가득하다. 분명 자기 전에 컴퓨터 전원을 꺼뒀는데, 지금 화면이 파랗게 빛나고 있다. 하지만 그보다 더 신경 쓰이는 게 있었다.

'또 냄새가 나. 대체 무슨 냄새지?'

비릿한 악취다. 요즘 방에서 비에 젖은 동물한테서 날 법한 역한 비린내가 나기 시작했다.

주방 쓰레기통을 들여다봤지만 어제 아침에 먹은 사과의 껍

질은 이미 바싹 마른 상태였다. 거의 몇 주 동안 요리를 하지 않았으니 냄새가 날 만한 음식물 쓰레기도 나올 일이 없었다. 혹시 몰라 냉장고 뒤쪽과 침대 밑까지 확인했지만 냄새의 원인은 찾지 못했다.

히로코는 허리에 손을 얹고 방을 쓱 둘러보았다. 침대, 책상, 컴퓨터, 작은 텔레비전, 식탁으로 쓰는 낮은 테이블, 그 위에 놓인 커다란 업무용 비디오카메라가 전부였다. 일과 생활에 필요한 최소한의 물건만 갖춘 휑한 공간이라 딱히 더 뒤져볼 곳도 없었다.

오래전에 살았던, 귀여운 소품으로 가득했던 방과는 완전히 달랐다. 긴 시간을 밖에서 일하는 히로코에게 집은 어차피 잠만 자는 장소에 불과했다. 이제는 그 이상의 의미가 없는 공간이기에 아기자기하게 꾸밀 필요도 없었다.

적막한 방에 메일 수신음이 크게 울렸다. 히로코는 알 수 없는 불길한 감각에 휩싸여 온몸이 굳었다. 득의양양하게 미소 짓던 다이몬의 얼굴이 뇌리를 스쳤다.

'당신한테 사악한 게 붙어 있어. 아직은 약하지만 그냥 두면 걷잡을 수 없이 강해지겠지. 그게 당신을 죽일 거야.'

말도 안 되는 소리였다. 사기꾼이 아무 말이나 지껄였을 뿐이다. 히로코는 책상 앞에 앉아 메일함을 열었다. 발신인도 제목도 제대로 된 글자가 아니었다. 스팸메일 같지만 어쩐지 그냥 삭제하면 안 될 것 같은 예감이 들었다. 히로코는 조심스레 메일을 클릭했다.

메일에는 아무 내용도 쓰여 있지 않았다. 히로코가 고개를 갸웃한 순간, 검은 점 하나가 하얀 공백을 가로질렀다. 그 점은 곧 위에서 아래로 이동했다. 벌레인가 해서 손으로 털어내려 해봤으나 점은 화면 안에서 움직이고 있었다.

"이게 뭐지?"

순식간에 수많은 벌레가 화면 안에 생겨나더니 혼란스럽게 배회하기 시작했다. 새하얀 화면을 금세 새카맣게 덮어버린 벌레 떼는 사체에 모여든 구더기처럼 꿈틀거렸다. 바이러스에 감염된 메일인 모양이다. 급히 컴퓨터를 끄려고 전원 버튼을 눌렀지만 반응이 없었다.

그때 화면에서 익숙한 악취가 풍겨 나왔다. 컴퓨터 바이러스가 화면을 벌레로 뒤덮을 수는 있겠지만 냄새까지 나는 건 말이 되지 않는다. 저 벌레 떼 아래에 뭔가가 있다는 뜻인가?

히로코는 비틀거리며 일어서 뒷걸음질을 쳤다. 지독한 악취가 방 안을 가득 채우고 벌레들이 화면 밖으로 기어 나왔다. 벌레 떼가 책상에서 넘쳐흘러 바닥으로 떨어지자 악취가 한층 강렬해졌다.

"우욱, 이게 대체 뭐야!"

악취에 괴로워하며 창문을 연 순간, 검은 물체가 히로코의 시야를 가로막았다. 먼지 덩어리 같은 무언가가 요란한 날갯짓 소리와 함께 히로코의 몸에 부딪혔다. 비명을 지르며 뒤로 쓰러진 히로코가 고개를 돌리자 바닥에서 날개를 펼친 채 푸드덕거리는 커다란 까마귀가 눈에 들어왔다. 까마귀는 이내 움직임을 멈쳤다.

충격을 받아 오랫동안 넋을 놓고 있었는지, 정신을 차리고 보니 벌써 동이 트고 있었다. 몸은 차게 식어 덜덜 떨리고 컴퓨터는 아무 일도 없던 것처럼 빈 화면만 떠 있다. 새카만 벌레 떼도 온데간데없이 사라져버렸다.

그러나 까마귀의 사체는 아까 있던 일이 거짓이 아니라는 듯, 확실하게 그 자리에 남아 있었다. 중요한 메시지를 전하러 온 것처럼, 까마귀는 까만 눈으로 히로코를 응시하고 있었다.

반투명 쓰레기봉투를 두 장 겹쳐서 까마귀 사체를 넣어 아파트 쓰레기 집하장에 가져다놓고 다시 집으로 들어온 순간, 기다렸다는 듯 휴대폰이 울렸다. 히로코는 벨소리에 심장을 찔린 것처럼 온몸이 얼어붙었다. 덜덜 떨며 간신히 휴대폰 액정을 들여다보니 가시와바라의 이름이 떠 있었다. 크게 숨을 뱉고 통화 버튼을 누르자 가시와바라의 목소리가 흘러나왔다.

"아침 일찍 죄송해요. 일어나셨어요?"

"응. 아까 일어났어."

"무슨 일 있어요? 목소리가 안 좋아요."

잠시 틈을 두고 가시와바라가 근심 어린 목소리로 물었다. 최대한 자연스럽게 말하려고 했지만 동요가 드러난 모양이다. 어떻게 설명해야 좋을지 혼란스러웠다.

"아니야. 아무 일 없어. 이 시간에 무슨 일이야?"

"네?"

"용건이 있어서 전화한 거 아니야?"

"아, 사실 요전에 히로코 씨가 촬영한 영상 편집을 좀 전에 마쳤거든요. 근데 거기 좀 이상한 게 찍혀서요."

순간 히로코는 온몸의 피가 빠져나가는 것 같았다. 침조차 제대로 삼킬 수 없었다.

"지금 집이죠? 빨리 확인을 해야 할 것 같은데 제가 지금 그쪽으로 갈까요?"

히로코가 잠자코 있자 가시와바라는 침묵을 승낙으로 받아들이고 말을 이었다.

"주소는 알아요. 명함에 있는 주소로 가면 되죠? 30분 정도 걸릴 테니 이따 봐요."

가시와바라는 늘 그렇듯 히로코의 대답을 기다리지 않고 전화를 끊었다.

정확히 30분 후 초인종이 울렸다. 컴퓨터 화면에서 징그러운 벌레 떼가 기어 나오고 방 안으로 까마귀가 날아들어 몸부림치다 죽는 기괴한 일이 일어난 직후, 가시와바라가 불길한 소식을 가지고 나타났다. 히로코는 가시와바라의 방문이 내키지 않았지만 아까 통화로 집에 있다는 사실을 들켜서 이제 와 집을 비운 척할 수도 없었다. 작게 한숨을 내쉬고 문을 열었다.

"안녕하세요. 앗⋯⋯."

가시와바라는 히로코의 얼굴을 보자마자 눈썹을 찌푸렸다.

"왜?"

"히로코 씨, 안색이 너무 안 좋아요. 무슨 일 있던 거 아니에요?"

"그냥 잠을 못 자서 그래. 일 때문에 아드레날린이 과했는지 요즘 통 잠이 안 오네."

히로코가 적당한 말로 둘러대자 가시와바라는 그 말을 곧이 곧대로 받아들였다.

"아, 제가 괜찮은 의사 소개해줄까요? 미야시타 가즈야라고, 제 고등학교 선배인데 정신과 의사거든요. 수면제 처방이라도 받으면 어때요? 저도 취재 끝나면 흥분 때문인지 잠이 잘 안 오더라고요. 그럴 땐 수면제 한 알 먹고 푹 자고 일어나는 게 훨씬 효율적이에요."

가시와바라가 호의로 하는 말인 건 알지만 정신과라면 이제 지긋지긋했다.

"됐어. 수면제를 먹느니 밤새 양을 세겠어."

"히로코 씨는 의외로 낭만적이네요."

이 남자는 장단을 맞춰줄 수가 없다. 히로코가 짐짓 과장되게 한숨을 내쉬자 가시와바라가 고개를 쭉 빼고 히로코의 방을 둘러봤다.

"오, 이런 집에 사는군요. 이사한 지 얼마 안 됐어요? 예전에 히로코 씨가 했던 말이 사실이었네요. 정말 아무것도 없어요. 여자 방 같지 않아요."

상상했던 이미지와 다른지 꽤나 낙담한 눈치였다.

"너무 자세히 보지 마."

가시와바라에게 핀잔을 주면서도 히로코는 마음이 살짝 따뜻해졌다. 이 방에 다른 사람이 들어온 건 처음이다. 퇴사, 정신병원 입원과 퇴원, 은둔형 외톨이로 지내는 시간이 이어지면서 예전에 알던 사람 대부분과 멀어졌다. 삭막한 공간에 자신 말고 다른 사람이 있다는 사실이 어쩐지 든든했다.

가시와바라는 여자친구 집에 처음 온 고등학생처럼 눈을 반짝이면서 연신 두리번거렸다. 가시와바라가 자신에게 호감을 갖고 있다는 사실을 히로코도 이미 알고 있었다. 그게 어느 정도로 진심인지는 모르지만 히로코는 그때 이후 의식적으로 깊은 관계를 거부해왔다. 이렇게 간질간질한 느낌은 꽤 오랜만이다.

그러나 히로코는 그런 감각이 여전히 편치 않았다.

"어? 이건……."

가시와바가 창문 쪽에 멈춰 서더니 허리를 숙였다. 뭔가 발견한 걸까?

"아무거나 만지지 말라니까."

황급히 다가가 가시와바라의 손을 본 순간, 히로코는 악몽이 아직 끝나지 않았음을 깨달았다.

"까마귀 깃털? 이게 왜 여기 있어요?"

"내놔!"

무슨 일이 있었는지 설명하다 보면 섬뜩함이 생생하게 되살아날 것만 같아서 가시와바라가 들고 있는 검은 깃털을 거칠게 빼앗았다. 갑작스런 냉랭한 태도에 가시와바라의 표정이 굳는 것을 보고 히로코는 서둘러 화제를 돌렸다. 그 화제가 까마귀의 깃털보다 훨씬 불길한 일이라는 걸 그때는 몰랐다.

"근데 용건이 뭐야? 아까 뭐라고 했지? 영상에 이상한 게 찍혔다고?"

"아, 맞아요. 히로코 씨 집에 와서 너무 흥분하는 바람에 잊고 있었네요. 그게 말이죠, 제가 인쇄해 왔으니까 일단 한번 보세요."

가시와바라가 표정을 가다듬고 바닥에 앉더니 가방에서 사진 몇 장을 꺼냈다. 낮은 테이블 위에 손바닥만 한 크기의 사진들이 놓였다. 두 사람은 테이블을 사이에 두고 앉아 사진을 들여다봤다.

가시와바라가 사진 한 장을 손으로 짚었다. 스태프가 고누마를 데리고 패밀리 레스토랑으로 들어가는 사진이었다. 이상한 것이 찍혔다는 가시와바라의 말 때문인지 정체 모를 오싹한 느낌이 풍겼다.

"여기요."

가시와바라가 히로코와 이마가 닿을 정도로 몸을 들이밀며 사진의 한 부분을 가리켰다. 레스토랑 입구에 설치된 커다란 거울에 카메라를 들고 있는 히로코의 모습이 비쳤다. 레스토랑 측에 허가를 구하지 않고 진행하는 촬영이라 직원의 눈을 피하기 위해 카메라를 옆구리에 붙인 상태였다. 그런데 카메라 액정 모니터를 들여다보는 히로코의 등을 하얀 무언가가 덮고 있었다.

"이게 뭐지?"

"저도 모르겠어요. 편집 포인트를 찾으려고 한 컷씩 돌려보다가 발견한 건데 딱 그 컷에만 하얀 게 찍혔더라고요."

연기 같기도, 거울의 얼룩 같기도, 자동차 헤드라이트의 반사광 같기도 했다. 그러나 분명하고 생생한 질감이 있었다.

등줄기가 서늘해지며 온몸에 소름이 돋았다. 난방기를 틀어 놨으니 추울 리 없는데도 떨림이 멈추지 않았다. 등 뒤가 너무 신경 쓰여 확인하고 싶었지만 가시와바라 앞에서 초조한 모습을 보이고 싶지 않았다. 게다가 지금 뒤쪽에 무언가 있다면 가시와바라가 먼저 알아챌 터였다. 아니, 다정함이 유일한 장점인 이 둔감한 남자는 뭐가 있어도 알아채지 못할 수도 있다.

"그날 다이몬 선생님이 말한 게 이거 아닐까요?"

문득 몸의 떨림이 멈췄다.

'당신한테 사악한 게 붙어 있어. 그게 당신을 죽일 거야.'

다이몬의 거만한 모습이 선명하게 떠올랐다. 말도 안 되는 헛소리라고 치부했는데 정말 히로코의 뒤에서 뭔가를 본 걸까? 그 남자 눈에 서린 공포는 연기가 아니었을지도 모른다. 히로코는 고개를 세차게 저으며 그 생각을 떨쳐내려 애썼다.

"바보 같은 소리 하지 마. 영능력 같은 건 없어. 다 사기꾼이야"

"히로코 씨는 왜 그렇게 초현실 현상을 싫어해요? 혹시 사기꾼 영능력자한테 된통 속은 적 있어요?"

정곡을 찔려서 아무 말도 할 수 없었다. 늘 해맑게 웃고 있는 가시와바라에게 이런 통찰력이 있을 줄이야……

"만약 그렇다고 해도, 다이몬 선생님은 진짜예요. 인성은 잘 모르겠지만 우리한테 없는 힘을 분명히 가지고 있어요. 제가 지금껏 만난 영능력자 중에서도 가장 능력이 있는 사람이니까 꼭 한번 상담해보세요."

가시와바라는 사람이 너무 좋다. 누구든 쉽게 믿어버린다. 세상에 가시와바라에게 의심받는 영능력자 따위는 없을 것이다. 아무튼 가시와바라의 눈이 진심으로 히로코가 걱정된다고 말하고 있었다. 그날 이후로 그 누구와도 가까워지지 않도록 최대한 관계를 피하며 살아왔다. 하지만 가시와바라의 다정함이 그런 히로코의 마음에 와닿았다.

컴퓨터 화면에 나타난 벌레, 방에 날아든 까마귀, 영상에 찍힌 하얀 그림자까지 섬뜩한 일들이 연달아 일어난 건 부정할 수 없는 사실이다. 다이몬을 한번 만나본다고 해서 해가 되지는 않을 것이다. 다이몬이 뭔가를 요구하면 그때 거절하면 된다. 그자가 사기꾼이라면 그걸 확인하는 기회가 될 테니 나쁘지 않다.

"알았어. 한번 가볼게."

히로코가 힘겹게 고개를 끄덕이자 가시와바라가 안도하듯 미소 지었다.

○

15

　가시와바라는 자기도 함께 가겠다고 나섰지만 히로코가 거절했다. 취재를 하나 끝낸 뒤 다이몬의 명함에 있는 주소로 차를 몰았다.

　사이드브레이크를 채우고 창문을 내려 어떤 곳인지 살펴봤다. 한눈에도 비싸 보이는 흙담이 오래된 사찰을 둘러싸고 있었다.

　인터넷 정보에 따르면 다이몬은 진언종 '아라에쓰지'라는 절의 46대 주지였다. 어렸을 때부터 영감이 뛰어나 어쩔 수 없이 출가했고 십여 년 전부터는 오컬트 쪽 활동에 전념하고 있다. 종교인답지 않은 언동 때문에 종파에서 파문되어 현재 다이몬의 절에는 단가*가 없다. 종교법인으로 등록되어 있지만 실제로는

＊　특정 절에 시주하며 절의 재정을 돕는 집.

영능력을 활용해 일반인을 상대로 영업하고 있다.

하지만 일로 만난 의뢰인들과도 여러 건의 소송을 진행 중이며 강간 사건으로 고소당한 적도 한두 번이 아니었다. 그때마다 돈으로 합의를 본 모양인데 아무튼 여러모로 질이 나쁘고 수상쩍은 사람인 건 분명했다.

"가시와바라가 말해서 오긴 왔는데……."

가시와바라는 사람이 좋아도 너무 좋다. 다이몬 같은 사람까지 믿어버리다니, 험난한 방송 업계에서 살아가는 게 용할 따름이다. 그래서 방송국에서 쫓겨난 건가.

"그건 그렇고 다이몬 이 사람, 의외로 멀쩡한 곳에 사네."

히로코는 혼잣말을 중얼거렸다. 오기 전엔 금색 샤치호코* 장식이 있는 졸부 취향의 주택을 상상했는데 담장 너머로 낡은 사찰의 정원이 보였다. 한 폭의 수묵화 같은 겨울 정취가 엄숙한 분위기를 자아냈다. 그러나 그런 감상은 오래가지 않았다.

"이게 뭐지?"

히로코는 안쪽 건물 벽에 붙어 있는 부적들을 발견하고는 자기도 모르게 마른 침을 삼켰다. 꿈틀대는 지렁이 같은 필체의 불경이 적힌 부적들이 덕지덕지 붙어 있었다. 〈귀 없는 호이치〉**라

---

* 몸은 물고기, 머리는 호랑이 모습을 한 상상 속 동물.

** 일본 괴담. 헤이케 일족의 원혼이 장님 스님인 호이치를 불러 묘지 한가운데서 비파를 타게 했는데, 그 모습을 본 주지 스님이 원혼들로부터 호이치를 보호하려고 호이치 몸에 불경을 적었지만 귀에는 불경을 적지 않아 원혼이 귀를 떼어가고 목숨은 구했다는 내용.

는 괴담이 떠올랐다. 악귀를 쫓기 위해 호이치의 몸에 경을 적은 것처럼 집에 경문을 써 붙인 게 아닐까?

"거기 당신, 누구야?"

히로코가 문밖에서 사찰 쪽을 바라보는데 건물 뒤편에서 검은 정장 차림의 남자가 목검을 들고 달려 나왔다. 그날 다이몬과 함께 있던 경호원이다. 큰 키에 다부진 체격이 위압감을 풍겼다. 짧게 민 머리에 눈빛은 사냥개처럼 날카로웠다. 눈앞의 남자는 업무상 만났던 다양한 사람 중에서도 중동 전쟁에 용병으로 파견됐다던 남자와 어딘가 비슷했다.

"다이몬…… 씨를 만나러 왔습니다."

존칭도 없이 부를 뻔했지만 급히 '씨'를 붙였다.

"미리 약속하셨습니까? 선생님은 바쁘신 분입니다. 약속 없이는 만날 수 없습니다."

남자는 의심의 눈길을 보내며 차갑게 대꾸했다. 날 선 태도에서 상당한 경계심이 느껴졌다. 대체 무엇을 경계하는 것일까? 지금까지 속였던 사람들의 복수를 두려워하는 걸까?

"'언제든 오라'고 해서 온 거예요. 그날 레스토랑에서 당신도 듣지 않았나요?"

설명을 하다 보니 점점 화가 치밀었다.

"구로사키, 무슨 일이야?"

소리가 나는 쪽으로 고개를 돌리자 부적이 덕지덕지 붙은 문이 열리며 거구의 사내가 모습을 드러냈다. 다이몬 겐신이 느릿느릿 현관으로 걸어왔는데, 배가 너무 나와서 걸음을 옮길 때도 스모 선수처럼 움직였다. 한눈에 봐도 건강이라고는 전혀 신경 쓰지 않는 사람이다. 자제라고는 모르는 이런 사람에게 의지하려던 자신이 부끄러웠다. 그런데 이전에 봤을 때와는 느낌이 약간 달랐다. 강압적으로 밀어붙이는 뻔뻔한 기세가 사라진 듯했다.

"아, 자네였나……? 왔군."

다이몬은 히로코의 방문을 반가워하는 것 같기도 곤혹스러워하는 것 같기도 했다. 굳이 따지자면 두려운 표정에 가까웠다. 다이몬의 인상이 달라진 이유는 겁을 먹었기 때문인가. 영능력으로 찾아낸 고누마를 비웃던 오만함과 자신감 넘치던 웃음이 사라졌다.

문득 '결계'라는 말이 뇌리를 스쳤다.

현관 좌우에 놓인 소금과 여기저기 붙어 있는 부적이 무언가의 침입을 두려워한다고 말하고 있었다.

히로코의 등 너머를 향한 다이몬의 눈빛에서 나약함이 느껴졌다. 다이몬을 떨게 하는 건 피해자의 보복 따위가 아니라 사람의 손이 닿지 않는 존재다.

"밖에서 이러지 말고 안으로 들어가지."

"나는 당신을 믿는 게 아니라 그저……."

"상관없으니 우선 안으로 들어가지. 밖은 너무 춥고 안이 더 안전하니까."

다이몬은 히로코를 보며 손짓하다가 히로코가 들고 있는 카메라를 발견하고는 표정을 흐렸다.

"촬영할 생각인가?"

"아니에요. 이건 그냥 제 몸의 일부 같은 거라 가져왔을 뿐이에요."

"마음대로 해."

다이몬이 관심 없다는 듯 콧방귀를 뀌며 건물 안으로 들어가자 히로코도 그 뒤를 따랐다. 건물 안에 발을 들인 순간 어깨가 갑자기 가벼워지는 느낌이 들었다. 부적의 효과일까? 아니, 기분 탓이다. 히로코는 자신을 타이르며 고개를 저었다.

실내에는 인기척이 전혀 없었다. 사전 조사에 따르면 다이몬에게 가족은 없다. 그건 지금 이곳에 다이몬과 히로코 둘뿐이며 위급 상황이 발생했을 때 히로코를 도와줄 사람이 없다는 뜻이기도 했다. 게다가 여기서 소동이 벌어져도 소리가 밖까지 새어 나가지 않을 것 같다. 다이몬을 둘러싼 지저분한 평판이 불현듯 떠올라 아까와는 다른 공포가 히로코를 엄습했다.

어느새 복도를 지나 본당으로 향했다. 파문당했다고는 하나 대대로 내려온 불상이나 불교 용품은 그대로 남아 있었다. 까맣게 윤기 나는 기둥과 바닥이 경건한 빛을 뿜어냈다. 신앙심이 없는 히로코도 신성한 기운을 느낄 정도였다. 하지만 이런 종교색을 보여주는 것 또한 전략일지 모른다. 절대 속아서는 안 된다. 나는 이 남자의 힘을 믿지 않는다. 히로코는 또 한 번 자신을 타이르며 긴장의 끈을 놓지 않으려 애썼다.

찬 공기에 입김이 하얗게 번졌다. 양말을 신고 있는데도 발바닥이 아플 정도로 바닥에 냉기가 흘렀다. 다이몬은 불단 앞 하얀 나무로 쌓은 탑이 있는 곳에 자리를 잡고 앉았다.

"그쪽에 앉게."

도저히 거절할 수 없는 분위기라 히로코는 카메라를 내려놓고 다이몬의 대각선 뒤에 앉았다.

"내 등에서 뭘 봤다는 거죠?"

"서두를 거 없어."

다이몬은 초조하게 묻는 히로코를 보며 입술을 살짝 일그러뜨리더니 깊이 고뇌하듯 나지막이 신음했다. 코와 뺨, 턱을 문지르는 모습에서 불안함마저 엿보였다. 평소 거만한 다이몬과는 전혀 어울리지 않는 행동이었다.

"후후."

자기 모습이 스스로도 우스웠는지 다이몬은 코웃음을 치더니 안주머니에서 종잇조각을 꺼냈다. 그리고 성냥으로 종이에 불을 붙여 바로 앞에 있는 목조 탑에 던져 넣었다. 불이 나무에 옮겨 붙었다.

"불은 신성해. 위험한 짐승을 막아주고 사악한 존재를 없애버리지."

다이몬은 혼잣말처럼 중얼거리더니 손목에 감고 있던 묵주를 풀어 손가락에 걸었다.

"나마 사만다 바즈라남 잔다 마하로사나 스포다야 훔 드라드 함 맘."

다이몬의 기묘한 읊조림이 풀무질처럼 불꽃을 키워 본당을 열기로 가득 채웠다. 다이몬은 눈을 꽉 감은 채 입꼬리에 거품이 생기도록 하염없이 중얼거렸다. 진언을 외는 그 모습이 섬뜩할 정도로 진지해서 히로코는 무심코 자세를 고쳐 앉았다.

다이몬의 이마에 땀방울이 맺히고 진언 외는 소리가 계속 이어졌다. 히로코는 말없이 타오르는 불꽃과 그 불빛에 비치는 다이몬의 옆모습을 바라보았다. 이런 광경을 보고 있자니 다이몬의 힘을 믿게 될 것 같았다. 단순한 의식이라 치부하고 싶었지만 인간의 본성에 새겨진 신앙심, 신비한 힘을 경외하는 마음이 일었다.

"하앗!"

다이몬이 소리를 지르며 번뜩 눈을 뜨고 히로코를 빤히 쳐다봤다. 히로코는 그 눈빛에 겁을 먹었지만 애써 허세를 섞어 말했다.

"왜요? 내 뒤에 귀신이라도 있어요?"

"이 세상에 귀신은 없어."

"스님이 그런 말을 해도 돼요?"

"당연히 되지. 석가모니도 사후 세계가 있다고 말한 적은 없어. 죽으면 모든 게 사라지는 거야. 다 무로 돌아가지. 그러니 귀신을 겁낼 필요도 없어."

"방송에 나와서 조상의 혼이 저주한다느니 뭐 그런 얘기를 했잖아요."

"그건 다 거짓말이야. 내 얘기 똑똑히 들어. 인간은 죽으면 아무것도 못 해. 귀신이니 유령이니 하는 건 전부 살아 있는 인간이 만들어내는 거야. 누군가 목매달아 자살한 호텔 방에 귀신이 나온다고 치자. 그 방에 묵는 사람은 반드시 한밤중에 숨이 막혀서 잠에서 깨고 방 한가운데서 목맨 귀신을 본다는 거야. 자살자가 있던 방이라는 얘기를 미리 들었다면 누구나 불길하다는 선입견 때문에 꿈이나 환영을 보게 될 가능성이 있지. 만약 그런 사실을 몰랐던 사람이 귀신을 봤다고 하면 마치 귀신이 정말 존재하는 것 같겠지만 그것도 믿을 게 못 돼. 호텔 직원이나 그 동네 사람들은 자살이 일어난 방이라는 사실을 알잖아. 그 방을 배정받은 손님이 있으면 '누가 자살했던 방인데 괜찮으려나. 그런 방에 묵다니 불쌍하네. 아무 일 없어야 할 텐데' 하고 생각하겠지. 그런 상념이 악몽과 환영을 불러오는 거야. 모두 살아 있는 인간의 짓이지. 인간이 없는 곳에는 증오나 귀신 따위가 없어. 진짜 무서운 건 살아 있는 사람이야."

히로코는 등줄기가 서늘해졌다. 5년 전 히로코를 괴롭힌 것 역시 귀신 따위가 아니라 살아 있는 인간, 미유키였다. 다이몬은 정말 그런 존재를 느낄 수 있을까? 마야가 분명 미유키는 죽었다고 했다. 죽은 자가 아무것도 할 수 없다면 지금 자신을 따라다니는 존재는 대체 무엇이란 말인가?

"짜증 난다, 화난다, 열받는다며 갑자기 흉포해지는 건 살아 있는 인간이야. 질투하고 시기하며 이성을 잃고 상대를 원망하지. 인간이 죽으면 모두 부처가 되어 평온해져. 남을 저주할 힘이 없어."

다이몬의 얼굴에 숭고함마저 비쳤다. 불이 사악한 기운을 쫓아낸다고 하더니 강렬한 불꽃에 다이몬의 속된 마음도 사라져버린 모양이었다.

"남편에게 버려진 여자의 증오, 그 힘을 그때 같이 보지 않았는가. 전남편, 아니 당시에는 법적 부부였을 테니 그냥 남편이겠군. 아무튼 그 자그마한 여자가 남편을 땅바닥으로 내동댕이쳤지. 화단이 있었으니 망정이지, 그건 그 남자를 죽이고도 남을 만한 분노의 힘이었어."

다이몬의 말이 맞다. 그 모습을 촬영하는 히로코도 온몸에 소름이 돋을 정도였다. 조금 전까지 차분해 보였던 여성이라고는 상상할 수 없는 모습이었다. 순간적으로 그녀는 괴물이 되었다.

사실 카메라맨에게는 그리 드문 광경이 아니다. 보고 싶지 않은 사회와 인간의 이면을 카메라에 담는 것이 히로코의 일이다. 처음에는 눈을 돌리고 싶은 순간도 많았지만 이제 와 새삼스레 놀랄 일도 없었다.

"그런데 살아 있는 사람보다 더 무서운 건 죽었다가 살아난 자, 생과 사의 틈에서 헤매는 자야. 이승과 저승 어느 곳에도 속하지 못하는 사람이지. 엄밀히 따지면 사람도 아니지만. 당신한테 붙어 있는 것은 아무래도 그런 놈 같아."

"생과 사의 틈에서 헤매다니, 그게 무슨 뜻이에요? 대체 뭘 본 거예요?"

다이몬의 얼굴에 두려움이 번졌다.

"순간적으로 얼핏 보였는데 그 자리에서 확인할 용기가 없었어. 이 능력을 가지고 태어나 42년이나 살았지만 나도 그런 건 처음 봤거든. 지금도 당신 뒤로 흐릿하게 잔상이 보이니 당신을 통해 그게 무엇인지 확인하고 싶네."

다이몬이 바싹 다가와 커다란 손으로 히로코의 손을 감싸쥐었다.

"뭐 하는 거예요! 이상한 짓 하면⋯⋯."

하지만 곧바로 다이몬이 눈을 감고 의식에 집중하는 모습을 보고 히로코는 말끝을 흐렸다.

아마도 사이코메트리를 하려는 듯했다.

라이터 같은 물건이 아니라 직접 히로코에 닿아 영시하려는 것이다. 다이몬 같은 사람을 놀라게 한 것은 대체 무엇일까?

꽉 감은 눈으로 무엇을 보고 있는지 다이몬은 괴로운 듯 표정을 일그러뜨렸다. 그러다 번뜩 눈을 뜨고는 히로코의 손을 놓고 뒤로 물러났다.

"뭐, 뭐가 보이나요?"

"⋯⋯모르겠어."

"모르겠다니 무슨 소리예요. 뜸 들이지 말고 말해봐요."

"보긴 했는데, 저렇게 섬뜩한 건 지금까지 본 적도 들은 적도 없어. 한 가지, '여자'라는 건 확실히 느껴졌어. 그 지경이 되기 전에는 꽤 미인이 아니었을까."

확신 없는 말투로 말하던 다이몬의 구릿빛 얼굴이 돌연 파랗게 질렸다. 늘 거만한 얼굴이던 다이몬이 연약한 피해자 같은 표정을 짓고 있었다. 새파랗게 질린 다이몬의 얼굴이 히로코에게 새로운 공포를 안겨줬다.

어디선가 바람이 불어왔다. 사방을 둘러봤지만 문과 창은 모두 닫혀 있었다. 잠잠하던 불꽃이 갑자기 기세를 더해 천장에 닿을 듯이 격렬하게 타올랐다.

"힘이 더 커졌어."

"무슨 말이에요?"

"날마다, 아니 매 순간 엄청난 속도로 커지고 있어. 태아가 엄마 뱃속에서 성장하듯이 말이지. 이제 저런 부적으로는 저 놈을 막을 수 없네."

히로코는 마치 살아 있는 것처럼 요동치는 불꽃을 보며 다이몬이 자기를 속이려고 이 모든 비현실적인 현상을 꾸며낸 게 아닐까 의심했다. 그러나 히로코가 그렇게 생각하는 그 순간에도 다이몬은 옆에서 보기 딱할 정도로 넋 나간 얼굴을 하고 불꽃을 바라보고 있었다.

뜨거운 바람이 소용돌이치며 히로코의 뺨을 때렸다. 온몸에서 땀이 배어났다.

"지금 넋 놓고 있으면 어떡해요! 그게 뭐든 평소처럼 주문이라도 외워봐요. 당신, 악령 퇴치 전문이라면서요!"

"그런 건 그냥 보여주기 위한 쇼야. 가만히 앉아 있는 것보다 뭐라도 소리치는 편이 보는 재미가 있잖아. 이래 봬도 내가 서비스 정신이 투철한 사람이거든."

"그럼 지금 당신이 할 수 있는 게 뭐예요?"

"아무것도 없어. 진작 진지하게 수행을 좀 할 걸 그랬군."

다이몬이 자조하듯 웃으며 말을 이었다.

"지금 내가 할 수 있는 일은 그저 그 존재를 느끼는 일뿐이야.

이런 건 정말 처음 봐. 대부분 호마[*]를 하거나 진언을 읊으면 증오가 가라앉는데 이건 달라. 부처님의 힘을 두려워하지 않는 짐승 같은 존재한테는 이런 방법이 통하지 않는 거겠지."

그때 불꽃 안에서 나뭇가지가 튀어 오르며 두 사람의 시선을 잡아끌었다. 히로코와 다이몬이 동시에 고개를 돌리자 불꽃이 점점 사람의 형태를 띠기 시작했다. 불꽃은 두 팔을 크게 벌리고 무력한 인간들을 비웃듯이 흔들거렸다.

다이몬이 고함을 내지르며 황금색 그릇에 들어 있던 재를 끼얹자 불꽃은 단번에 사그라들었다. 다이몬은 깊은 한숨을 내쉬고 고개를 떨궜다. 울기라도 하는지 다이몬의 어깨가 희미하게 떨렸다. 히로코는 멍하니 그 어깨를 바라보았다.

"세상 사람들은 눈속임이네 사기꾼이네 하며 차가운 눈으로 보지만 사실 나도 괴로워. 인간의 마음이 만들어낸 괴물이 세상을 휘젓고 다니는 게 훤히 보이니까 말이야. 구역질이 날 만큼 추악한 그 꼴을 나도 보고 싶지 않은데, 막을 수가 없어. 그날 당신한테 붙은 그놈을 알아채고 난 후로 그놈이 계속 찾아와서 며칠째 집 밖으로 나가지도 못했어. 결계를 치고 여기 숨어서 그 분노가 사그라들기만을 기다렸는데 사그라들기는커녕 점점 더 강해졌어. 그 영체의 근원에게 무슨 일이 일어난 거겠지. 부적의 힘으로 간신히 막고 있었는데 당신한테 붙어서 결계를 뚫고 여기까지 왔군. 이제 다 틀렸어. 난 끝났어."

***

[*] 불을 피워 악령을 쫓는 의식.

다이몬의 목소리가 약해지자 불꽃도 꺼질 듯이 사그라들었다. 이 사악한 힘에도 상대를 가여워하는 마음이 있는 걸까? 이런 히로코의 생각을 비웃기라도 하듯 불꽃은 순식간에 천장까지 높이 타올랐다. 뜨거운 바람이 히로코의 머리칼을 들추고 뺨을 문질렀다.

그 순간 다이몬이 고개를 번쩍 들었다. 눈물범벅의 추한 얼굴에 초점 없는 눈동자가 허망하게 빛나고 입가에서는 침이 흘렀다.

"다이몬 씨, 왜 이래요?"

다이몬이 양손과 무릎을 바닥에 대고 엉금엉금 기면서 히로코를 향해 다가왔다. 히로코는 앉은 채 뒷걸음질을 쳤다.

"이제 다 끝이야. 난 이놈한테서 도망칠 수 없어. 내 영능력이 원망스러워. 보통 사람이라면 아직 느껴지지도 않을 수준인데……."

"무슨 말이에요?"

"이놈의 힘은 아직은 그렇게 강하지 않아. 보통 사람한테는 영향을 주지 못할 정도야. 기껏해야 벌레나 새처럼 작은 동물, 기계 따위나 조종할 수 있겠지. 하지만 영감이 강한 사람이나 영능력자에게는 더욱 강하게 작용하지. 영감이 강할수록 악한 기운이 내부에서 증폭되면서 크게 피해를 입게 돼. 그놈이 아까부터 내 안에 파고들어 굶주린 짐승처럼 내 마음의 틈을 헤집고 있어. 으윽……. 근데 당신, 차림새는 털털해도 꽤 쓸 만하군. 내 취향이야."

다이몬의 눈이 묘한 광기로 번들거렸다. 그는 자신의 최후를 직감하고 번뇌만 남은 얼굴로 서서히 다가왔다. 어차피 죽을 운명이니 더러운 욕망이라도 채우겠다는 심산이다.

"가까이 오지 마!"

히로코는 달려드는 다이몬을 힘껏 떠밀었다. 다이몬은 매끈한 마룻바닥에 발이 미끄러지며 균형을 잃었다. 히로코는 다이몬의 손을 뿌리치고 옆에 있던 카메라로 다이몬의 턱을 가격했다. 5킬로그램이 넘는 금속 덩어리의 충격이 컸는지 거구의 다이몬이 공중제비를 돌며 바닥에 쓰러졌다.

히로코는 카메라가 망가지진 않았을지 걱정스러웠지만 상태를 확인할 여유는 없었다. 여전히 활활 타오르는 불꽃을 뒤로하고 본당을 뛰쳐나왔다.

"기다려! 나는 이제 끝났어. 마지막인데 기분 좋게 해주는 게 뭐가 그렇게 어려워? 내 소원이라니까! 처음 봤을 때부터 네가 마음에 들었어."

다이몬이 기모노 자락을 흐트러뜨린 채 코피를 흘리며 본당에서 나왔다. 배에 붙은 거대한 살집을 위아래로 흔들면서 두 팔을 앞으로 뻗은 채 히로코를 쫓아왔다.

히로코는 온 힘을 쥐어짜 미로 같은 복도를 달렸다. 조금 전에는 운 좋게 다이몬을 쓰러뜨렸지만 다시 정면에서 맞닥뜨린다면 왜소한 히로코에게 승산은 없었다. 히로코는 끝이 보이지 않는 어두운 복도를 죽을힘을 다해 달렸다.

현관이 보이는 순간 다이몬의 거친 숨소리가 바로 뒤에서 들려왔다. 히로코는 신발도 제대로 신지 못한 채 몸을 던지듯이 현관문을 밀고 밖으로 뛰쳐나갔다.

"이건 또 뭐야⋯⋯."

히로코는 심장이 얼어붙는 듯했다. 어느새 날이 완전히 저물어 깜깜해진 정원에 다이몬의 제자인 구로사키가 우뚝 서 있었다. 손에는 칼날이 시퍼런 일본도를 들고⋯⋯.

정원 불빛에 날카롭게 번쩍이는 칼끝이 자신이 진짜 칼이라고 말하는 듯했다. 히로코의 등 뒤로 신음 섞인 숨소리가 가까워졌다. 다이몬은 온몸을 뒤틀고 숨을 헐떡이면서도 미소를 지었다.

"구로사키, 잘했어. 역시 내 제자야. 그런 센스를 조금 더 일찍 발휘했으면 진작에 독립해서 큰돈을 만졌을 텐데."

다이몬은 자조하듯 웃으며 샌들을 꿰어 신고 히로코 쪽으로 천천히 다가왔다. 출입문 쪽에는 구로사키가 서 있었기에 히로코는 다이몬과 구로사키 사이에서 뒷걸음질을 쳤다.

"구로사키, 당장 저 여자를 잡아!"

다이몬의 명령이 떨어지자 구로사키는 자갈 밟는 소리를 내며 걸음을 옮겼다. 그러나 발길의 방향은 히로코가 서 있는 곳이 아니었다.

"여자를 잡으라니까, 뭐 하는 거야?"

다이몬이 의아한 목소리로 물었지만 구로사키는 아무 말도 하지 않고 일본도를 허리춤에 댄 채 다이몬에게 점점 더 다가갔다. 히로코가 구로사키의 이해할 수 없는 행동에 의문을 품은 순간, 구로사키의 눈에 둔탁한 빛이 깃들었다.

히로코는 본능적으로 카메라 전원을 켰다. 예기치 못한 사건을 맞닥뜨렸을 때 나오는 반사적인 행동이었다. 카메라를 어깨에 얹고 다이몬과 구로사키를 한 프레임에 담는 순간 공포로 일그러진 다이몬의 얼굴이 보였다.

"너, 무슨 짓을 할 셈이냐?"

다이몬이 구로사키에게 기대듯 쓰러졌다. 구로사키의 등에 가려 보이지는 않지만 일본도가 다이몬의 몸을 관통했으리라. 다이몬은 컥 하고 숨을 내뱉더니 구로사키의 어깨에 턱을 올린 자세로 울컥 피를 토해냈다.

"이, 이 괴물이……."

다이몬은 피범벅이 된 입술로 중얼거렸다.

히로코는 숨 쉬는 것도 잊고 그 모습을 카메라에 담았다. 머리가 텅 빈 채, 본능에 따라 촬영을 계속할 뿐이었다.

구로사키가 일본도를 빼자 물을 흠뻑 먹은 수건을 짜는 것처럼 엄청난 양의 피가 쏟아졌고, 그 웅덩이 위로 다이몬이 쓰러졌다. 구로사키는 피가 잔뜩 튄 얼굴로 히로코를 바라보았다.

히로코는 한 치도 물러서지 않고 카메라 렌즈를 구로사키에게 고정했다.

'겁이 날 때는 파인더를 들여다봐. 카메라맨으로서의 사명, 진실을 기록할 사명이 있다고 생각하면 저절로 용기와 힘이 솟아날 테니까.'

구사마에게 들은 말을 마음속으로 되뇌었다. 카메라와 함께

일 땐 아무것도 겁나지 않았다. 히로코는 천천히 구로사키의 얼굴을 줌으로 당겼다. 이제 구로사키가 겁먹을 차례였다.

구로사키는 눈을 부릅뜨고 비틀대듯 반걸음쯤 물러나더니 빙긋 웃었다. 뭐가 우스운 걸까? 렌즈를 통해 히로코가 건넨 물음에 구로사키가 행동으로 답했다.

구로사키는 자기 목에 일본도를 대고 천천히 힘을 주어 눌렀다. 입은 웃고 있지만 절망과 공포로 가득한 눈이 자기 의지가 아니라고 말하고 있었다.

날카로운 칼날이 살을 파고들며 선명한 피가 목을 타고 흘러내렸다. 구로사키는 아무런 아픔도 느끼지 못하는 것처럼 천천히 자신의 목을 베고 있었다.

안 돼⋯⋯ 안 돼. 제발 그만⋯⋯. 히로코는 소리 없이 중얼거릴 뿐이었다.

한순간 구로사키의 손에 힘이 실리는가 싶더니 분수처럼 피가 뿜어져 나왔다. 수묵화 같던 마당이 선명한 핏빛으로 물들어갔다. 구로사키는 칼을 더욱 깊숙이 눌러 자기 목을 완전히 베어버렸다. 구로사키의 머리가 바닥에 툭 떨어졌다.

히로코는 그저 묵묵히 그 모습을 카메라에 담았다. 비명을 지르고 싶었지만 소리가 나오지 않았다. 지독한 공포가 히로코의 입을 틀어막고 있었다.

목이 사라진 구로사키의 몸은 한동안 그대로 서 있다가 이내 거목이 쓰러지듯 천천히 앞으로 고꾸라졌다.

○

16

　히로코는 이불을 덮은 채 덜덜 떨며 방 안을 둘러보았다. 원래도 삭막한 방이 한층 싸늘하게 느껴졌다. 가구를 더 놓고, 그림이나 꽃 장식이라도 걸어놓았다면 나았을까? 그랬다면 이 불안이 조금은 덜하지 않았을까?

　어제 히로코는 쇼크 증상으로 병원에 실려 가 하룻밤 입원했다. 가장 먼저 달려온 사람은 가시와바라였다. 자기가 다이몬을 만나보라고 권하는 바람에 히로코가 이런 사건에 휘말렸다며 울상을 지었지만 이 일은 가시와바라의 잘못이 아니다. 모든 재앙은 히로코가 불러온 것이나 다름없다.

　히로코가 적당한 말을 찾지 못하고 잠자코 있자 가시와바라는 히로코가 화난 줄 알았는지 의기소침한 얼굴로 어쩔 줄을 몰라 했다. 히로코는 가시와바라에게 미안한 마음이 들었지만 무슨 말을 건네야 좋을지 몰라 결국 가시와바라가 돌아갈 때까지 한마디도 하지 못했다.

그리고 히로코는 오늘 아침, 퇴원하자마자 경찰서로 직행했다. 경찰은 사건의 유일한 '목격자'인 히로코를 철저하게 조사했다. 경찰은 히로코가 이 참혹한 범죄 현장을 촬영했다는 사실 때문에 의심을 하는 것 같았으나 아이러니하게도 그 비디오는 히로코가 결백하다는 사실을 증명했다.

사건의 전모를 촬영한 비디오카메라는 증거품으로 압수되었지만 히로코가 풀려나기도 전에 도호 방송국이 변호사를 통해 회수해 갔다. 구사마가 히로코의 소식을 듣고 촬영물 소유권 계약 사항을 들먹이며 경찰에게 메모리 카드 반환을 요구한 것이다. 지나치게 잔인한 장면은 삭제되거나 모자이크 처리되어 이미 여러 차례 방송에 나오고 있었다. 히로코의 의사도 묻지 않고 진행된 일이었지만 보도국에 있는 사람으로서 할 일을 했을 뿐이므로 구사마를 탓하고 싶지는 않았다. 어쩌면 그 순간 히로코도 보도 목적으로 카메라를 들이댔을지도 모른다.

저녁때쯤 경찰 조사를 마치고 녹초가 되어 집으로 왔다. 그대로 주저앉아 무심코 텔레비전을 켜자 때마침 뉴스에서 히로코가 촬영한 영상이 흘러나왔다.

히로코는 그제야 자신이 얼마나 끔찍한 짓을 했는지 깨달았다. 신을 거스르는 죄를 지었다고 느낀 순간 무언가가 등을 덮친 것처럼 온몸이 무겁게 가라앉았다.

머리가 멍하고 미열이 나는 것처럼 몸이 나른했다. 잠든 것 같기도, 깨어 있는 것 같기도 했다. 정신을 차렸을 땐 어느새 창밖이 어두워져 있었다. 방에 불을 켜고 싶었지만 겁에 질려 몸을 일으킬 수조차 없었다. 텔레비전 불빛이 살풍경한 방 안을 희미하게 비추고 있었다.

5시 뉴스, 7시 54분 뉴스, 8시 54분 뉴스까지 도호 방송국의 거의 모든 뉴스에서 히로코가 촬영한 영상이 나왔고 심야 뉴스 쇼에서는 그 사건에 꽤 긴 시간을 할애했다. 히로코는 텔레비전 화면에서 눈을 뗄 수 없었다.

전국에 나가는 방송이니 수만 명 넘는 사람들이 이 사건의 목격자가 되는 셈이었다. 부분부분 모자이크 처리를 하고 지나치게 잔인한 장면은 삭제했지만 히로코의 눈에는 모든 장면이 선명하게 새겨져 있었다.

복부를 찔려 고통스러워하는 다이몬의 얼굴도 무서웠지만 히로코를 돌아보는 구로사키의 눈빛이 잊혀지지 않았다. 초점 없는 눈동자에 서린 공포와 증오가 가득한 눈빛이 히로코를 얼어붙게 했다.

그런 상황에서 촬영할 생각을 하다니 놀랍다며 히로코를 신문한 형사도 진저리를 쳤다. 평소에도 남의 불행을 팔아먹고 사니 이 정도는 괜찮았냐고 빈정거리기도 했다. 오늘만큼은 히로코 스스로도 카메라맨이란 직업이 원망스러웠지만 히로코에게 카메라는 유일한 무기였다.

그때 카메라가 없었다면 히로코는 다리가 풀려 그 자리에 주저앉고 말았을 것이다. 그랬다면 구로사키는 거침없이 히로코에게 달려들었을 터였다. 카메라맨이라는 정체성이 가까스로 히로코를 지탱해줬다.

히로코의 그런 신념이 구로사키에게도 전해졌는지 한순간 눈빛이 정상으로 돌아온 것 같았다. 구로사키는 카메라의 커다란 렌즈를 두려워했다. 사악한 존재가 만천하에 알려질까 봐 떨고 있었다.

뉴스는 다이몬이 여러 피해자에게 원한을 샀다는 점을 반복해서 보도했다. 엉터리 제령과 기도의 대가로 고액을 요구했을 뿐만 아니라 성범죄로 여러 번 고소를 당한 일, 그때마다 돈으로 합의했다는 내용이 거듭 나왔다.

자위대 경력이 있는 구로사키를 제자로 두고 경호원 역할을 시킨 이유도 피해자의 보복을 두려워했기 때문이라고 추측했다. 한술 더 떠, 구로사키가 다이몬의 악행을 참지 못하고 의로운 분노심을 발휘해 다이몬을 죽인 후 그 죄를 씻기 위해 스스로 목을 그었다는 식으로 이야기를 풀어냈다.

그러나 히로코는 확신했다. 그때 구로사키는 분명히 제정신이 아니었다. 보통 사람이라면 자신의 목을 스스로 잘라낼 수 없다. 게다가 구로사키는 칼을 단번에 휘두른 것이 아니라 톱질하듯 천천히 칼날을 밀어 넣었다.

방송에는 나오지 않았지만 자기 목을 조금씩 베는 구로사키의 모습은 확실히 영상 기록으로 남아 있다.

히로코는 이제껏 찍은 것들과는 차원이 다른 특종을 잡았지만 조금도 기쁘지 않았다. 히로코 안에서 공포가 점점 거대해졌다. 말도 안 되는 장면을 찍고 말았다.

뉴스쇼에서는 사회자의 설명과 함께 히로코가 촬영한 영상을 화면에 띄웠다. 검은 화면이 밝아지며 영상이 시작됐다. 히로코가 카메라 전원을 켜고 촬영을 시작한 순간이었다. 흔들리던 화면이 안정되자 다이몬의 굳은 얼굴이 나타났다. 공포와 분노가 뒤섞여 벌겋게 달아오른 얼굴이다.

구로사키의 어깨가 프레임 안으로 들어오자 카메라가 조금 뒤로 물러서면서 잘그락 자갈 밟는 소리가 났다. 다이몬과 구로사키가 한 프레임에 잡혔다. 다이몬의 시선이 구로사키 손에 들린 일본도에 고정됐다. 이후에 밝혀진 바에 따르면 그 일본도는 다이몬의 수집품 중 하나였다.

"너, 무슨 짓을 할 셈이냐?"

다이몬의 노기 어린 목소리가 울려 퍼진 직후 구로사키가 다이몬에게 다가가 복부를 찔렀다.

다이몬의 손이 구로사키의 어깨를 잡았다. 손끝이 하얘지도록 구로사키의 어깨를 움켜쥔 다이몬의 얼굴이 순식간에 창백해졌다. 도움을 요청하듯이 카메라와 그 너머 히로코에게로 시선을 보냈다. 다이몬은 격하게 기침하며 피를 토했다.

"이, 이 괴물이……."

구로사키가 칼을 뽑아내자 다이몬은 그 자리에 쓰러졌다. 순간 화면이 미세하게 흔들렸다. 히로코가 반사적으로 달려가려 하자 기척을 느낀 구로사키가 뒤를 돌아봤다.

피투성이 얼굴이 클로즈업된다. 히로코가 당겨서 찍은 게 아니라 방송국에서 편집하면서 확대를 해서 화질이 떨어졌다. 구로사키의 공허한 눈이 화면을 가득 채웠다. 꼭두각시 인형처럼 증오나 분노가 전혀 느껴지지 않는 눈빛이었다. 사람이 다른 사람을 찔러 죽이는 데 어느 정도의 에너지가 필요한지는 몰라도 이런 공허한 눈빛으로는 불가능하지 않을까?

구로사키는 히로코의 존재를 확인하고는 제정신이 돌아온 듯했다. 자신의 행동을 이해하지 못하겠다는 듯이 눈을 부릅뜬 채 표정이 굳어갔다. 구로사키는 부릅뜬 눈으로 카메라를 통해 히로코를 보고 있었다. 영상이 일시 정지되고 화면에 살인귀의 눈동자가 크게 확대되었다.

'살려줘!'

당시 듣지 못했던 구로사키의 속마음이 또렷하게 전해졌다. 비디오카메라는 사실을 있는 그대로 기록한다. 사람이 보지 못하는 사건의 이면까지도. 히로코는 영상에 담긴 구로사키의 메시지를 들으며 그가 누군가에 의해 조종당해 벌인 일이라고 확신했다.

영감이 강한 사람은 그만큼 사악한 에너지의 영향을 받기 쉽다고 했다. 다이몬의 제자였으니 구로사키한테도 분명 영감이 있었을 것이다. 그래서 그 존재에게 이용당한 것이 분명하다.

히로코는 멍하니 텔레비전을 보고 있다가 문득 위화감을 느꼈다. 구로사키의 눈이 클로즈업된 상태로 멈춘 채 아무 소리도 나오지 않았다. 연출이라기엔 정지 시간이 너무 길다. 뭔가 이상하다.

히로코는 덜덜 떨며 리모컨으로 손을 뻗었다. 수차례 전원 버튼을 눌렀지만 화면은 꺼지지 않았다. 이내 스피커에서 낮게 중얼거리는 소리가 흘러나왔다.

"나마 사만다 바즈라남 잔다 마하로사나 스포다야 훔 드라드 함 맘."

다이몬이 읊던 진언이다. 말소리에 메마른 것끼리 부딪치는 소리가 섞였다. 벌레가 낙엽 더미를 기어가는 소리 같았다. 다이몬을 찾아가기 전 새벽, 컴퓨터 화면에서 쏟아져 나온 벌레 떼의 이미지가 머릿속에 되살아났다.

정체를 알 수 없는 서걱서걱 소리가 느닷없이 커지더니 다이몬의 목소리를 덮어버렸다. 다이몬의 진언 따위 아무짝에도 소용없다고 비웃듯이.

"그만해. 제발 좀 그만하라고!"

히로코는 리모컨을 벽에 내던지고 머리까지 이불을 뒤집어썼다. 잔뜩 몸을 웅크리고 덜덜 떨면서도 냉정하게 생각하기 위해 마음을 다잡았다. 떨고 있기만 해서는 문제를 해결할 수 없다.

이러면 5년 전과 똑같다. 그때 나오토와 아무 사이도 아니었는데도 미유키의 기묘한 힘에 일방적으로 당하고 자포자기했다. 직장과 연애, 인생에서 도망쳐버렸다.

그때부터 강해지고 싶다는 일념으로 '연약한 여자'에서 벗어나기 위해 갖은 애를 썼다. 센 척한다고 주변의 냉소를 받으면서도 죽을힘을 다해 노력했다.

무거운 카메라를 메고 남자들 틈에서 거친 현장을 누비며 평범한 행복 같은 건 모두 포기한 채 오직 강해지기 위해 앞만 보고 달렸다. 그런데 지금 다시 훌쩍거리며 미유키에게 용서를 빌고 싶지는 않다.

"작작 좀 해! 난 그때의 내가 아니야."

이불을 젖히고 바닥에 있던 카메라를 집어 들어 전원을 켜고 어깨에 얹었다. 재빨리 카메라를 왼쪽으로 돌려 시계를 찍고 떨리는 음성으로 상황을 설명하기 시작했다.

"지금 시각 오전 1시 9분입니다. 여기는 구라사와 히로코, 저의 집입니다. 지금 이곳에는 눈에 보이지 않는 무언가가 있습니다. 벌레가 낙엽을 기어가는 듯한 소리가 들리시나요? 후시 녹음이 아닙니다."

히로코는 천천히 카메라 방향을 바꿔가며 집 안 구석구석을 촬영했다. 카메라는 육안으로는 볼 수 없는 것을 담아낸다. 이번에도 카메라가 그 정체를 밝혀내리라 믿었다. 패밀리 레스토랑 거울에 보이지 않는 존재가 비쳤을 때처럼 말이다.

"어제 다이몬 겐신을 살해한 진짜 범인이 여기 있습니다. 그 것이 구로사키 구니아키의 몸을 조종해 다이몬 겐신을 살해하고 구로사키가 스스로 목을 베도록 만들었습니다."

사람들이 이 영상을 보면 뭐라고 할까? 히로코가 하는 말은 믿지 않더라도 괴이한 현상이 찍힌 영상을 본다면 다들 믿게 될 것이다. 그때처럼 강제로 병원에 들어갈 일은 없을 것이다.

불현듯 히로코는 자기가 겪은 기이한 일을 다른 사람들에게 전하고 싶어서 카메라맨이 되었다는 확신이 들었다. 가시와바라가 만드는 방송을 오컬트 방송이라 폄하했지만 히로코는 사실 자기가 겪은 일을 영상으로 기록해서 세상 사람들에게 보여주고 싶었는지도 모른다.

엄밀히 말하면 가시와바라의 방송처럼 흥미 위주 콘텐츠가 아니라 진실을 세상에 알리고 싶었기에 사기꾼이 판치는 오컬트 방송을 용서할 수 없었던 것이다.

히로코는 문득 깨달았다. 나는 지금까지 이 순간을 기다려왔구나. 더 이상 떨고 있을 수 없다. 자, 나올 테면 나와라. 난 이제 두렵지 않아!

히로코는 공포를 이겨내기 위해 카메라로 집 구석구석을 찍으면서 현재 벌어지고 있는 이상한 현상을 계속 중계했다. 그때 갑자기 공기가 살짝 달라지더니 텔레비전 화면이 바뀌었다. 히로코가 카메라를 텔레비전으로 돌리자 화면에는 젊고 예쁜 아나운서들이 나란히 앉아 근황을 나누며 웃는 모습이 나왔다.

어느새 그들의 웃음소리가 방을 채우고 고막을 찢을 듯이 울려 퍼지던 기묘한 소리는 완전히 사라져버렸다.

온몸에서 힘이 빠지자 카메라가 갑자기 무겁게 느껴졌다. 히로코는 다리가 풀려 주저앉으며 낮게 중얼거렸다.

"이번에는 지지 않아."

창문으로 밝은 빛이 들어오고 창밖에서는 출근길에 나선 사람들의 소리가 났다. 히로코는 뜬눈으로 밤을 새우고 아침을 맞았다.

17

비장한 각오로 촬영한 영상을 재생했다. 소리는 제대로 녹음되었지만 그 소리가 초현실적 현상이라는 확실한 증거는 없다. 그래도 히로코는 정체 모를 힘에 당당하게 맞선 자신을 칭찬하고 싶었다.

나는 예전의 내가 아니다. 하얀 벽에 갇혀 지낸 입원 생활, 자살 방지용 철창이 달린 그 방에서 무려 1년이란 시간을 보냈다. 두 번 다시 겪고 싶지 않다. 나는 아무 잘못도 하지 않았다. 나는 그 여자의 원망을 살 이유가 없다고 자신을 다독였다.

급경사 오르막길을 차로 달렸다. 도로까지 뻗은 가로수의 무성한 나뭇가지들이 마치 히로코의 차를 잡으려는 거대한 괴물의 손처럼 보였다.

앞 유리에 나뭇가지가 부딪혀 요란한 소리가 났다. 대낮이지만 어둑한 산길을 오르고 있자니 불안한 마음이 들었다. 이 어둠이 지금 향하는 곳이 얼마나 위험하고 무서운 곳인지 알려주는 듯했다. 결코 가까이 가서는 안 된다는 경고 같았지만 어쩔 수 없었다. 그곳에 그 사람이 있으니까.

오늘 아침 일찍 마야가 전화를 했다.

"히로코, 잘 있지? 그냥 신경 쓰여서. 어젯밤에 별일 없었어?"

뉴스에서 히로코의 이름은 전혀 언급되지 않았다. 그러니 마야는 지금 세상이 주목하는 다이몬 사건의 목격자이자 영상을 촬영한 장본인이 히로코임을 알 리 없건만 막연하게 이상한 느낌을 받은 모양이다.

점성술 마니아인 마야에게는 약하지만 영감이 있다. 그저 뭔가를 느끼는 정도지만 그런 영감을 가졌기에 그때도 히로코의 이야기를 진지하게 받아들이고 이해해주었을 것이다.

다이몬은 영감을 가진 사람은 사악한 기운의 영향을 받기 쉬워서 더 위험하다고 했다. 마야를 이 일에 휘말리게 할 수는 없었다. 지금의 사악한 기운은 5년 전과 차원이 다르므로 위험의 크기도 그때와는 다르다.

사실을 털어놓을 수 없는 히로코는 적당한 대답을 찾지 못했다. '아무 일도 없어, 평소랑 똑같지' 하고 밝게 대답하려 했으나 입이 떨어지지 않았다. 요 며칠의 일들이 한꺼번에 떠오르며 다이몬의 마지막 말이 귓가에 되살아났다.

공포와 고통으로 일그러진 얼굴로 분명히 '괴물'이라 말했다. 다이몬의 눈은 자기를 찌른 구로사키가 아니라 히로코를 보고 있었다. 그 말은 누구를 향한 것이었을까? 히로코는 뇌리에 떠오르는 얼굴을 어떻게든 떨쳐내려 고개를 내저었다. 그러나 이어지는 마야의 한마디가 히로코의 그런 노력을 물거품으로 만들고 말았다.

"이하라 나오토 씨는 계속 휴가 중이야."

그 이름을 듣자마자 어떤 얼굴이 또렷하게 떠올랐다. 이하라 미유키가 질투로 시퍼렇게 불타는 눈빛으로 히로코를 노려보고 있었다.

나오토와 아무 사이 아니라고 몇 번을 말해도 이하라 미유키는 질투에 눈이 멀어 믿지 않았다.

그 미유키는 분명 죽었다.

"여보세요. 히로코, 듣고 있어?"

히로코는 마야의 물음에 급히 수화기를 고쳐 들었다.

"응. 듣고 있어."

"나오토 씨는 요즘 계속 몸이 안 좋은가 봐. 전화해도 안 받아. 근데 나랑 특별히 친한 사이도 아니니까 집까지 찾아가긴 좀 그렇잖아."

마야의 눈에는 히로코와 나오토가 특별한 관계로 보였을 것이다. 히로코도 그 사실을 부정하고 싶지는 않았다. 한때 호감을 가졌던 것은 사실이니까. 그래서 미유키가 질투한 것이겠지만 벌써 5년이나 지난 일이다.

"나오토 씨 주소 알려줘. 그런 얘기를 들으니까 나도 신경 쓰이네. 한번 보러 갈게. 시간도 꽤 흘렀고 오랜만에 얼굴도 보고 싶으니까."

다만 '이제는 미유키가 없으니 내가 가도 괜찮겠지'라는 말은 가만히 삼켰다.

어째서 나오토의 집에 찾아갈 결심을 했을까?

사람은 죽으면 아무것도 할 수 없다고 단언한 다이몬의 목소리가 귓가에 생생히 남아 있었다. 그자의 말을 어디까지 믿어야 할지 모르겠지만 적어도 그 순간의 눈빛은 진실했다. 미유키가 정말 죽었고, 다이몬의 말처럼 죽은 사람이 아무것도 할 수 없다면 지금 히로코 주변에서 일어나는 이 기이한 일들의 원인이 무엇인지 두 눈으로 확인하고 싶었다.

도망가는 것으로는 문제를 해결할 수 없다. 여기서 다시 도망친다면 5년 전과 다를 바가 없다. 미유키가 정말 죽었다면 위패에 선향이라도 하나 올리고 싶었다.

마야가 가르쳐준 주소로 차를 몰았다. 도쿄 중심부에서 서쪽으로 꽤 떨어진 곳이었다. 히로코는 아까부터 한참 동안 산길을 달리는 중이다.

나오토는 통학이나 출퇴근에 시간을 허비하는 게 아까워서 대학 때부터 줄곧 도심에 살았다고 했다. 교통 편한 곳이 최고라고, 뼈 빠지게 일해서 내 집을 마련해도 출퇴근에 시간을 버리면서 집에 잠만 자러 가는 건 바보 같은 짓 아니냐고 말하곤 했다.

포장도로긴 했지만 좁고 구불구불한 산길이 오랫동안 이어졌다. 긴 언덕길을 다 오르자 갑자기 시야가 확 트였다. 적갈색으로 가득한 풍경에 무심코 브레이크를 밟았다.

산을 깎아 택지를 조성하는 중인지 벌건 흙이 그대로 드러난 대지가 나타났다. 초입에 새집이 몇 채 있고 안쪽으로는 이제 짓기 시작하는 집과 토지 공사 단계에서 방치된 구획이 드문드문 보였지만 대부분은 빈 땅인 채로 광대한 황야처럼 펼쳐져 있었다.

무슨 이유인지 현재 택지 조성은 중단된 상태인 듯했다. 예정대로 공사가 완료되었다면 잘 정비된 마을이 되었겠지만 오래 방치된 탓에 고스트 타운 같은 스산함이 맴돌았다.

벌건 흙이 드러난 곳에도 오후 햇살이 내리쬐고 있었으나 흙먼지 때문인지 음산한 기운을 감추지 못했다.

주소가 맞다면 이 근처일 텐데, 내비게이션에도 정확한 위치가 나오지 않는 걸 보니 아직 이 마을 자체가 지도에 등록되지 않은 모양이다. 다른 사람에게 물어보려 해도 주변에 인기척이 전혀 없었다. 작은 상점도 하나 없고, 마치 숨겨진 마을처럼 몇 안 되는 집들도 전부 문을 걸어 잠그고 방문자를 거부하는 것처럼 보였다. 하지만 굳이 초인종을 눌러 나오토의 집이 어딘지 묻고 싶지는 않았다.

일단 길가에 차를 세우고 내렸다. 무의식중에 주머니에서 담배를 꺼내 지포 라이터로 불을 붙였다. 폐 안에 기분 좋은 고통이 퍼지며 히로코의 불안감을 달래주었다. 금연 중이지만 지금 이 상황에서는 피우지 않을 수가 없다. 니코틴이 몸에 돌면서 히로코의 혼란스러운 머릿속을 차분하게 가라앉혔다.

어디선가 차 소리가 들려왔다. 담배 연기를 내뱉으며 주위를 둘러보자 언덕 아래서 하얀 경차 한 대가 모습을 드러냈다. 다른 목적지에 가기 위해 군이 이 마을을 경유할 이유는 없으므로 이 마을 주민의 차가 확실할 것이다. 차가 지나간 자리에 벌건 흙먼지가 일어나는 것을 보니 마트에 가는 것도 한 고생이라며 불만스럽게 운전하고 있는지도 모른다.

히로코는 휴대용 재떨이에 담배를 비벼 끄고 차 안에 있는 카메라를 꺼내려다 주춤했다. 언제 무슨 일이 일어날지 알 수 없기에 모든 것을 기록하고 싶지만 대놓고 카메라를 들이댈 수는 없다. 나오토를 취재한 일이 소문나면 나오토에게 피해가 갈지도 모른다. 안 그래도 나오토 가족이 겪은 사고는 이 작은 마을에서 적잖이 화제가 되었을 것이다.

게다가 이럴 땐 몰래 찍어야 더 실감 나는 영상이 만들어진다. 조수석 창문으로 렌즈가 밖의 상황을 담을 수 있도록 세팅한 뒤 소형 녹음기 전원을 켜서 가죽 재킷 주머니에 숨기고 프레임을 의식하며 길 한가운데서 양팔을 펼쳤다.

경차 운전석에 앉은 중년 여성이 히로코를 발견하고 경계하는 표정으로 속도를 줄였다. 거리가 가까워지자 여성은 히로코가 여자임을 확인하고 안심한 듯이 차를 완전히 멈췄다.

예상대로 장을 보고 돌아오는 길 같았다. 창문으로 들여다보니 조수석에 마트 비닐봉지가 놓여 있고 봉지 위로 배추와 대파가 삐죽 나와 있었다. 오늘 저녁 메뉴는 전골 요리인지도 모른다. 여성의 나이로 추측하건대 한창 식욕이 왕성한 중학생 자녀가 있지 않을까. 히로코는 자신이 가족을 위해 저녁을 준비하는 삶과 한참 멀어졌음을 새삼 깨달았다.

"무슨 일이세요?"

여자가 창문을 내리고 친절하게 물었다. 히로코의 차에 문제가 생겼다고 추측했는지 차로 슬쩍 눈길을 보냈다. 히로코는 카메라를 들킬까 봐 급히 여자의 주의를 끌었다.

"실례지만 뭐 좀 여쭤볼게요. 이하라 나오토 씨 댁이 어딘지 아시나요?"

부드러웠던 표정이 갑자기 어색하게 굳었다. 미유키가 사고를 당한 지 두 달밖에 지나지 않아 아직 충격이 남아 있는 걸까? 여자는 시동을 켠 채로 핸들을 쥔 손에 힘을 실었다. 언제라도 도망갈 수 있도록 준비하는 것 같았다. 대체 무엇 때문에 이렇게까지 경계하는 걸까?

"어디서 오셨죠?"

여자가 수상하다는 듯 물었다.

"저는 보험회사에서 나왔습니다."

미유키의 죽음이 사고사였다면 보험회사에서 조사를 나오리라 판단해 순간적으로 내뱉은 거짓말이었다. 말하고 나서야 가죽 재킷에 청바지 차림으로 다니는 보험 조사원이 어디 있을까 후회했지만 뱉은 말을 주워 담을 수는 없었다. 그런데 의외로 상대는 그런 부분을 전혀 개의치 않았다. 오히려 이하라 가족에 대해 이야기하고 싶어서 벼르고 있던 사람처럼 바로 엔진을 끄고 차에서 내리더니 히로코에게 바짝 다가서며 말했다.

"뭐가 궁금해요?"

"아…… 그 댁 사모님이 당한 사고에 대해 알려주실 수 있나요?"

상대가 이야기하고 싶어 하는 눈치였기에 히로코는 안도하며 질문했다.

"아, 내가 직접 본 건 아닌데 엄청 끔찍한 사고였대요. 저쪽 비탈길 끝에, 산에서 넘어오는 국도랑 교차되는 지점이 있는데 거기서 졸음운전을 하던 트럭에 치였대요. 즉사였다나 봐요."

"즉사요? 그렇군요……. 혹시 장례식에도 가셨나요?"

"다녀왔죠. 이 동네가 이렇잖아요. 요 일대를 개발하던 부동산 업체가 부도가 나서 개발이 중단되는 바람에 지금 새로운 주민이 전혀 들어오질 않아요. 이웃이라곤 몇 되지도 않으니 장례식을 도와주러 갔죠."

"혹시 미유키 씨의 시신을 보셨나요?"

"봤어요."

여자는 돌연 말소리를 줄이며 말을 이었다.

"마지막에 한 명씩 관에 꽃을 넣을 때 살짝 봤어요. 근데 큰 사고라 시신 훼손이 심했는지 얼굴만 조금 보이고 거의 다 하얀 천으로 가려놨더라고요."

설령 얼굴 일부라고 해도 이 사람은 확실히 미유키의 시신을 봤다. 미유키가 죽은 건 분명했다. 그렇다면 미유키는 사악한 기운의 근원이 아니다. 다이몬의 말이 맞다면 죽은 인간은 아무것도 할 수 없다.

"그렇군요. 고생하셨겠네요. 그 뒤로 별다른 일은 없었나요?"

"별다른 일이요?"

여자는 히로코의 말을 재차 확인하더니 귓가에 속삭이듯 말을 이었다.

"그 집에 가까이 가지 않는 게 좋을 거예요."

"네? 무슨 말씀이시죠?"

"바깥양반이 좀 이상해진 모양이에요. 예쁜 부인이 그렇게 끔찍한 꼴로 세상을 떠났으니 그럴 만도 하죠. 저렇게 충격받은 걸 보면 절대 보험금을 노리고 꾸민 일은 아니에요. 그런 남편이 의심받으면 너무 불쌍하죠."

나오토가 이상해졌다니, 무슨 말인지 이해할 수 없었다. 히로코는 혼란스러워서 아무 말도 할 수가 없었다. 여자는 눈썹을 팔자로 모으고 동정 어린 말투로 말을 이었다.

"나도 겨우 몇 번 얘기해본 게 다지만 정말 미모가 대단한 사람이었어요. 남편 충격이 클 만도 하지. 근데 어린애가 있으니까 그게 더 걱정이죠. 장례 치르고 한동안 할머니가 같이 지내는 것 같았는데 일주일 전쯤인가 할머니도 내보냈나 보더라고요. 마을 사람들도 다 걱정해요. 그런 사람이 가까이 살면 아무래도 신경이 쓰일 수밖에요. 한밤중에 괴성을 지르질 않나, 갑자기 담장을 그런 식으로 올리질 않나."

여자가 말을 마치고 시선을 옆으로 돌렸다. 히로코의 눈이 자연스레 그 시선을 쫓았다. 눈길이 멈춘 곳은 주택지 가장 안쪽, 짙은 녹음과 벌건 흙의 경계였다.

주변에 다른 건물이 없으니 틀림없이 저 집이 나오토의 집일 것이다. 그 집은 형용하기 힘든 기묘한 분위기를 풍기고 있었다. 마치 이승과 저승 사이에서 간신히 이쪽에 발을 걸치고 있는 듯한 느낌이었다.

"저기…… 저기가 이하라 씨 댁인가요?"

"그래요. 위치도 좀 불길해요. 계획대로라면 이 동네에 집이 들어서고 떠들썩한 뉴타운이 됐을 텐데, 그중에서도 저 집 근처만 거의 황무지 그대로예요. 뭔가 꺼림칙한 걸 피하듯이 저 집만 덩그러니 있잖아요. 애초에 이런 운명이 정해져 있던 것처럼요."

여자의 말처럼 그 집에서 나오는 음산한 기운이 사람들의 접근을 막고 있는지도 모른다.

"아무리 일 때문이라도 저런 불길한 집에는 가까이 가지 않는 게 좋아요. 그 집 부인 일은 의심할 여지 없이 사고였어요. 그런 줄 아시고 그냥 가세요."

여자는 진심 어린 걱정의 말을 남기고 떠났다. 차 뒤로 피어오르는 흙먼지가 그 불길한 집을 시야에서 감춰버렸다.

18

집 가까이에 차를 세우자 멀리서 느껴지던 불길함이 한층 더 강하게 느껴졌다.

괴이한 담장이 집을 완전히 둘러싸고 있었다. 족히 4미터는 될 듯한 담장을 자세히 보니 1미터 정도의 기존 담에 나뭇가지를 엮어 철사로 단단히 동여매고 그 위에 또 나뭇가지를 엮어 틈이 생기지 않도록 마른 잎이 잔뜩 달린 가지를 끼워 넣은 형태였다. 거기에 주워 온 듯한 천, 간판, 수건, 비닐봉지 등 온갖 쓰레기를 사이사이 끼워서 아무도 안을 들여다보지 못하도록 완전히 가려놓았다.

그 편집광적인 철저함에서 담을 쌓은 이의 정신 상태가 엿보였다. 분명 제정신은 아니다. 히로코는 담장을 올려다보다가 알 수 없는 섬뜩함에 몸을 떨었다.

이 담장은 무언가를 숨기고 싶어 하지만 그래서 오히려 상대의 관심을 끌었다. 자고 일어나 뻗친 머리를 숨기려고 자꾸 만지다가 상대의 시선을 끌게 되는 것과 비슷했다.

조수석에 놓인 커다란 비디오카메라에 손을 뻗었다. 카메라를 무릎에 올리자 마음이 진정되고 용기와 의욕이 온몸 구석구석 차올랐다. 이 감각은 특종을 향한 열망이 아니다. 그저 모든 상황을 기록할 필요가 있다고 강하게 예감할 뿐이다.

설령 무언가를 카메라에 담는다 해도 실제로 영상을 공개할 수 있을지는 알 수 없다. 어쨌든 지금은 기록해야 한다고 느낄 뿐, 정체 모를 사악한 힘 앞에서 쓰러질 경우를 대비해 무언가를 남겨두고 싶었다.

5년 전에는 히로코가 하는 말을 아무도 믿지 않았다. 다들 히로코가 환각을 본 것이라며 히로코를 정신병원에 입원시켰다. 그 결과 1년이나 하얀 병실에 갇혀 지내야 했다.

이번에도 그렇게 당할 수는 없다. 히로코는 닥쳐올 공포의 정체를 확실하게 기록하고 싶었다. 영상을 보면 다른 사람들도 믿게 될 것이다.

카메라를 챙겨 차에서 내렸다. 뒷자리에서 삼각대를 꺼내 길에 세우고 카메라를 세팅한 뒤 벌건 흙이 그대로 드러난 스산한 곳에 덩그러니 서 있는 집을 프레임에 담았다. 그리고 프레임을 살짝 옆으로 옮겨 히로코가 설 자리를 만들었다. 대략 위치를 정하고 나서 자를 꺼내 카메라와의 거리를 쟀다. 카메라로 돌아와 초점거리를 2미터로 맞춘 다음, 녹화 버튼을 누르고 아까 잡아둔

위치로 돌아가 심호흡을 하고 무선 마이크를 가슴 앞에 들었다.

"저는 지금 이하라 나오토 씨의 자택 앞에 와 있습니다. 이곳은 S현 C산 위에 조성된 주택지에 나오토 씨가 2019년 4월에 지은 집입니다. 부인 미유키 씨가 사망한 것은 같은 해 11월 21일입니다. 사고 후 나오토 씨 모친이 함께 지내며 나오토 씨의 아들 하루토를 돌봤으나 일주일 전 나오토 씨가 모친을 쫓아냈다고 합니다. 지금 이 집에는 나오토 씨와 하루토, 두 사람이 지내고 있습니다."

평소 지역 축제나 사건 관계자 집을 취재할 때처럼 담담하게 상황을 기록했다. 이런 시도가 과연 어떤 의미가 있을지는 모르지만 가능한 한 평소대로 하고 싶었다.

이 집을 보는 순간 어젯밤의 일, 다이몬과 구로사키의 죽음, 미유키의 사고가 모두 관련되어 있다는 확신이 들었다. 히로코는 주변에서 일어나는 기이한 일들을 객관적인 시선으로 기록하고 싶었다. 그렇지만 선정적인 뉴스쇼처럼 일부러 극적으로 과장하거나 오싹한 느낌을 내면서 시청자의 관음증적인 욕망을 부추기는 방식은 싫었다. 어쨌든 이 집에는 히로코가 한때 동경하고 호감을 품었던 남자, 이하라 나오토가 살고 있으니까.

잡생각을 떨치려고 고개를 내젓고 일단 카메라를 멈췄다. 카메라를 삼각대에서 분리해 다시 어깨에 메자 곧바로 묵직함이 전해졌다. 대학 선배 구사마의 권유로 이 세계에 들어와 일을 시작할 무렵, 히로코는 싼값에 골동품이나 다름없는 업무용 카메라를 구했다. 처음에는 이 커다란 비디오카메라를 드는 것조차 버거웠지만 지금은 메고 뛰어다닐 정도가 되었다.

히로코는 문득 자신의 몸과 마음이 꽤 강인해졌다는 사실을 깨달았다. 5년 전 히로코는 기괴한 일들의 원인이 미유키라는 사실을 알면서도 미유키를 직접 만나 오해를 풀 시도는 하지 못했다. 그저 덜덜 떨고 불가사의한 존재를 향해 울부짖으며 도망 다니기 바빴다. 그때 만나서 제대로 이야기를 나눴더라면 오해를 풀 수 있었을지도 모른다.

히로코는 카메라를 어깨에 메고 기괴한 담장으로 둘러싸인 집을 파인더에 담으면서 천천히 담벼락을 따라 걸었다. 눈앞에 나오토가 가족을 위해 마련한 집이 있다. 장시간 통근을 각오하며 몇십 년짜리 대출을 끼고 마련했을 것이다. 불과 10개월 전의 이야기다. 한때는 가족의 사랑이 넘쳐나는 집이었을 텐데 짧은 시간에 이토록 섬뜩한 모습으로 변하고 말았다.

해괴한 담장뿐만 아니라 작은 정문도 벌건 흙먼지로 더러워져 있어서 음산한 분위기를 더했다. 주변에 다른 집이 없어서 유난히 흙먼지를 많이 뒤집어쓰는 것 같았다.

히로코는 카메라의 미세한 모터음을 들으며 눈물을 흘렸다. 파인더가 뿌옇게 흐려졌다. 나오토가 안쓰러워 견딜 수가 없었다. 히로코는 이곳에 온 목적도 잊고 눈물을 펑펑 쏟았다.

그때 뒤쪽에서 기척이 느껴져 순간 등줄기가 서늘해졌다. 사나운 짐승의 숨소리가 바로 뒤에서 들려왔다. 급히 몸을 돌린 순간 발밑에서 귀를 찢을 듯한 소리가 크게 울렸다.

히로코는 깜짝 놀라 비켜서려다 얕은 도랑에 발이 걸려 뒤로 넘어졌다. 반사적으로 카메라를 끌어안아 보호하는 바람에 바닥에 등을 세게 박아 숨을 쉴 수가 없었다. 날카로운 소리는 히로코를 향해 더욱 맹렬하게 쏟아졌다.

아픈 허리를 짚으며 간신히 고개를 들자 바로 코앞에서 사납게 짖는 작은 시바 강아지가 보였다. 채 성견도 되지 않은 어린 강아지가 잇몸까지 드러내며 연신 짖어댔다.

히로코는 강아지가 실제로 달려들지 않으리라는 걸 알았다. 어릴 때 본가에서도 시바를 길렀는데 겁이 많아서 집에 손님이 오면 몸을 동글게 말고 자기 자리에서 꼼짝도 하지 않는 개였다. 필사적으로 자신을 위협하는 강아지를 보자 문득 그 개가 생각났다.

"왜 그래? 그렇게 화내지 마."

히로코가 손을 내밀며 상냥하게 말을 걸자 강아지는 적이라 간주한 상대의 친절함에 당황했는지 히로코의 주변을 뛰어다니며 더욱 요란하게 짖었다.

"사이좋게 지내자."

히로코가 다시 차분하게 말하자 서서히 흥분을 가라앉히고 꼬리를 흔들기 시작했다. 완전히 경계를 풀지는 않았는지 일정한 거리를 둔 채 목만 쭉 빼고 히로코의 냄새를 맡으려 코를 벌름대는 모습이 무척 귀여웠다.

강아지 목걸이에 줄이 길게 달려 있는 걸 보니 산책 중에 도망친 모양이다. 주변을 둘러보자 이쪽으로 뛰어오는 어린아이가 보였다. 유치원에 다닐 나이 같았다. 이 강아지의 주인인가 하고 히로코가 고개를 갸웃하는 동시에 강아지가 아이에게 달려가 흥분한 듯 뛰어오르며 아이 주위를 빙글빙글 돌았다.

"포치, 안 돼. 하지 마."

아이가 포치라고 부른 강아지는 앞다리를 들어 아이 몸에 기댄 채 혀를 날름대며 아이 얼굴을 핥았다. 이곳의 황량함이 불러온 쓸쓸한 마음을 눈앞의 흐뭇한 광경이 달래주었다.

"그 강아지 이름이 포치니?"

"네. 아빠가 지어줬어요."

반바지 차림의 아이는 바로 앞까지 달려와 동그란 눈으로 히로코를 신기한 듯이 쳐다보았다.

"누나, 울었어요?"

나오토가 살고 있는 집의 참혹한 상태를 마주하고 눈물을 흘렸던 걸 떠올리며 급히 손등으로 눈물을 훔쳤다. 어쩐지 자기 행동이 어린아이 같아서 조금 우스워졌다. 사랑스러운 아이와 강아지가 히로코의 마음을 위로해주는 것 같았다.

"아니야. 눈에 먼지가 들어가서 그래. 여기 흙먼지가 많이 나네."

히로코가 일어나서 청바지에 묻은 흙을 손으로 털었다. 아이는 히로코가 다른 손에 들고 있는 커다란 기계를 흥미로운 표정으로 쳐다보았다.

"그거 뭐예요?"

"비디오카메라야."

가정용으로 나온 소형 디지털카메라는 본 적이 있겠지만 이렇게 커다란 모델은 처음 봤을 것이다. 아이는 입을 크게 벌리고 눈을 휘둥그레 뜨고서 깜짝 놀랐다는 표정을 지었다. 그런 몸짓 하나하나가 무척 사랑스러웠다.

"비디오카메라로 우리 집을 찍었어요?"

아이의 말에 히로코는 움찔하며 물었다.

"혹시 네가 하루토니?"

"네."

하루토는 처음 보는 어른이 어떻게 자기 이름을 아는지 궁금하다는 듯이 고개를 갸웃했다. 동글동글한 눈에 크고 검은 눈동자가 사랑스럽게 움직였다. 미유키가 하루토를 회사에 데려왔을 때는 아직 유모차를 벗어나지 못한 갓난아기였다. 그래서 미처 몰랐는데 지금 보니 얼굴에 나오토의 느낌이 있었다. 물론 미유키의 모습도 진하게 느껴졌다.

"많이 컸구나."

어렸을 때 친척 어른들은 오랜만에 만나는 히로코를 보며 늘 똑같은 말을 했다. 왜 매번 당연한 말을 하는지 알 수 없었다. 하지만 히로코가 막상 어른이 되어 아이의 성장을 마주하자 입에서 그 말이 절로 나왔다.

"나를 알아요?"

"하루토가 아기였을 때 딱 한 번 만난 적 있어."

"누나, 아빠 친구예요?"

"응. 아빠 친구야."

"그럼 엄마하고도 친구예요?"

히로코는 뭐라 대답해야 좋을지 몰랐다. 미유키와 친구 사이는 아니었다. 질투에 불타던 냉랭한 눈빛이 떠올랐지만 차마 하루토에게 말할 수는 없었다.

"응. 엄마하고도 친구였어."

히로코는 무의식중에 과거형으로 말하고 흠칫 놀랐다. 미유키가 과거의 사람이기를 바라는 마음에서 무심코 그런 말이 나온 것일까. 그러나 하루토가 순진무구한 표정으로 내뱉은 한마디가 히로코의 바람을 간단히 부숴버렸다.

"그러면 내가 엄마 보여줄까요?"

하루토의 자신감 넘치는 말투에 히로코는 귀를 의심했다. 설마……. 하지만 미유키는 확실히 죽었다. 조금 전에 만난 여자가 장례식에서 미유키의 시신을 봤다고 하지 않았던가.

"하루토, 엄마는 잘 지내시니?"

"네. 잘 지내요. 누나, 얼른 이쪽으로 와봐요!"

하루토는 괴이한 담장에 둘러싸인 집을 향해 달렸다. 당연히 히로코가 따라오리라 믿는 눈치였다. 마야가 나오토는 건강상의 이유로 휴가 중이라 했으니 지금 그가 집에 있을지도 모른다.

한 달 전 히로코는 회사 앞에서 병자처럼 초췌해진 나오토를 보았다. 그때의 모습을 떠올리자 상태가 더 나빠졌을지도 모른다는 생각에 마음이 무거워졌다. 얼마나 몸이 안 좋길래 출근도 하지 못하는 걸까 걱정스러웠다.

하루토는 망설이는 히로코를 개의치 않고 집으로 달려갔다. 포치가 하루토 곁을 달리며 히로코가 잘 따라오는지 힐끔 돌아봤다.

히로코는 마음을 굳게 먹었다. 저 담장 너머에 무엇이 있는지 확인해야 한다. 그러기 위해 여기까지 온 것이 아닌가. 카메라를 쥔 손에 힘을 실었다.

하루토는 세련된 서양식 문을 힘껏 열고 안으로 뛰어 들어 갔다.

"다녀왔습니다!"

하루토가 운동화를 신은 채로 발소리를 울리며 복도를 달려 가자 포치가 그 뒤를 따랐다. 하루토와 포치의 발자국이 복도 바닥에 하얗게 남았다. 히로코는 어둑한 현관에 서서 가만히 집 안을 응시했다. 여기가 나오토 가족의 보금자리였구나. 복잡한 감정이 뒤섞여 마음이 편치 않았다.

나오토의 집에 온 건 처음이었다. 밥도 넘어가지 않을 만큼 상 사병을 앓던 시절에도 직장 상사와 부하 직원의 관계를 넘은 적 은 없다. 이제 와 이런 식으로 나오토의 집을 방문하게 될 줄은 꿈에도 몰랐다.

하루토는 금세 집 안쪽으로 모습을 감춰버렸다. 마치 히로코의 존재를 잊은 것 같았다. 낮인데도 집 안이 어두운 이유는 해괴한 담장이 햇빛을 막아버렸기 때문인가?

"안녕하세요. 나오토 씨, 안에 계신가요?"

한동안 기다려도 대답이 없었다. 아파서 자고 있나? 실례를 무릅쓰고 들어가기로 했다. 하루토도 들어오라고 하지 않았던 가. 히로코는 신발을 벗으려다 멈칫했다. 집 밖과 안이 별반 다르지 않을 정도로 복도가 흙투성이였다. 양말이 더러워질 것 같았지만 그래도 신발을 신고 들어갈 수는 없었다.

"실례하겠습니다."

히로코가 부츠를 벗고 복도에 발을 내디딘 순간, 위가 쪼그라드는 듯했다. 양말이 더러워진다는 불쾌감 때문이 아니라 뭔가가 히로코를 강하게 거부하는 느낌이 전해졌기 때문이다. 더 이상 다가오지 말라는 경고……. 히로코의 본능이 위험을 감지했다. 당장이라도 눈앞에 뭔가가 모습을 드러낼 것 같아서 몸이 떨렸다.

내게 용기를 줘. 히로코는 카메라를 어깨에 얹고 녹화 버튼을 눌렀다. 빨간 램프에 불이 들어오고 모터음이 희미하게 울리며 차가운 기계가 미세하게 열을 내기 시작했다. 이런 일련의 과정이 히로코의 마음을 차분하게 했다.

남의 집을 무단 촬영하는 건 예의가 아니지만 지금은 그런 걸 따질 때가 아니다. 지금 이 순간을 취재라고 여기지 않는다면 자신을 거부하는 오싹한 기운에 눌려 한 걸음도 내딛지 못할 것 같았다.

카메라를 어깨에 얹은 채로 히로코는 몸을 돌렸다. 파인더에 잡힌 광경은 황폐하기 그지없었다. 하루토가 어지르고 포치가 가세했는지 온 바닥이 흙투성이에 방문은 망가져 있었다. 벽은 포치가 긁었는지 여러 군데 찢어져 있을 뿐 아니라 벽 일부가 아예 떨어져서 단열재가 드러난 곳도 있었다. 보기만 해도 가슴이 아팠다. 나오토가 사랑하는 가족을 위해 마련한 보금자리가 처참한 꼴로 망가져 있었다.

하루토를 쫓아 복도를 나아가다가 문이 열려 내부가 들여다보이는 일본식 방을 발견했다. 세 평쯤 되는 방에 책상이 하나 있고 그 위에 하얀 천으로 감싼 상자가 대충 놓여 있었다.

유골함, 그것도 미유키의 유골을 담은 상자라는 걸 한눈에 알 수 있었다. 죽은 지 두 달이나 되었는데 아직도 유골을 묻지 않은 모양이다. 자세히 보니 상자 옆에 사진이 하나 있었다. 히로코는 등줄기에 식은땀이 흘렀다. 사진 속 미유키가 웃고 있었다. 분노가 끓어오르는 눈빛으로. 미유키는 히로코가 이 집에 들어왔다는 사실에 분노하고 있었다.

난 여기 올 자격이 없는 사람일지도 몰라요. 하지만 나를 따라다니는 그 기이한 존재는 분명 당신과 관련이 있겠죠.

히로코는 변명하듯 소리 없이 중얼거렸다. 5년 전 미유키는 질투심에 사로잡혀 히로코를 위협하고 괴롭혔다. 그리고 지금 또다시 히로코 주변에서 흉흉한 일들이 연이어 일어나고 있다. 그때와는 비교도 되지 않을 만큼 잔인하고 참혹한 사건들이…….

히로코는 서서히 자신을 덮쳐오는 불길함에 맞서기 위해 어쩔 수 없이 이 집에 왔을 뿐이다.

미유키 씨, 미안해요. 하지만 나는 당신에게서 아무것도 빼앗지 않아요. 지금 무슨 일이 일어나는지 그저 확인하고 싶을 뿐이에요.

"누나, 이쪽이에요! 얼른 오세요!"

기다리다 지쳤는지 하루토가 큰 소리로 히로코를 불렀다. 히로코는 그 목소리를 따라 복도 안쪽으로 걸어가 거실로 향하는 문을 열었다. 열 평쯤 되는 거실 한쪽에는 대형 텔레비전과 소파가 놓여 있고 그 오른쪽에 유리문이 있었다. 유리문 밖에는 목제 테라스가 있고 그 너머로 마당이 보였다.

시골 할머니 댁 마당만큼 널찍했다. 평범한 회사원의 월급으로 도쿄 도심에 이런 집을 마련하기란 불가능에 가깝다. 나오토는 가족들에게 이런 마당을 주기 위해 직장과 멀리 떨어진 이 집을 샀구나.

하루토는 유리문에 붙어서 밖을 바라보고 있었다. 히로코는 카메라를 켠 채로 천천히 다가갔다. 안쪽에서 보는 담장은 한층 더 기괴했다. 온갖 잡동사니로 여러 겹 덧댄 흉측한 모습이 적나라하게 보였다.

묵묵히 그 작업에 몰두했을 나오토를 상상했다. 대체 왜…… 이렇게까지 할 필요가 있었을까? 남이 보면 안 될 무언가가 이 마당에 있는 걸까? 감추려 할수록 더 눈에 띈다는 사실을 깨닫지 못할 정도로 나오토는 정신적으로 궁지에 몰려 있다. 나오토를 그토록 혼란스럽게 하는 것은 대체 무엇일까?

그런데 하루토는 그것을 보여주고 싶어 한다. 그것은…… 엄마다. 하루토는 엄마를 보여주겠다고 했다. '만나게 해주겠다'가 아니라 '보여주겠다'고 했다. 왜 히로코를 마당으로 데려왔을까?

조금 전에 본 미유키의 위패와 유골이 번뜩 떠올랐다. 미유키의 유골은 아직 집 안에 있고 어쩌면 마당에 미유키의 무덤이 있을지도 모른다.

히로코는 문득 포치가 보이지 않는다는 사실을 깨달았다. 좀 전까지 하루토의 곁에서 조금도 떨어지지 않더니 어디 갔을까? 그때 소파 밑에서 갈색 털 뭉치처럼 웅크린 포치를 발견했다. 포치는 뭔가에 겁을 먹은 듯 몸을 동그랗게 말고서 눈만 치켜뜬 채 하루토와 히로코를 번갈아 보고 있었다.

그 순간 히로코는 포치의 두려움에 전염된 것처럼 온몸이 얼어붙었다. 난방을 전혀 하지 않는지 집 안이 서늘한데도 카메라를 잡은 오른손에 땀이 흥건하게 배어났다.

마당에 무엇이 있을까? 나오토는 저기에 무엇을 숨기고 있는 것일까? 발이 움직이지 않아 카메라를 줌업했지만 너무 어두운 데다 멀어서 제대로 보이지 않았다. 알고 싶다는 마음, 알아야 한다는 마음이 히로코의 등을 떠밀었다.

간신히 발을 떼고 한 걸음 내디뎠을 때 프레임 안에서 커튼이 닫혔다. 커튼 레일의 구슬 소리가 심장을 죄듯 울려 퍼져서 히로코는 카메라를 든 채로 완전히 굳어버렸다.

비명조차 나오지 않았다. 히로코의 비명을 대신하듯 노기 어린 저음의 목소리가 캄캄한 거실에 울렸다.

"당신 누구야?"

히로코는 반사적으로 렌즈를 광각으로 바꿨다. 나오토가 하루토를 안아 들고 카메라 렌즈를 노려보고 있었다. 눈빛에 적의가 가득했다. 히로코는 카메라 전원을 끄고 천천히 카메라를 내렸다.

나오토와 마주 보는 건 회사를 그만둔 후로 처음이었다. 반가움보다 안타까움이 더 크게 밀려왔다. 한 달 전 회사 앞에서 봤을 때보다 훨씬 더 야위고 수척해진 나오토는 광기와 증오의 눈빛으로 침입자를 노려보고 있었다.

"아빠, 아파요."

하루토가 몸을 비틀며 나오토의 팔에서 빠져나오려고 버둥거렸다. 나오토의 팔이 하루토의 몸을 꽉 죄고 있었다. 아들을 보호하겠다는 나오토의 집념이 느껴졌다.

"나오토 씨, 오랜만이에요. 저 히로코예요. 예전에 영업부에서 같이 근무했던 구라사와 히로코요."

그제야 나오토의 눈에서 광기가 걷혔다.

"히로코……? 아, 그래, 히로코구나."

히로코는 나오토가 정신을 놓지 않았다는 사실에 안도했다. 나오토는 곧바로 하루토를 내려놓고 황급히 커튼에서 몸을 떼며 말했다.

"2층으로 가지. 보다시피 1층은 강아지 때문에 엉망이야."

히로코를 복도 쪽으로 떠밀면서도 나오토는 등 뒤를 의식하듯 연신 뒤를 돌아봤다.

19

심장이 터질 것만 같다. 어째서 구라사와 히로코가 여기 있을까? 누가 볼까 싶어 급히 2층 서재로 데려오긴 했는데……. 나오토는 자신이 무엇을 두려워하는지 답을 알지만 현실에서 확인하고 싶지는 않았다.

나오토의 기세에 눌려 순순히 따라오던 히로코가 서재 문이 닫히는 소리에 움찔하며 나오토를 돌아보았다.

"갑자기 찾아와서 죄송해요. 영업부에서 같이 일했던 마야한테 오랜만에 연락이 왔는데, 나오토 씨가 몸이 안 좋아서 휴가를 내셨다는 소식을 들어서, 걱정돼서 와봤어요. 집 앞에서 우연히 하루토를 만났는데 나오토 씨 친구라고 했더니 안내해주더라고요. 그런데 현관에서 불러도 아무 대답이 없길래 들어왔는데…… 놀라셨죠? 죄송해요."

히로코는 말을 마치고 눈을 내리깔았다. 자신을 똑바로 바라보지 못하는 히로코를 보며 나오토는 문득 자신이 얼마나 형편없는 몰골을 하고 있는지 깨달았다. 며칠 동안 수염도 깎지 않은데다 제대로 식사도 하지 않아 뺨이 쏙 들어갔다.

"걱정해줘서 고마워. 집에 모르는 사람이 있어서 깜짝 놀라긴 했지……. 히로코, 분위기가 많이 달라졌네."

마지막 말은 혼잣말처럼 중얼거렸다. 지금 눈앞에 서 있는 히로코는 나오토의 부하 직원이었을 때와는 많이 달라진 모습이었다. 이름을 듣기 전까지 침입자가 히로코라고는 생각도 하지 못했다.

예전과는 상반되는 짧은 머리, 청바지에 보아 털이 달린 가죽 재킷, 화장기 없는 얼굴. 예전에는 늘 하늘하늘한 옷을 입어서 때와 장소를 고려하라고 나오토가 지적한 적도 있었다. 그런 사소한 일을 겪으며 두 사람은 조금씩 가까워졌고 서로 호감을 느꼈다.

그런데 지금 히로코는 그때보다 더 매력적이다.

나오토는 자신이 히로코를 정말 좋아했다는 사실을 새삼 실감했다. 아니, 이래서는 안 된다. 나오토는 가슴에 솟구치는 애틋함을 필사적으로 억눌렀다.

"강해지고 싶었거든요. 연약한 채로 사는 게 싫어서요."

히로코가 고개를 들고 나오토의 눈을 보며 말했다. 그 말은 나오토의 마음에 묵직한 울림을 남겼다. 이번에는 나오토가 눈을 피할 차례였다. 히로코의 모습이 애처로워서가 아니었다. 오히

183

려 히로코의 맑은 눈동자가 눈부셔서 미안한 마음을 주체할 수 없었기 때문이다.

5년 전 나오토는 히로코를 못 본 체했다. 히로코의 눈이 그 사실을 비난하는 듯했다. 설명할 수 없는 기이한 일들 때문에 괴로워하는 히로코의 이야기를 듣고 나오토는 곧바로 미유키를 떠올렸다. 그러나 나오토는 아무것도 하지 않았다. 사실은 아내의 힘을 의식하고 두려워하면서도 인정하고 싶지 않았다.

한편으로는 미유키에 대한 미안함도 있었다. 당시 나오토는 젊고 사랑스러운 히로코에게 끌리고 있었다. 히로코를 성추행하는 부장에게 유독 발끈했던 이유는 히로코에게 특별한 감정을 품었기 때문이었다. 안 그래도 끌리는 마음을 억누르려 안간힘을 쓰고 있는데 성추행 장면을 목격하고 나니 감정이 폭발해버렸다.

미유키는 아름다웠지만 감정을 거의 드러내지 않았고, 성격도 지나치게 예민했다. 결혼하고 어느 정도 시간이 지나면서 아내의 이런 점들이 점점 부담스럽게 느껴지던 때, 마음이 향한 곳이 히로코였다.

회사에서 히로코와 인사를 나누는 게 나오토의 낙이었다. 집에서는 거의 웃지 않았지만 회사 점심시간에 직원들과 식사를 할 때는 밝게 웃었다. 그때 나오토의 미소는 늘 히로코를 향했다. 집에 가는 게 싫어서 매일같이 야근을 자진했다.

그날 만약 어머니가 전화하지 않았더라면 히로코와 넘지 말아야 할 선을 넘었을지도 모른다. 부장이 사무실에서 나간 후 히로코가 무언가를 말하려 했다. 나오토는 그것이 사랑 고백이기를 바라며 히로코의 다음 말을 기다렸다.

그런 두 사람을 방해하듯 갑자기 전화가 울렸다. 미유키가 나오토의 본가에 갔다가 쓰러져 구급차에 실려 갔다는 연락이었다. 나오토와 히로코를 바로 옆에서 보고 있다가 결정적인 순간에 두 사람을 떨어뜨리려고 한 것 같은 타이밍이었다. 나오토와 히로코의 감정 변화를 감지한 미유키의 무의식이 강한 거부감을 표시한 것이다. 그리고 그것은 매우 효과적이었다.

곧장 병원으로 달려간 나오토에게 의사는 미유키가 임신 3개월이며 하마터면 유산할 뻔했다고 전했다. 나오토는 죄의식에 사로잡혔고 그때부터 되도록 히로코를 피하려고 노력했다. 그렇게 두 사람은 차차 멀어졌다. 그런데 그로부터 1년쯤 뒤부터, 히로코의 주변에서 이상한 일들이 일어나기 시작했다. 히로코에게 그 이야기를 듣자마자 나오토는 곧바로 미유키의 기이한 힘을 떠올렸지만 아무 말도 하지 않았다. 자신이 아내를 궁지에 몰아넣은 장본인이라는 죄책감이 나오토에게서 진실을 확인할 용기를 빼앗았다.

그때 히로코의 이야기를 듣고 미유키와 차분하게 대화를 나누고 오해를 풀었더라면 지금 이런 상황까지 오지 않았을 텐데…….

지금 이 상황은 상식으로는 절대 이해할 수 없다. 마당에 묻은 손가락에서 인간이 자라다니, 이렇게 말도 안 되는 일이 실제로 벌어지다니. 다른 사람에게 들었다면 나오토도 웃어넘겼을 것이다. 그러나 미유키는 원래 상식적이지 않은 부분을 가진 사람이었다.

사귀기 시작할 무렵 미유키가 어렵게 털어놓은 이야기가 있었다. 미유키는 어렸을 때부터 남다른 영감을 가지고 있었다. 우편함에 편지가 떨어지는 소리만 듣고도 편지를 누가 보냈는지 맞힐 정도였다고 한다.

하지만 미유키의 이야기는 신기하고 귀여운 에피소드로 끝나지 않았다. 초등학교에 들어가기 직전, 장난감도 치우지 않고 놀러 나갔다가 어머니에게 꾸중을 들은 미유키가 짜증을 내자 방 안에 있던 전자제품이 일제히 불을 뿜으며 불탔던 적이 있었다. 다행히 큰불로 번지지는 않았지만 그 뒤로 어머니는 미유키를 크게 혼내지 않았고 그 덕에 별일 없이 초등학교 생활을 마쳤다.

하지만 미유키는 그 일들이 실제로 있었던 일인지 확실하게 기억하지 못했다. 자신이 꿈과 현실을 혼동하는 게 아닐까 늘 의심했다.

몇 년 후 중학생이 된 미유키는 아름다운 외모로 남학생들의 관심을 받았다. 그런 미유키를 질투한 여자아이들이 실내화를 숨기거나 책상 서랍에 쓰레기를 넣는 짓을 하며 미유키를 괴롭혔다.

내성적인 미유키는 이런 일들을 홀로 견디며 조용히 지냈다. 하지만 아이들의 괴롭힘은 점점 더 정도가 심해졌고, 어느 날 체육 창고에 미유키를 가둬버리는 사건이 벌어졌다. 미유키를 가둔 아이들은 그대로 집으로 떠났고 미유키가 아무리 소리를 질러도 구해주는 사람이 없었다. 귀가가 늦은 딸을 걱정해 학교까지 찾으러 온 미유키의 어머니가 창고에 갇혀 있던 미유키를 발견했다.

뒤늦게 미유키의 어머니에게 전화를 받은 담임 교사가 미유키를 가둔 학생들의 집에 연락해보니 전부 크게 다친 상태였다고 한다. 한 아이는 계단에서 넘어지고, 다른 아이는 쓰러지는 책장에 깔리고, 또 한 아이는 귀갓길에 교통사고를 당했다고 했다.

아이들은 입을 모아 미유키가 한 짓이라고, 미유키가 뒤에서 밀었다고 강하게 주장했다. 그러나 그때 미유키는 체육 창고에 갇혀 있었다. 당시 미유키는 절망과 공포에 정신을 잃었다가 창고 문이 열리는 소리에 겨우 눈을 떴으므로 다른 학생을 다치게 할 수 없었다. 그 일로 추궁을 당하지는 않았으나 이후 모든 이가 두려워하는 존재로 고립되었다.

미유키는 여기까지 말하고 잠시 틈을 두다가 덧붙였다.

"그날 정신을 잃었을 때, 엄청나게 무서운 꿈을 꿨어."

다른 아이들의 사고가 자기와 무관하지 않다는 느낌이 들었다고 한다.

그렇지만 미유키가 자기 의지로 그런 일을 저지른 것은 아니었다. 미유키 역시 스스로 통제할 수 없는 자신의 기이한 힘을 두려워했다. 또 그런 일이 벌어질까 봐 걱정돼서 견딜 수 없다고 했다. 방법은 하나뿐이었다. 누군가를 미워하는 마음을 품지 않도록 조심하는 것이었다.

미유키의 무표정에 그런 사연이 있다는 걸 처음 들었을 때 나오토는 반신반의했다. 미유키가 지나치게 예민해서 어렸을 때 일어난 일들을 조금 이상하게 기억할 뿐이라 여겼다. 그러나 5년 전 히로코에게 일어난 일을 떠올려보면 미유키가 한 이야기는 전부 사실이었을 것이다.

지금 저 마당에서 벌어지는 일 역시 미유키의 기이한 힘 때문이라는 생각이 들었다. 그리고 이 일에 대해 아무도 몰라야 한다고 확신했다. 상식으로 설명할 수 없는 미유키의 부활이 세상에 알려진다면 나오토의 가족은 대중의 먹잇감이 되어 마녀사냥을 당할 게 뻔했다. 누구도 절대 알아서는 안 된다.

불현듯 나오토의 정신이 또렷해졌다.

"그건 비디오카메라야?"

히로코가 손에 들고 있는 카메라가 이제야 눈에 들어왔다. 거실에 나타난 낯선 사람이 히로코였다는 사실에 놀라서 카메라는 잠시 잊고 있었다. 커다랗고 우락부락한 카메라는 앳되고 가녀린 히로코와 어울리지 않았다.

"아, 네. 카메라맨으로 일해요."

히로코도 자기가 카메라를 들고 있다는 사실을 잊고 있던 것처럼 카메라로 시선을 떨구었다. 한눈에도 무거워 보이는데 그 존재를 잊을 정도라면 이미 자기 몸의 일부처럼 여기고 있다는 뜻이겠지. 회사를 그만두고 5년 동안 히로코는 겉모습뿐 아니라 사람 자체가 완전히 달라진 것 같았다.

"아, 마야 씨한테 들었어. 방송국에 취직했다며."

"아니에요. 도호 방송국 전속 카메라맨처럼 일하긴 하지만 프리랜서예요. 사건 사고 보도뿐만 아니라 온갖 지역 축제 취재, 다큐멘터리 방송 촬영까지 의뢰가 들어오면 어디든 달려가는 심부름꾼 같은 거예요."

히로코는 쑥스러운 듯 살짝 웃으며 명함을 내밀었다. 직함은 '프리랜서 비디오카메라맨'이었다. 겸손하게 말했지만 결코 자신을 비하하지 않는다. 자신감 넘치는 표정이 히로코가 얼마나 변했는지 말해주는 것 같았다.

"카메라맨이 되다니 정말 놀랍네. 예전에는 평범한 아가씨였는데……."

"저도 제가 이런 일을 하게 될 줄 몰랐어요. 사진 동아리 선배가 권해서 시작했거든요. 그런데 제가 이 직업을 선택한 진짜 이유가 꼭 취재하고 싶은 대상이 있기 때문이라는 걸 최근에야 깨달았어요."

히로코의 눈이 날카롭게 빛났다. 특종을 노리는 기자의 눈빛이었다.

"오늘도 취재한 거야?"

무심코 경계심이 말투에 드러났다. 방금 거실에서 히로코를 발견했을 때 분명 카메라 몸체의 빨간 램프가 켜져 있었다. 촬영 중이었다는 뜻이다. 히로코는 뭘 찍으려고 했을까?

"아니요. 일은 없었는데요, 늘 카메라를 가지고 다니니까 이제 손에 없으면 허전해서……."

히로코는 말끝을 흐리며 카메라를 등 뒤로 숨겼다.

"정말 병문안 때문에 온 거야? 아니면……."

몸 안에서 작은 벌레가 기어다니는 듯한 오싹함이 밀려들었다. '아니면 혹시 또 이상한 일들이 일어나기 시작했어?' 미처 꺼내지 못한 나오토의 질문에 히로코가 미안해하는 표정으로 대답을 대신했다.

5년 전 미유키가 자신을 죽이려 한다며 두려워하는 히로코에게 나오토는 아내를 괴물 취급하지 말라면서 오히려 화를 냈다. 나오토는 미유키의 짓이 아니기를 바라는 마음 때문에 히로코를 배려하지 못했다. 그때도 히로코는 지금 같은 표정을 지었다.

나오토는 히로코에게 너를 탓하는 게 아니라고 말하고 싶었지만 그 순간 히로코의 등 뒤에서 보이지 않는 존재의 기척을 느꼈다. '아직 못 잊은 거야?'라고 말하는 미유키의 목소리가 들리는 듯했다. 전부 오해야. 히로코와 나는 아무 사이도 아니야. 나오토는 속으로 간절하게 변명했지만 질투에 눈이 먼 미유키에게는 통하지 않을 것이다.

실제로 두 사람은 손도 잡은 적이 없다. 그저 호감을 느꼈을 뿐이다. 함께 있으면 즐겁고 계속 그 사람의 웃는 모습이 보고 싶다고 생각했을 뿐이다. 그러나 그건 미유키에게 육체 관계 이상으로 용서할 수 없는 일이었을지도 모른다. 자신을 이해해주는 단 한 사람, 나오토의 마음이 다른 여자에게 가는 것을 용납할 수 없었을 것이다.

그때는 히로코의 고통을 외면하고 미유키만을 바라봄으로써 미유키의 분노를 진정시켰다. 지금 마당에 묻혀 있는 존재가 정말 미유키라면, 그때처럼 이성을 발휘해서 분노를 가라앉힐 수 있을까? 과연 그 육체에 인간다운 마음이 있어서 나오토의 말을 이해하고 상냥하게 웃어줄 수 있을까? 나오토는 그 점이 불안했다.

"그럼 이제 가보지 그래?"

히로코가 살짝 어리둥절한 표정을 지었다. 나오토는 히로코가 더는 여기에 있으면 안 된다고 판단했다. 오래 머무르게 해봤자 미유키를 화나게 할 뿐이다. 설령 히로코 주변에서 이상한 일들이 다시 일어나기 시작했다고 해도 나오토와 히로코가 특별히 접점을 만들지 않으면 미유키도 곧 잠잠해질지 모른다.

아니, 사실 지나치게 낙관적인 생각이다. 그때 이후로 지금까지 히로코와 단 한 번도 만나지 않았는데도 히로코에게 미유키의 힘이 미치기 시작했다면……. 그러나 지금 나오토가 할 수 있는 유일한 일은 히로코를 돌려보내는 것뿐이었다.

"난 괜찮으니까 걱정하지 마. 몸도 금방 좋아질 거야. 그러니 이제 가봐."

오랜만에 만난 히로코와 조금 더 이야기를 나누고 싶었지만 애써 욕심을 떨쳐내며 히로코를 현관 쪽으로 몰았다.

"잠깐만요. 저는……."

"미안해. 그냥 가. 부탁이야. 지금 바로 돌아가."

히로코는 달라졌다. 미유키의 기이한 힘에 맞서려 하고 있다. 비디오카메라로 '괴물'을 찍어 만천하에 공개하려 한다. 만약 정말로 히로코에게 이상한 일이 일어나는 중이고 히로코가 저 거대한 카메라를 무기로 삼기로 했다면 히로코는 적이나 다름없다. 나오토 가족의 적이 되는 것이다.

나오토는 히로코를 현관 밖까지 밀어냈다.

"미안해. 다시는 오지 마."

한 번 더 사과하며 문을 닫았다.

마당에서 하루토의 씩씩한 목소리가 들려왔다.

"엄마! 나 이제 줄넘기 잘해요! 보세요!"

하루토는 엄마가 살아 돌아오리라 굳게 믿고 있다. 저 이상한 존재에 한 치의 거리낌도 느끼지 않는다. 한껏 들뜬 아들의 목소리가 너무 가여워서 나오토는 그 자리에 무너지듯 주저앉았다. 어두컴컴한 집 안에 부패한 시체의 악취가 희미하게 맴돌았다.

○

20

　방송국에는 24시간 출입하는 사람이 끊이지 않지만 새벽 1시가 넘으면 제2편집실은 대체로 비어 있다. 히로코는 허가도 받지 않고 편집 장비를 사용해 나오토의 집 주변 영상을 반복해서 돌려보고 있었다.

　나오토의 집에서 쫓겨난 히로코는 차를 타고 거리를 한참 배회하다가 불빛에 이끌리는 나방처럼 방송국을 찾았다. '절대'까지는 아니지만 그렇게 쫓겨난 뒤 바로 혼자 사는 집으로 가고 싶지 않았다.

　카메라 본체에 달린 모니터나 집에 있는 컴퓨터와 연결해 녹화 영상을 볼 수도 있었지만 자세하게 확인하고 싶어서 도호 방송국 편집실로 왔다.

　히로코는 영상을 확대하거나 느리게 재생하면서 눈도 깜빡이지 않고 모니터를 뚫어지게 응시했다. 아무리 봐도 별다른 것은 보이지 않았다. 이상하기로 따지면 전부 다 기묘하고 전부 다 이상했다. 벌건 흙먼지가 떠다니는 황폐한 땅에 나오토의 집만 덩그러니 서 있다. 다른 집들은 불길한 것을 피하듯이 나오토의 집과 뚝 떨어진 곳에 모여 있었다.

나오토도 그런 이웃들을 거부하듯 담장을 높이 올렸다. 나뭇가지와 쓰레기로 만든 조잡한 담장, 엉망으로 방치된 집 내부, 아무렇게나 놓여 있던 유골 상자, 어두운 마당, 영상이 끊기기 직전 프레임 안에 날아든 나오토의 모습이 히로코의 가슴을 아프게 했다.

나오토는 다정하고 믿음직스러운 상사이자 늘 옷차림에 신경 쓰는 세련된 취향의 남자였다. 하지만 지금은 얼굴에 수염이 덥수룩했고, 옷은 아무거나 걸친 느낌이었다. 안쓰러울 정도로 수척한 뺨은 쑥 들어간 데다 움푹 팬 눈이 광인처럼 번뜩였다.

일시 정지 버튼을 눌러 화면을 멈췄다. 나오토를 위해 뭐라도 해주고 싶다는 강한 열망이 솟구쳤다. 나오토의 얼굴은 히로코가 잊고 있던 감정을 불러일으켰다. 나는 역시 이 사람을 좋아하는구나, 하고 절절하게 실감하는 동시에 유부남에게 애정을 품었다는 사실에 죄책감을 느꼈다. 그리고 질투에서 비롯된 저주의 공포도 생생히 되살아났다.

"여기서 뭐 해?"

갑자기 등 뒤에서 들려온 목소리에 반사적으로 영상을 껐다. 나오토의 안쓰러운 모습에 마음을 빼앗겨 편집실에 사람이 들어오는 줄도 몰랐다.

돌아보니 구사마 에지가 히로코를 보며 웃고 있었다. 며칠째 면도도 못 했는지 길게 자란 턱수염을 쓱쓱 문지르며 빙긋 웃었다. 오늘도 방송국에서 밤을 새우는 모양이다.

"이번에는 또 어떤 특종을 잡아 왔나?"

"특종 같은 거 아니에요."

히로코는 차갑게 답했다. 히로코가 처한 상황을 흥밋거리로만 여기는 듯해 불쾌했다. 그러다 문득 자기도 평소에는 하이에나처럼 사건 사고를 찾아다니는 존재라는 걸 깨달았다.

"아이고, 왜 이러실까. 잘나가는 화제의 인물께서."

화제의 인물이라……. 지금 업계에서는 살인 사건 현장을 촬영한 프리랜서 카메라맨을 주시하고 있다. 히로코의 메일함은 연락을 달라는 매스컴 관계자의 요청으로 가득했다.

"네가 찍은 특종 말이야. 국장상 얘기까지 나오고 있던데, 어때? 기쁘지 않아?"

"글쎄요. 그야 상을 받으면 좋긴 하겠지만 애초에 찍고 싶어서 찍은 건 아니에요."

눈을 감으면 다이몬과 구로사키의 고통스러운 얼굴이 눈앞에 되살아났다. 그 장면은 카메라 메모리 카드뿐 아니라 히로코의 눈에도 또렷하게 새겨졌다.

"그런 말 하지 마."

구사마가 옆에 있는 의자를 당겨 앉으며 담배에 불을 붙였다. 히로코는 자연스럽게 가죽 재킷 주머니 속 담배로 향하는 손을 멈추며 마음을 다잡았다. 금연을 하기로 해놓고 요 며칠 너무 많이 피웠다.

"취재기자를 하다 보면 사건 사고가 알아서 찾아올 때가 있어. 그래서 평범한 사람들이라면 평생 한 번 만날까 말까 한 사건을 몇 번이나 만나게 돼. 어쩌면 우리가 그런 사건을 불러들이는 건지도 모르지. 아무튼 우리의 숙명 같은 거야."

구사마는 담배 맛을 음미하며 연기를 내뿜었다.

"내가 사건을 불러들인다고요?"

이번 사건은 확실히 그랬다. 사실 다이몬과 구로사키는 히로코의 개인적인 문제에 휘말린 것뿐이다.

"모르지. 그런 시기가 있다는 거야. 아무튼 지금 너한테 그런 자력이 강하게 느껴지는 건 확실해. 그러니 또 대단한 특종을 잡을지도 모르지. 하지만 조심해야 해. 네가 감당할 수 없는 수준일 수도 있거든. 그럴 땐 고민하지 말고 바로 지원을 요청해. 우리는 동료라는 걸 잊지 마."

구사마는 오랫동안 방송국 보도 쪽에 몸담고 있는 사람답게 본능적으로 무언가를 느끼는 듯했다. 특종을 바라는 마음도 분명 있겠지만 그 이상으로 히로코를 걱정하고 있다.

히로코는 지난 몇 주 동안 있었던 일을 털어놓을까 잠시 고민했지만 그건 아직 이른 감이 있었다. 아무리 구사마라도 히로코의 말을 믿어준다는 보장이 없으니 이야기를 꺼내는 것은 결정적 영상을 찍은 다음으로 미뤄야 한다.

"너를 이 업계로 끌어들인 내가 할 말은 아니지만, 아무튼 너도 이제 초짜는 아니니까 너 하고 싶은 대로 해. 하지만 너무 위험한 일에는 발 들이지 마. 지난번에도 내가 얼마나 걱정했는지 알아? 너한테 무슨 일이라도 생기면 소중한 딸을 맡긴 네 부모님한테 내가 뭐라고 말씀드리냐?"

구사마는 수염 난 얼굴을 찡긋거리며 히로코의 어깨를 툭 치고 편집실을 나갔다. 어깨에 기분 좋은 감촉이 남았다. 마음이 서서히 차분해졌다. 힘 좀 빼. 긴장 풀어. 히로코는 자신을 다독이며 의자 등받이에 몸을 맡겼다.

심호흡을 깊게 하고 멍하니 모니터의 파란 화면을 응시했다. 반복해서 본 영상의 잔상이 머릿속에 희미하게 남아 있다. 눈을 감고 영상을 되짚어보는데, 뭔가 마음에 걸리는 부분이 있었다.

벌건 흙이 그대로 드러난 빈 주택지 때문인가? 아니면 해괴한 담벼락? 아니다. 높은 담에 둘러싸인 마당, 나오토가 한사코 숨기고 싶어 했던 그 마당이 어쩐지 신경 쓰였다. 나오토가 커튼을 닫는 바람에 아주 잠깐밖에 촬영하지 못했지만 어두운 마당에서…… 분명 뭔가가 움직였다!

히로코는 몸을 벌떡 일으켜 편집기의 재생 버튼을 눌렀다. 화면을 빨리 감아 황폐한 집 안, 미유키의 유골 상자가 있는 방을 지나서 하루토가 안내한 마당이 나올 때 화면을 멈췄다. 너무 어두워서 뭐가 찍혔는지 잘 보이지 않았다.

화면 밝기를 조정했다. 밝기를 최대로 올리자 마당의 윤곽이 희미하게 보이기 시작했다. 쓰러진 세발자전거, 여기저기 쓰레기도 보인다. 물뿌리개가 하나 있는데 어째서인지 그 주변만 깨끗해 보였다. 나오토나 하루토가 매일 화초에 물을 주나? 그렇지만 그건 이 황폐한 마당 풍경과 전혀 어울리지 않는 행위 같다.

유리문 쪽에서 건너다본 마당 광경을 확대했다. 왼쪽에서 오른쪽으로 천천히 화면을 이동시키면서 보니 마당 한쪽 구석만 흙 색깔이 달랐다. 다른 곳은 건조해 보이는데 그 부분만 축축한지 색이 짙었다. 자세히 보니 색이 짙은 그 부분이 작은 산처럼 볼록하게 솟아 있었다. 물뿌리개로 그 흙더미에 물을 주는 것일까? 대체 왜? 물이 필요한 뭔가가 묻혀 있을지도 모른다. 꽃씨를 심었나? 아니, 꽃이라면 흙을 저렇게 높게 쌓을 필요가 없을 텐데…….

흙더미를 클로즈업하고 화면을 다시 느리게 재생했다. 아주 천천히 영상이 재생되자 히로코는 등줄기가 얇게 벗겨지는 느낌에 몸을 떨었다. 흙너미 표면 일부가 미세하게 흔들리며 흙이 조금씩 흘러내리고 있었다.

급히 화면을 되돌려 다시 느리게 재생했다. 한 컷 한 컷, 찰나의 순간도 놓치지 않겠다는 일념으로 화면에 눈을 고정했다.

흙 속에서 확실히 뭔가가 움직였다. 그 부분을 디지털 줌으로 더 확대했다. 과도한 확대로 픽셀이 깨지면서 화면은 모래밭처럼 거친 상태가 되었지만 흙더미의 갈라진 틈 속에서 뭔가 반짝빛나는 것이 보였다. 픽셀이 깨진 부분을 보정하는 동안에는 구슬이 아닐까 생각했다. 그리고 마침내 그 정체를 확인한 순간, 온몸의 피가 거꾸로 도는 듯했다.

눈이다. 그건 눈알이었다.

"미유키 씨의 시체?"

자신도 모르게 무심코 중얼거린 직후, 온몸이 완전히 얼어붙었다. 흙 속에서 눈이 깜빡였다. 살아 있다! 그 눈이 히로코를 노려보고 있었다. 히로코는 가위에 눌린 듯 의자 위에서 그대로 굳어버렸다. 편집기 정지 버튼을 누르고 싶었지만 손가락이 움직이지 않았다.

별안간 화면이 어지럽게 흔들리며 노이즈가 섞였다. 히로코는 눈조차 깜빡이지 못하고 모니터 화면을 바라볼 뿐이었다. 전파 방해를 받은 것처럼 흔들리던 화면에 점차 어떤 형태가 흐릿하게 떠올랐다.

사람의 얼굴, 히로코가 본 적 있는 얼굴…… 이하라 미유키다. 긴 머리가 물에 흠뻑 젖어 머리카락 끝에서 물이 뚝뚝 떨어졌다. 똑, 똑, 똑, 물 떨어지는 소리까지 들리자 히로코의 입에서 저절로 신음이 새어 나왔다. 화면 밖으로 물이 넘쳐흘렀다.

히로코는 간신히 눈을 감고 마야가 했던 말을 떠올렸다.

'가위에 눌렸을 때는 손끝부터 움직이면 돼. 손끝부터 서서히 감각이 돌아오면 가위가 풀리거든.'

히로코는 눈을 꼭 감고 마야가 말한 대로 엄지손가락을 움직여봤다. 온몸이 딱딱하게 굳었지만 엄지손가락은 간신히 움직일 수 있었다. 다음은 검지, 중지, 약지를 하나씩 움직였다.

경직됐던 몸이 조금씩 풀어지는 게 느껴졌다. 덜덜 떨며 눈을 떠보니 모니터는 어느새 파란 화면을 띄우고 있었다. 아까 본 것은 무엇이었을까? 히로코가 혼란스러워하며 시선을 아래로 떨구자 책상 위에 흥건히 고여 있는 물이 보였다.

기계에 물은 치명적이다. 급히 휴지로 닦아내는데 물에서 역한 비린내가 났다. 그냥 물이 아니라는 걸 깨달은 순간 다시 온몸에 소름이 돋았다.

그 마당에서 무슨 일이 벌어지고 있는 게 분명하다. 미유키가 살아 있다. 게다가 땅 아래 묻힌 채…… 사고로 죽었다고 거짓말을 하고 마당에 숨어 있는 것일까? 대체 왜 그런 짓을? 정신 이상이 생긴 나오토가 미유키를 마당에 생매장했나? 하지만 미유키를 잃은 충격 때문에 나오토가 이상해졌다고 했으니 순서가 맞지 않는다.

히로코는 머리가 터질 것 같았다. 옥상에서 바람이라도 쐬려고 편집실 문을 연 순간 비명이 터져 나왔다. 문 바로 앞에 사람이 서 있었다. 히로코는 너무 놀라서 심장이 멎는 듯했지만 놀라기는 상대도 마찬가지였는지 소리도 못 낸 채 입을 떡 벌리고 눈을 껌뻑였다.

"아, 가시와바라……. 무슨 일이야. 들어오지 않고 왜 거기 서 있어?"

가시와바라였다. 방송 일을 하는 사람들이 낮밤을 가리지 않고 일을 하는 건 흔한 일이라 가시와바라가 이 시간에 방송국에 있어도 그리 이상하진 않지만 지금 여기서 히로코와 만난 건 우연이 아니었다. 가시와바라는 계속 편집실 문 앞에 서 있던 것 같다.

"히로코 씨, 괜찮아요? 안색이 엄청 안 좋아요. 너무 피곤한

거 아니에요?"

가시와바라가 걱정스러운 듯 물었다. 구사마에게 히로코가 여기 있다는 얘기를 듣고 오긴 했는데 차마 문을 열지 못하고 머뭇대고 있었나 보다. 자기가 다이몬을 만나보라고 권하는 바람에 히로코가 위험한 일을 당했다는 죄책감 때문에…….

사실 가시와바라가 그토록 적극적으로 권하지 않았다면 다이몬을 찾아가지 않았을 것이다. 그러나 다이몬과 구로사키에게는 안된 일이지만 그날 사건을 겪으며 히로코는 여러 가지를 알게 되었다.

이 세상에 귀신은 존재하지 않으며 모든 심령 현상은 살아 있는 사람이 만든다는 것, 가장 무서운 존재는 생과 사의 틈에서 꿈틀대는 원념이고 그런 것이 히로코를 따라다니고 있다는 사실도 알게 됐다.

다이몬은 마지막 순간까지도 쓰레기 같은 인간이었으나 영능력만큼은 진짜였다. 그 점은 가시와바라의 말이 맞았다.

"내 걱정은 안 해도 돼. 이제 괜찮아."

히로코는 가시와바라를 스쳐 지나 엘리베이터로 향했다. 가시와바라가 종종걸음으로 따라오며 물었다.

"어디 가세요?"

"옥상에 가서 머리 좀 식히려고."

"저도 같이 가도 돼요?"

가시와바라는 금방이라도 울 것 같은 표정을 지었다.

"마음대로 해."

"정말요? 그럼 마음대로 할게요."

꼭대기 층에서 내려 계단을 조금 오르자 무거운 철문이 나왔다. 옥상에서 거리를 촬영할 일이 많기 때문에 옥상 문은 늘 열려 있다. 문을 열자 차가운 바람이 두 사람을 순식간에 에워쌌다. 생각보다 차갑고 강한 바람에 몸이 움츠러들었다. 하지만 이렇게 추우니 머리도 금방 식을 거라 생각하자 마음이 가벼워졌다.

"으악, 춥다!"

가시와바라가 비명처럼 소리치며 히로코를 따라왔다.

철제 난간에 기대서 바라보는 야경은 아름다웠다. 말 그대로 거리에 별이 흩어져 있다. 고개를 들어 하늘을 보니 별 하나 없이 깜깜했다. 땅이 너무 밝아서 하늘의 별은 보이지 않는다. 나오토의 집에서는 분명 아름다운 별이 잔뜩 보일 것이다. 그만큼 어두운 곳, 어둠의 한가운데 나오토의 집만 우뚝 서 있으니까.

문득 정신을 차리자 몸이 미세하게 떨리고 있었다. 추위 때문이 아니라 자신을 둘러싸고 벌어지는 기이한 일들에 대한 공포 때문이다. 히로코는 강해져야 한다고 수없이 되뇌면서도 자신의 나약함을 인정할 수밖에 없었다.

"히로코 씨."

뒤에서 들리는 소리에 무심코 돌아보자 따뜻한 공기가 히로코를 감쌌다. 조금 후에야 자신이 가시와바라에게 안겨 있다는 사실을 깨달았다. 넓은 가슴에 뺨을 대고 있으니 평소 가벼운 이미지와는 달리 꽤 든든한 사람이라는 생각이 들었다.

"제가 할 수 있는 일이 있으면 뭐든 말해주세요. 히로코 씨한테 힘이 되고 싶어요. 어떤 일이든 제가 도울게요. 지금 혼자 끌어안고 고민하고 있죠? 다이몬 씨가 했던 그 얘기, 히로코 씨는 뭔가 짚이는 데가 있는 거잖아요. 대체 지금 히로코 씨에게 무슨 일이 일어나고 있나요?"

자기도 모르게 흥분했는지 히로코를 안은 가시와바라의 팔에 힘이 들어갔다. 이런 상황이 익숙하지 않은지 힘 조절이 영 서툴렀다. 너무 세게 끌어안아 조금 답답했지만 싫지 않았다. 조금 더 세게 안아줘. 히로코는 속으로 중얼거리는 동시에 그런 생각을 하는 자신에게 깜짝 놀랐다.

지금까지 가시와바라에게 연애 감정을 느낀 적은 한 번도 없었다. 사실 가시와바라뿐 아니라 그 누구에게도 특별한 감정을 느끼지 못했다. 미유키의 질투 때문에 힘든 시간을 보낸 이후로 히로코는 마음을 닫아버렸으니까. 누군가를 좋아하게 되거나 그런 감정의 대상이 되었다가, 제삼자의 질투를 사서 또다시 괴로운 일이 벌어질까 봐 두려웠다.

히로코는 그 일 이후 다른 사람과 깊은 관계를 맺는 걸 두려워했고 누군가에게 마음을 터놓기도 어려웠다. 그 여자가 자신을 이렇게 고독하게 만들었다고, 전부 그 여자 탓이라고 생각하자 그동안 억눌렀던 분한 감정이 서서히 새어 나왔다.

히로코는 가시와바라의 가슴에 뺨을 대고 심장 뛰는 소리를 들었다. 마음이 조금씩 따뜻해졌다. 오랜만에 느껴보는 감각이었다. 자신의 나약함을 인정하고 싶지 않았지만 다른 이에게 의지하는 감각은 무척 따뜻했다. 이런 기분을 오랫동안 잊고 살았다. 이를 악물고 혼자서 버텨왔는데 이번에는 도저히 혼자 맞서지 못할 것 같다는 생각이 들었다.

가시와바라에게 털어놓을까? 가시와바라는 초현실 현상에 관심이 많았다. 본인 말로는 완전히 믿는다기보다 과학적으로 검증하고 진실을 찾는 데 흥미가 있다고 했다. 어쨌든 도움이 되는 의견을 줄지도 모른다.

그런데 이렇게 착한 사람을 이런 일에 휘말리게 해도 될까? 어떤 결말이 기다리고 있을지 모르는 이 기이한 일에…….

"혹시 영감 같은 거 있어?"

너무 뜻밖의 질문이었는지 가시와바라는 몸을 떨어뜨리며 대답했다.

"아니요. 흥미는 많지만 안타깝게도 영감은 전혀 없습니다."

"그렇구나."

영감이 강하면 사악한 기운에 영향을 받기 쉽다고 했다. 다이몬의 말처럼 구로사키도 영적 능력을 가지고 있었기에 사악한 힘에 쉽게 조종당했다. 끔찍한 경험이었지만 그날 다이몬이 했던 말이 지금 히로코에게는 이번 사건에 맞설 유일한 단서였다.

"전부 말해줄게. 하지만 이야기를 다 듣고 내 정신 상태를 의심하면 안 돼."

히로코의 목소리에서 진지함이 느껴졌는지 가시와바라는 묘한 설렘과 두려움이 섞인 표정으로 작게 끄덕였다.

○

21

나오토는 소파에 걸터앉아 머리를 감싸쥐고 있었다. 오늘 밤
도 알코올의 힘을 빌려 잠들기 위해 위스키를 스트레이트로 들
이부었으나 조금도 취하지 않았다. 오랜만에 본 히로코의 모습
이 계속 머릿속에 맴돌았다. 이런 식으로 다시 만나고 싶지는 않
았다.

히로코가 여기까지 찾아왔다는 건 분명 이상한 일들이 다시
일어나고 있다는 뜻이리라. 그선 미유키가 살아 있기 때문이다.
굳게 닫힌 커튼으로 시선을 향했다. 커튼 너머 땅속에 미유키가
있다.

잔에 따르기도 귀찮아서 호박색 액체를 병째 들이켰다. 가슴
이 타들어가는 감각조차 느끼지 못할 정도로 몸 상태가 엉망이
었다. 차라리 몸이 아예 망가져버리면 오히려 마음이 편해질 것

같다. 그러려면 더 많은 위스키가 필요하다.

술을 가지러 주방에 가려고 일어선 순간, 커튼 너머에서 무슨 소리가 났다. 누군가 담을 넘어 숨어든 걸까? 절대 아무한테도 보이면 안 된다. 미유키가 묻혀 있는 마당을 아무도 봐서는 안 된다! 급히 커튼으로 다가가다가 발을 멈췄다.

어쩌면…….

등에 식은땀이 흘렀다. 무서워도 확인해야 한다. 스스로 뿌린 씨앗이니까……. 용기를 내서 커튼으로 손을 뻗었다. 호흡을 가다듬고 떨리는 손으로 커튼을 젖혔다.

거실 불빛이 유리에 반사되어 밖이 잘 보이지 않았다. 눈을 가늘게 뜨고 자세히 보니 어두운 마당 바닥에 꿈틀대는 움직임이 보였다. 불쑥 올라온 흙더미의 갈라진 표면이 금방이라도 무엇인가 튀어나올 듯 진동했다. 유리에 서린 입김을 손바닥으로 닦아내고 이마가 유리에 닿을 정도로 얼굴을 바싹 대니 마당의 모습이 또렷하게 보였다. 갈라진 흙더미 틈에서 허연 물체가 빠져나오고 있었다.

그것은 두세 번 강하게 꿈틀거리더니 나비가 고치를 찢고 나오듯 땅 위로 나와 천천히 일어섰다. 나오토는 숨 쉬는 것도 잊은 채 시선을 고정했다. 그것은 온통 흙투성이였지만 완벽한 사람의 형태를 하고 있었다.

그것이 부르르 몸을 떨자 붙어 있던 흙덩어리들이 후드득 떨어졌다. 마치 온몸이 양수에 싸여 있는 것처럼, 기이하게 빛나는 투명한 점액질이 하얀 몸을 감싸고 있었다.

그것은 느긋하고 우아한 움직임으로 젖은 머리카락을 쓸어 올렸다. 의심할 여지 없이 미유키였다. 어둠 속에서도 눈부시게 빛나는 전라의 미유키가 너무 아름다워서 나오토는 넋을 잃고 바라보았다.

"미유키……."

미유키가 나오토의 목소리를 들었는지 시선을 돌렸다. 빙긋 미소 지으며 긴 다리로 걸음을 내딛자 점액질로 싸인 풍만한 가슴이 관능적으로 흔들렸다. 나오토는 아내의 요염함에 숨을 삼켰다. 미유키는 입가에 묘한 웃음을 띠고 발밑을 확인하듯 한 발한 발 천천히 나오토 쪽으로 다가왔다.

입김 때문에 유리창의 시야가 흐려지자 급히 손바닥으로 닦아냈다.

바로 눈앞에 생전처럼, 아니 더 아름다워진 미유키가 서 있었다. 나오토는 조금 전까지도 미유키의 부활을 두려워하며 하루토에게 엉터리 주문을 가르쳐준 일을 후회했지만 지금 이 순간 그 후회를 전부 잊을 정도였다. 미유키는 괴물이 아니라 예전처럼 상냥하고 아름다운 모습으로 돌아왔다.

미유키의 입술이 미세하게 움직였다. 뭐라고 말하는 걸까? 나오토가 미유키의 목소리를 들으려고 유리문을 살짝 연 순간 차가운 공기가 안으로 흘러들었다.

"우욱, 냄새……."

지독한 악취에 숨이 막혔다. 계속 마당에 감돌던 썩은 냄새의 원인은 역시 미유키였다. 겉모습은 살아 있을 때 모습 이상으로 아름다웠지만 지금 저기 있는 미유키는 나오토가 그리워하는 미유키가 아니다. 손가락에서 재생된 괴물에 불과했다.

나오토의 변심을 알아챘는지 불현듯 미유키의 얼굴이 고통스럽게 일그러졌다. 미유키가 휘청대며 무릎을 꿇고 몸을 앞으로 숙이자 등에 난 커다란 상처와 딱지가 보였다. 며칠 전 나오토가 박아 넣은 말뚝 자국임을 깨달은 순간, 부풀어 오른 상처 부위가 찢어지면서 초록색 고름이 뿜어져 나왔다. 악취가 더 독해졌다.

나오토가 반사적으로 유리문을 닫았다. 유리문을 닫는 소리가 크게 울리자 미유키가 고개를 번쩍 들고 파충류처럼 차가운 눈으로 나오토를 응시했다.

미유키는 비틀대면서 나오토를 향해 걸어왔다. 걸음을 디딜 때마다 아름다운 얼굴이 추하게 일그러졌다.

미유키가 걸음을 옮기다 구멍에 발이 빠진 것처럼 다리가 꺾이더니 몸을 휘청거렸다. 미유키의 허벅지에서 하얀 뼈가 튀어나왔다.

바닥에 쓰러진 미유키가 일어나려고 버둥거리며 자기 몸을 쥐어뜯자 살점이 떨어져나가며 그 상처에서도 초록색 고름이 뿜어져 나왔다. 재생이 완전히 끝나기도 전에 낮에 히로코를 보고 질투에 못 이겨 성급하게 밖으로 나온 듯했다. 미유키는 육지 생물이 물길에 휩쓸려 허우적대는 것처럼 땅 위에서 버둥거리며 괴로워하고 있었다.

짐승처럼 신음하며 몸부림치는 미유키의 섬뜩한 모습에 나오토의 등줄기에 소름이 돋았다. 여전히 미유키는 고름을 흘리며 나오토에게 다가오려 했다. 어느새 보랏빛으로 변한 손을 뻗으며 무언가 말하려 했지만 입에서는 골짜기에 부는 바람처럼 스산한 소리만 새어 나왔다.

"미유키, 오지 마. 제발 오지 마."

나오토가 유리문을 잠그고 커튼을 닫았다. 무릎이 떨리고 다리에 힘이 풀려 그 자리에 주저앉았다. 나오토는 미유키를 이 꼴로 만든 건 자신이라고, 자신이 하루토에게 쳤던 장난 때문이라고 자책하며 머리를 감싸쥐고 흐느꼈다. 아내가 가여워서 견딜수 없었다.

유리문을 툭툭 두드리는 소리가 났다. 힘없이 매달리는 듯한 그 소리에 나오토는 바닥에 앉은 채 뒷걸음질을 쳤다. 금세 벽에 등이 닿아 더는 물러날 곳이 없었다. 유리문을 두드리는 소리가 공허하게 울렸다.

"용서해줘, 미유키. 나를 용서해줘."

나오토는 머리를 바닥에 찧으며 연신 사과했다. 제발 다시 땅속으로 돌아가줘. 시체가 되어 흙으로 돌아가. 제발 부탁이야.

지금까지는 미유키가 살아서 돌아오기를 바라는 마음도 분명 조금은 있었다. 막상 그 순간이 닥치자 상상을 초월하는 공포가 덮쳐왔다. 자신이 아내를 이런 모습으로 만들었다는 사실에 지독한 후회와 죄책감을 느꼈다.

○

22

　나오토는 통증 때문에 눈을 떴다. 옷을 입은 채로 침대에 쓰러져 엎드린 자세 그대로 잠들었던 모양이다. 부자연스러운 자세로 잔 탓인지 근육이 뻣뻣하게 굳어 있었다. 커튼 틈으로 햇빛이 희미하게 비쳤다.

　시계를 보니 벌써 오후였다. 침대에 몸이 들러붙은 것처럼 무거웠지만 간신히 일으켰다. 어제는 신경안정제 한 움큼을 위스키와 함께 삼키고서야 겨우 잠들 수 있었다. 아직도 약 기운이 남아 있는지 몸이 나른하고 머리가 멍했다.

　툭툭 유리문을 두드리는 소리가 귓가에 선명하게 남아 있었다. 전부 실제로 일어난 일인가? 끔찍한 악몽을 꾼 것처럼 현실감이 전혀 없었다. 무심코 창문 쪽으로 시선을 돌렸다. 밖에서 공이 통통 튀는 듯한 사랑스러운 목소리가 들려왔다. 하루토가 누군가와 대화를 나누는 듯했다. 대화? 대체 누구와 이야기를 나누는 거지?

"하루토!"

침대에서 뛰어내려 계단을 내려갔다. 약기운 때문에 다리가 휘청거리고 솜 위를 달리는 것처럼 발걸음이 불안했지만 멈출 수 없었다.

거실로 나가자 커튼 너머로 하루토의 목소리가 더욱 또렷하게 들렸다. 어리광을 부리는 앳된 목소리였다.

"그래서요……. 내가요……. 근데요……."

미유키와 이야기하는 것일까? 그 흉측한 모습을 보고도 하루토는 미유키의 부활을 기뻐하는 것일까?

나오토는 떨리는 손으로 커튼을 잡았다. 온몸이 뻣뻣하게 굳어 제대로 움직이지 않았다. 어젯밤의 광경이 머릿속에 되살아났다. 황폐한 마당에서 몸부림치던 괴물, 미유키의 섬뜩한 모습.

"하루토, 거기서 뭐 하니?"

힘껏 커튼을 걷었다. 유리창을 보는 순간 온몸의 피가 역류하는 듯했다. 눈앞의 유리문에 하얀 손자국이 무수히 남아 있었다.

숨이 잘 쉬어지지 않았다. 현실이었단 말인가? 아니면 아직도 악몽을 꾸고 있나? 손자국 너머 마당 구석에 웅크리고 앉아 있는 하루토의 모습이 보였다. 커튼 열리는 소리에 놀랐는지 하루토는 뒤를 돌아보았다. 즐거운 시간을 방해받기라도 한 것처럼 잔뜩 불만스러운 표정이었다.

미유키는 보이지 않았다. 마당 흙더미가 다시 봉긋하게 올라

온 것을 보니 어젯밤 다시 땅속으로 들어간 모양이다. 하루토는 그 흙더미에 대고 말을 건네고 있었다. 덜덜 떨며 유리문을 열었다. 어젯밤보다는 덜하지만 여전히 악취가 맴돌았다. 나오토가 코를 벌름거리며 경계하듯 마당을 살펴보는데 발밑으로 무언가 쓱 지나갔다. 깜짝 놀라 뒤를 보니 마당에 있던 포치가 집 안으로 들어온 것이었다.

포치는 잔뜩 겁을 먹었는지 꼬리를 바짝 말고 나오토 뒤에 숨었다. 아무래도 포치는 하루토보다 나오토와 비슷한 심정인 듯했다. 같은 편이 생긴 기분이었다.

일단 마당에 미유키가 없다는 사실에 마음이 놓였다. 지금까지는 묵인해왔으나 더는 하루토가 주문을 외게 둘 수 없다. 그런 끔찍한 것을 위해 하루토가 손을 모으게 둘 수는 없다.

"하루토, 안으로 들어와. 감기 걸린다."

아빠의 권위를 보이고자 최대한 낮은 목소리로 말했다. 하루토는 여전히 불만 가득한 표정으로 나오토를 노려보고 있었다.

"뭐 해? 아빠 말 안 들을 거야?"

"아빠가 엄마를 괴롭혔어요?"

나오토는 마른침을 삼켰다. 자신을 노려보는 하루토의 시선에 공포심이 일어 아무 말도 할 수가 없었다. 하루토가 자신에게 반항적인 태도를 보이는 건 처음이었다.

"아니. 아빠는 그런 적 없는데."

목소리가 떨렸다.

"어제 왔던 누나는 엄마 친구가 아니잖아요. 왜 거짓말했어요? 엄마는 아직 밖으로 나오면 안 되는데 어제 너무 화가 나서 밖으로 나온 거예요. 조금 더 있어야 원래 엄마 모습이 될 텐데 어제 급히 나오는 바람에 엄마는 지금 엄청 아프대요. 지난번에 아빠가 엄마를 다치게 했어요? 나무로 막 찔렀어요? 엄마가 여태 말 안 하다가 이제야 말해줬어요. 왜 엄마를 괴롭혀요? 아빠 때문에 엄마가 돌아오지 못하잖아요! 만약에 또 엄마를 괴롭히면 내가 가만 있지 않을 거예요."

"대, 대체 무슨 말을 하는 거야?"

나오토는 대꾸할 말을 찾지 못했다. 하루토의 눈에는 다섯 살 아이답지 않은 증오가 짙게 서려 있었고 그 증오는 의심할 여지 없이 나오토를 향한 것이었다.

"방해하지 말아요. 나는 엄마를 반드시 살려낼 테니까."

하루토는 차갑게 내뱉고서 불룩하게 솟아오른 흙더미 쪽으로 몸을 돌리고 양손을 모아 주문을 외우기 시작했다. 하루토의 모습에서 오싹함을 느낀 나오토는 이 이상한 집에서 하루빨리 아들을 내보내야겠다고 다짐했다. 주문을 외는 하루토의 조그만 등을 보면서 마음을 단단히 굳혔다.

23

스튜디오에서는 조연출 나카하라의 주도하에 리허설이 여러 차례 진행되었다. 가시와바라는 부조종실에서 모니터로 스튜디오를 바라보았다. 죽 늘어선 모니터의 빛이 오늘따라 날카롭게 눈을 찔렀다. 눈의 초점도 잘 맞지 않아서 시야가 흐렸다. 손끝으로 눈가를 가볍게 문지르고 고개를 살짝 흔들었다.

사흘 정도 거의 잠을 자지 못했다. 녹화 준비 때문에 바쁘기도 했지만 히로코의 이야기를 들은 이후 잠들었다가도 악몽을 꾸거나 금방 눈이 떠졌다. 자신의 소심함에 진절머리가 날 정도였다. 지금도 몸은 못 견디게 피곤한데 정신이 너무 또렷했다.

그날 히로코의 고백은 충격적이었다. 미유키라는 여자의 원혼에게 괴롭힘을 당하고 있다는 믿기 어려운 이야기에 의구심이 들었지만 히로코의 진지한 표정을 보자 진실이라고 믿을 수밖에 없었다. 히로코는 시시한 농담을 할 사람이 아니다.

자신이 겪은 일들을 아무도 믿어주지 않아 얼마나 괴로웠을까. 히로코가 이번 일을 영상 자료로 기록하려고 마음먹은 것도 이해가 갔다. 실제로 영상을 보여주면 히로코의 말을 믿지 않을 수 없을 것이다.

그날 밤 옥상에서 내려와 편집실에서 히로코가 찍은 영상을 봤다. '그것'의 모습이 확실히 찍혀 있진 않았지만 범상치 않은 기운은 충분히 느낄 수 있었다. 히로코의 상사였던 이하라 나오토라는 남자가 사는 집의 그 기묘한 분위기는 도저히 연출로는 꾸며낼 수 없는 것이었다.

게다가 땅속에서 깜빡이는 눈, 찰나인 데다 어둡고 멀어서 선명하지는 않았지만 사람의 눈이라는 점만은 확실히 알 수 있었다. 거칠고 메마른 땅속에 숨어서 이쪽을 뚫어지게 보고 있다니, 절대 평범한 존재는 아니다.

다이몬과 구로사키의 사건도 그렇고 히로코 주변에서 기이한 일들이 일어나고 있는 건 분명하다. 그러나 가시와바라가 도와줄 방법이 전혀 없었다. 털어놓으라 했지만 정작 듣고 나니 어떻게 해야 할지 몰라 당황스러웠다. 초현실적 현상에 흥미는 많지만 영적 감각이 전혀 없는 자신의 무력함이 한심했다.

"정체는 알 수 없지만 어쩌면 히로코 씨한테 그렇게 위험한 존재가 아닐지도 몰라요."

얄팍한 위로로 히로코를 안심시키는 게 고작이었다.

"히로코 씨를 죽일 생각이었다면 그날 다이몬 씨와 구로사키 씨를 죽인 후에 히로코 씨한테 달려들었겠죠."

"글쎄, 잘 모르겠어."

히로코는 고개를 저으며 말을 이었다.

"그냥 겁을 주면서 즐기는 건지도 몰라. 바로 죽이지 않고 공포에 떨게 하려는 셈이지. 사냥감을 산 채로 가지고 놀다가 질리면 숨통을 끊는 고양이처럼 말이야."

평소와 달리 히로코가 약한 모습을 보이자 가시와바라는 근거 없는 낙관으로 상황을 회피하려 했던 스스로가 부끄러웠다. 그 뒤에 히로코가 했던 말들이 가시와바라의 머릿속을 한시도 떠나지 않았다. 영적 감각 따위 전혀 없는 가시와바라로서는 드러난 사실을 하나씩 검증해 논리적으로 풀어나갈 수밖에 없다는 결론에 이르렀다.

지금 이 순간에도 히로코는 정체 모를 공포와 싸우고 있다. 히로코의 이야기를 듣고 영상을 본 것만으로도 이렇게 무서운데, 히로코는 차원이 다른 공포를 느끼고 있을 것이다. 가시와바라는 자신의 소심함과 무력함이 너무도 답답했다.

그런데 따지고 보면 애초에 이런 일이 벌어진 원인은 이하라 나오토라는 남자의 우유부단한 태도가 아닌가. 나오토의 존재가 마음에 걸렸다. 히로코가 한때 호감을 가졌던 남자라고 했다. 히로코는 아무 관계도 아니었다고 했지만 정말 중요한 건 육체적인 접촉이 아니라 마음이다. 이루지 못했기에 애틋함이 마음에 남아서 점점 짙어지는 법이다.

히로코의 말 한마디 한마디에서 나오토를 향한 특별한 감정이 느껴졌다. 타인의 마음을 들여다보는 게 크리에이터의 일인 데다 히로코는 가시와바라에게 특별한 존재이기에 그 마음을 엿보지 않을 수가 없었다. 설령 그 마음이 짙은 어둠이라도 깊숙이 들여다보고 싶었다.

가슴을 옥죄는 이 감정은 질투일까? 5년 전 히로코를 궁지로 몰아넣었던 미유키의 감정도 질투였다. 그리고 미유키의 질투는 다시 히로코를 괴롭히고 있다.

가능하다면 그 섬뜩한 집을 직접 취재하고 싶지만 히로코는 가시와바라가 멋대로 움직이면 미유키의 심기를 건드릴 수 있다며 주소를 가르쳐주지 않았다. 만약 주소를 알려줬다면 당장 몰래 숨어들어 마당을 파내서라도 사실을 확인했을 것이다.

그런데 거기서 무엇이 나올까 냉정하게 생각해보니 상상만 해도 다리에 힘이 풀렸다. 다행히 그날 이후 히로코에게 별다른 일이 일어나지 않았다.

"가시와바라 말처럼 이 정도 하고 나니 분이 풀렸나 봐."

오늘 아침 도호 방송국 로비에서 우연히 만난 히로코는 짐짓 웃어 보였지만 그 기묘한 영상에서 받은 느낌으로는 쉽게 끝날 것 같지가 않았다. 폭풍 전 고요가 아닐까. 가만히 증오의 감정을 모았다가 어느 날 한꺼번에 터뜨리려는 것이다. 어쩌면 그날이 그리 멀지 않았는지도 모른다.

"가시와바라 씨, 영능력자 전원 준비됐습니다."

스피커에서 흘러나오는 조연출 나카하라의 목소리가 가시와바라를 다시 현실로 불러왔다. 스튜디오의 계단식 좌석에는 수상쩍은 남녀 마흔두 명이 앉아 있었다.

"마흔두 명이 다 왔다고?"

빼곡하게 자리를 채운 영능력자들을 보자 등줄기가 서늘해졌다. '대결! 영능력자 42인!'이라는 제목으로 전국에서 모인 영능력자 마흔두 명이 심령 스폿의 수수께끼를 푸는 방송인데 출연자 한 명이 오다가 사고를 당해 출연하지 못한다고 연락이 왔다.

"가시와바라 씨가 말씀하신 대로 보조 출연자를 섭외했습니다. 근데 괜찮으세요? 많이 피곤하신 것 같은데."

나카하라가 걱정스러운 목소리로 물었다.

정규방송이면 몰라도 특집으로 '영능력자 42인!'이라는 제목을 내걸었는데 마흔한 명으로 녹화를 진행할 수는 없으니 급히 연예기획사에 보조 출연자를 보내달라고 요청했다.

이런 식으로 시청자를 속이고 싶지는 않았지만 방송을 위해서는 불가피한 선택이었다. 그래서 다들 그 보조 출연자가 올 때까지 대기 중이었다는 사실이 떠올랐다. 아까 느낀 섬뜩함은 대체 무엇이었을까? 대역 섭외를 지시한 사실을 깜빡 잊어버려서? 분명 그런 느낌은 아니었는데 뭐라고 설명하기 힘들었다. 정체 모를 섬뜩함에 머리가 혼란스러웠다.

"보조 출연자한테는 발언하지 말고 가만히 앉아 있으라고 설명했으니 진행에 지장은 없을 겁니다. 여러 가지로 준비가 미흡해서 죄송합니다."

"잠깐, 누가 보조 출연자야?"

가시와바라는 마이크에 대고 소리치며 영능력자들을 바라보았다. 출연자를 직접 선정한 만큼 머릿속에 영능력자 마흔두 명의 프로필이 다 들어 있으니 한 명이라도 낯선 얼굴이 있으면 눈에 띌 터였다. 그런데 마흔두 명 중 어떤 얼굴도 낯설지 않았다.

"네? 아, 그게 누구냐면……."

나카하라가 당황한 듯이 말했다.

"아, 이상하네. 누구더라. 완전히 섞여버렸네요. 그만큼 그럴듯해 보인다는 뜻이니까 괜찮지 않을까요?"

"감독님! 이제 시작하시죠. 준비 다 끝났습니다."

베테랑 카메라맨이 재촉하듯 소리쳤다. 감독이라고는 하나 가시와바라는 스태프 중에서도 젊은 편이라 베테랑 앞에서는 아무 영향력이 없다. 더구나 보조 출연자가 도착하기를 기다리느라 이미 자정이 지났다. 이 상태라면 아침에야 녹화가 끝날 테니 재촉하는 것도 당연했다.

"알겠습니다. 녹화 시작하겠습니다. 가와우치 씨, 잘 부탁드립니다."

그저 신경이 예민해져 있을 뿐이라고 자신을 타일렀다. 여전히 어딘가 마음에 걸리는 구석이 있었지만 세트 옆에서 대본을 보던 사회자 가와우치 신야에게 녹화 시작을 알렸다. 가시와바라의 목소리가 스튜디오에 울리자 가와우치가 대답했다.

"네. 기다리다 지쳤습니다."

가와우치가 세트 계단을 올라 자리를 잡자 스튜디오가 순식간에 조용해졌다. 조명이 꺼지고 음산한 음악이 흘렀다. 창백한 조명이 아래쪽에서 출연자들을 비추며 으스스한 분위기를 더했다. 개인적으로 이런 시기에 이런 방송을 찍는 게 찜찜했지만 가시와바라가 직접 기획해서 준비한 방송이므로 중지할 수는 없었다.

녹화 시작이 미뤄져 이미 리허설을 여러 번 했기 때문에 녹화는 순조롭게 진행되었다. 심령 스폿을 취재한 영상을 보고 영능력자가 영시를 하면서 자신이 본 내용을 그림이나 말로 설명했다. 그곳에 있는 혼령이 저승으로 떠나지 못하는 이유와 애도 방법을 토론했다.

만약 모든 영능력자가 진짜 영적 능력을 가지고 있다면 다 같은 장면을 보겠지만 각자 주장하는 바가 달랐다. 그런 의견을 사회자 가와구치가 노련하게 정리하면 심령연구가가 진지하게 그 내용을 반박하는 전개였다.

실제로 이번에 불러 모은 영능력자들 중에는 미심쩍은 인물이 적지 않았다. 다이몬처럼 확실한 능력을 가진 사람은 거의 없었다. 어쨌든 마흔두 명을 채워야 했기에 자칭 영능력자라고 주장하는 사람도 프로필만 보고 섭외하는 수밖에 없었다.

그래도 일단 영능력자로 활동하는 사람들이니 녹화가 끝나면 히로코의 일을 자연스럽게 상담해볼까 했는데 이렇게 모아놓고 보니 그런 마음이 싹 사라졌다. 기획 의도와는 전혀 다르게 우스꽝스러운 예능 프로그램이 되어버렸다.

출연자가 마흔두 명이나 되다 보니 저마다 눈에 띄고 싶어서 기발한 의견을 내거나 온갖 퍼포먼스를 보이느라 여념이 없었다. 긴장감이라고는 전혀 없는 꼴사나운 저급 방송 같다.

그런데 어찌 된 영문인지 모니터에 비치는 분위기는 사뭇 달랐다. 영상에 특별한 처리를 한 것처럼 숨 막힐 듯 무겁고 오싹한 기운이 감돌았다. 제작자로서는 감사한 일이었지만 원인을 모르는 만큼 꺼림칙함을 지울 수 없었다.

이유를 알아내기 위해 모니터를 뚫어지게 노려보았다. 화면은 어지럽게 계속 바뀌고 있었다. 스튜디오 안에서 계속 앉은 상태로 진행하는 프로그램이다 보니 화면 구도에 움직임이 없어 의도적으로 요란하게 장면을 전환해야 했다.

"잠깐, 계단 전체 화면 띄워봐."

가시와바라가 지시하자 모니터에 영능력자 전원이 잡히는 영상이 떴다. 곧바로 위화감의 정체를 찾아냈다. 자기 어필에 열을 올리는 영능력자들 사이에 딱 한 명 고개를 숙이고 있는 인물이 있었다. 자리 앞에 '이누즈카 다이키치'라는 명패가 놓여 있다.

멀끔한 정장 차림에 한물간 트로트 가수처럼 긴 파마머리를 한 중년 남성이었다. 얼굴은 앞머리에 가려 잘 보이지 않았다. 영능력자 대역으로 온 보조 출연자라서 얼굴을 숨기는 걸까 싶었지만 어딘지 분위기가 이상했다.

모니터에서 그 남자의 위치를 확인하고 부조정실 창문으로 스튜디오를 내려다보았다. 조금 전까지 부드럽고 밝았던 스튜디오 분위기가 모니터 영상처럼 어둡게 가라앉아 있었다. 갑자기 조명을 내린 것처럼 시야가 어두워져서 손으로 눈을 가볍게 비볐다. 수면 부족 때문인가?

눈을 똑바로 뜨고 영능력자들 자리로 시선을 향하자 눈의 초점이 서서히 맞춰졌다. 이누즈카가 이쪽을 보고 있었다. 심장 박동이 빨라지고 식은땀이 흘렀다. 눈의 초점이 완전히 돌아오기 전에 이누즈카는 다시 고개를 숙였다.

그때 스튜디오에 울려 퍼지는 가와우치의 매끄러운 진행 멘트에 경련 같은 웃음소리가 섞였다. 가와구치가 말을 멈추고 못마땅한 표정을 지었다.

"지금 어느 분이 웃었나요? 재밌는 이야기를 하기도 전에 웃으면 곤란한데요."

가와우치가 영능력자들을 빤히 응시했다. 농담처럼 말했지만 진행을 방해받아 화가 난 듯 얼굴이 살짝 굳었다.

"아무 말이나 지껄이며 건방 떠는 꼴이라니. 아무것도 못 보는 무능한 인간 주제에."

어금니를 악물고 말하는 것처럼 발음은 불분명했지만 내용은 정확히 전해졌다.

"지금 뭐라고 하셨죠? 이누즈카 다이키치 씨가 말씀하셨나요? 의견이 있으면 마이크에 대고 말씀해주세요. 여기 다른 영능력자들이 사기꾼이라는 뜻인가요?"

가와우치의 표정에 생기가 돌았다. 재미있는 전개가 펼쳐질 것 같다는 기대감이 얼굴에 번졌다. 영능력자들은 느닷없는 모욕적인 발언에 술렁거리기 시작했다. 이제껏 적당히 타협하며 넘어가던 현장 분위기가 단번에 험악해졌다.

"영능력자인 척하면서 안 보이는 걸 보인다고 말하면 조만간 정말 무서운 걸 보게 될걸. 흐흐흐."

앞머리에 가려 얼굴이 잘 보이진 않았지만 확실히 이누즈카가 말하고 있었다. 그런데 중년 남성의 목소리가 아니라 새된 여자 목소리다. 이누즈카 주변에 앉아 있던 사람들이 그 위화감을 알아채고 웅성거리기 시작했다. 호수에 떨어진 돌이 파문을 일으키듯 웅성거림은 점점 넓게 퍼졌다.

바로 옆자리의 여자 영능력자가 문득 발밑을 내려다보더니 비명을 내질렀다. 이누즈카의 주변에서 잇달아 비명이 터졌다.

"무슨 일인가요? 지금 뭐가 보입니까?"

가와우치가 가볍게 말하고 이누즈카 쪽으로 걸음을 옮기다가 돌연 멈춰 서며 물었다.

"피…… 이, 이건 피?"

카메라가 선명한 피를 앵글에 담았다. 이누즈카의 발밑에 피가 흥건하게 고여 있었다. 가시와바라는 순간적으로 연출된 장면인가 혼란스러웠으나 그런 얘기는 들은 적이 없다. 이누즈카가 관심을 끌려고 멋대로 준비했는지도 모른다.

"이봐요. 괜찮아요?"

가와우치가 조심스럽게 어깨로 손을 뻗는 순간, 이누즈카는 의자에서 스르륵 미끄러지더니 바닥에 쓰러졌다. 출연자들이 일제히 소리를 지르며 이누즈카와 조금이라도 더 멀어지려고 도망치기 시작했다. 스튜디오 전체가 혼란에 빠졌다.

멍하니 서 있는 가와우치를 밀어내고 조연출 나카하라가 이누즈카에게 달려갔다. 옆에 무릎을 꿇고 이누즈카의 목에 손을 댔다.

"늦었어요. 죽었습니다. 벌써 차가워요."

나카하라가 가시와바라를 돌아보며 고개를 가로저었다. 얼굴에는 짙은 당혹감이 서려 있었다.

"무슨 소리야? 조금 전까지 말도 했잖아!"

가시와바라는 부조정실에서 뛰쳐나와 스튜디오로 달려갔다. 피 웅덩이 속에 쓰러져 있는 이누즈카의 얼굴은 백지장처럼 창백해서 마치 온몸의 피가 다 빠져나간 것처럼 보였다.

자세히 보니 허리 쪽이 눌려 있고 팔다리가 이상한 방향으로 꺾여 있었다. 마치 교통사고를 당한 사람처럼…….

가시와바라는 덜덜 떨며 시신에 손을 댔다가 바로 거뒀다. 체온이 전혀 느껴지지 않을 정도로 차가웠다. 죽은 지 꽤 된 것 같은데 대체 어떻게 조금 전까지 말을 했단 말인가.

"감, 감독님, 죄송한데요."

진행 스태프인 구라타가 조심스럽게 말을 걸었다.

"지금 연예기획사에서 연락이 왔습니다."

"그런 얘기는 나중에 해. 지금 이 상황에 그게 중요해?"

"그게, 늦어서 미안하다고, 아까 섭외한 보조 출연자가 곧 도착할 거라고요……."

그 자리에 있던 모든 사람의 얼굴에서 표정이 사라졌다. 아무 말 없이 서로를 마주 볼 뿐이었다.

"사고를 당했다는 영능력자 이름이 뭐야?"

가시와바라의 말에 나카하라가 급히 가방에서 A5 크기 노트를 꺼냈다.

"이누즈카 다이키치…… 입니다."

나카하라는 기어드는 목소리로 힘없이 답했다.

"뭐? 그럼 교통사고를 당했는데 병원에 안 가고 녹화를 하러 왔다는 말이야? 그러다 몸이 못 버텨서 여기서 죽었다?"

과다출혈 때문에 몸이 차갑게 식은 거라 생각하면 앞뒤가 맞는다. 가시와바라는 애써 자신을 납득시키려 했다.

"그, 그게 아니라, 이누즈카 씨는 병원에서 사망했다고……."

나카하라의 목소리가 스튜디오에 나지막이 울리자 간신히 진정되었던 출연자들 사이에서 동요가 일며 비명이 터져 나왔다. 허공을 가리키며 '보인다', '저기 뭔가가 있다'며 소란을 피우는 사람도 있었다.

"진정하세요. 여러분은 영능력자잖아요. 이런 일로 이성을 잃으면 어떡합니까!"

가시와바라가 큰 소리로 다그치며 사태를 수습하려고 애썼다. 그 순간 뭔가가 어깻죽지를 스쳐 바닥으로 떨어졌다. 곧이어 커다란 소리가 울려 퍼지며 유리 파편이 사방으로 튀었다. 가시와바라는 꼼짝도 하지 못하고 그 자리에 우뚝 서 있었다.

"감독님! 괘, 괜찮으세요?"

나카하라가 절규하듯 물었다. 가시와바라가 간신히 천장을 올려다보니 설치돼 있던 조명 하나가 보이지 않았다. 산산조각으로 부서진 저 조명은 무게가 수십 킬로그램에 달하므로 가시와바라가 맞았다면 그 자리에서 즉사했을 것이다. 온몸에서 식은땀이 배어났다.

출연자들이 앞다투어 스튜디오 출입구로 몰려가 현장은 걷잡을 수 없이 혼란스러워졌다.

"이게 다 무슨 일이야."

가시와바라는 그 광경을 망연히 바라보다 문득 히로코의 얼굴을 떠올렸다. 불안함이 밀려와 가슴이 두근거렸다. 손목시계를 보니 새벽 5시 21분이었다. 히로코 씨는 자고 있을까? 이런 시간에 연락하는 건 예의에 어긋나지만 지금은 그런 걸 따질 때가 아니다.

목에 걸고 있던 휴대폰 전원을 켜고 히로코 이름을 눌렀다. 통화 버튼을 눌렀지만 아무 소리도 들리지 않았다. 당연히 들려야 할 신호음도 나지 않았다. 귀를 기울이자 바람 소리만 희미하게 들렸다.

히로코 씨가 위험하다!

"녹화는 중단하자. 뒷일을 부탁한다."

"어디 가세요?"

불안한 표정으로 묻는 나카하라를 뒤로하고 가시와바라는 스튜디오를 뛰쳐나갔다.

24

히로코는 초인종 소리에 눈을 떴다. 방 안이 깜깜한 걸 보니 아직 날이 밝지 않았다. 이불을 코까지 당겨 덮고 귀를 기울였지만 아무 소리도 들리지 않았다. 꿈을 꿨나? 신경이 곤두서서 어수선한 꿈을 꿨을 것이다. 이 밤중에 대체 누가 찾아온다고.

그 생각을 비웃듯 다시 초인종 소리가 울렸다. 적막한 방에 그 소리가 마치 총성처럼 들렸다. 침대 위에서 벌떡 몸을 일으키고 머리맡에 놓인 시계를 보았다. 시곗바늘이 5시 49분을 가리키고 있었다. 히로코는 선반 위에 세팅된 CCD카메라로 시선을 돌렸다. 빨간 램프가 들어와 있으니 녹화 상태라는 의미다. 모든 것이 기록된다고 생각하자 조금은 안심이 됐다.

또 초인종이 울렸다. 이어서 노크 소리도 들려왔다. 똑똑똑똑 하고 문을 두드리는 소리.

"누구세요?"

용기를 내서 물어봤지만 대답은 없었다. 히로코는 천천히 침대에서 내려와 주방 겸 복도를 지나 현관으로 향했다. 흐느끼는 소리가 들렸다. 문 너머에서 여자가 울고 있다. 공포로 다리가 후들거렸다.

또 초인종 소리가 나고 뒤이어 노크 소리가 들렸다. 히로코가 문을 열 때까지 계속할 생각인 듯했다. 숨을 죽이고 문에 있는 작은 구멍으로 밖을 내다본 순간, 온몸에서 힘이 빠졌다.

"마야, 놀랐잖아."

히로코는 문을 열며 말했다. 당장이라도 눈물을 쏟을 것처럼 겁먹었던 자신이 부끄럽고 분하기도 해서 조금 쌀쌀맞은 말투가 나왔다. 지난번에 만났을 때 명함을 줬는데 그 주소를 보고 온 모양이다.

"미안해. 자고 있었지?"

잠옷 차림의 히로코를 보고 마야가 미안하다는 표정을 지었다. 평소 늘 완벽한 메이크업을 하고 다니는 마야의 얼굴이 눈물로 엉망이었다.

"괜찮아. 무슨 일이야? 근데 이렇게만 입고 왔어?"

마야는 분홍색 니트를 입고 있었다. 한겨울에 외투도 없이, 게다가 이런 새벽에 찾아온 걸 보면 분명 심각한 일이 생긴 모양이다. 쏘아붙인 것이 미안해졌다.

"춥지? 일단 들어와. 따뜻한 차라도 마시자."

히로코는 가스레인지 위에 주전자를 올렸다. 난방기 스위치를 올리자 따뜻한 바람이 순식간에 방을 데웠다.

"그 사람이 나한테 거짓말을 했어. 평생 나만 사랑한다더니 다른 여자를 좋아하고 있었어."

마야는 말하고 싶어서 못 참겠다는 듯 낮은 테이블에 마주 앉자마자 입을 열었다. 봄에 결혼하기로 했다는 와타세를 말하는 것이리라. 히로코도 같은 회사에 근무할 때 본 적이 있었다. 성실하고 진중한 성격이라 약혼자를 배신할 사람으로 보이지는 않았다.

"와타세 씨가 바람을 피운다고? 무슨 오해가 있는 게 아닐까?"

"오해가 아니야. 나를 배신했어."

마야는 낮게 중얼거리듯 말했다. 지금 마야는 누구에게나 사랑받는 그 귀여운 마야가 아니었다. 질투심이 마야를 흉측하게 바꿔버렸다.

"무슨 증거라도 있어?"

"증거 같은 거 없어도 알 수 있어. 그 사람 마음이 나한테서 멀어지는 게 느껴져. 그 마음이 다른 여자한테 가는 게 느껴진다고. 둘이서 나를 비웃고 있어. 분해. 너무 분해."

마야는 고개를 떨구고 흐느끼면서 어깨를 떨었다. 전혀 논리적이지 않았다. 증거도 없는데 추측만으로 이토록 혼란스러워하다니.

"나한테는 그 사람밖에 없어. 나를 이해해준 이는 그 사람뿐이야. 내 존재를 인정해준 사람은 그 사람뿐이라고."

"잠깐, 그게 무슨 말이야. 마야 너는 친구도 많잖아. 나도 네 친구고. 증거도 없는데 왜 바람을 피운다고 생각하는 거야? 그 사람을 사랑하지? 그렇다면 믿어줘. 혹시 결혼 전 우울증 같은 게 아닐까? 결혼하기 전에 불안한 마음이 들기도 한대."

마야는 번뜩 고개를 들어 퉁퉁 붓고 벌건 눈으로 히로코를 쏘아봤다. 등줄기가 오싹했다.

"죽여버릴 거야."

마야가 억지로 소리를 짜내듯이 말했다.

"······뭐?"

"그 여자를 죽일 거야. 내 사람을 빼앗으려는 그 여우 같은 년을 죽여버릴 거야. 그 사람은 아무 잘못이 없어. 그 사람한테 내가 있는 걸 뻔히 알면서도 유혹한 그 여자 잘못이야. 죽일 거야. 죽여버릴 거야. 절대 용서 못 해."

마야의 입에서 저주의 말이 흘러나왔다. 그 증오심이 방 안에 가득 차 숨이 막힐 정도였다. 마야는 정상적인 판단 능력을 완전히 잃은 상태 같았다.

"마야, 잠깐 진정해봐. 와타세 씨가 정말 바람을 피우는지 아직 확실하지도 않잖아. 그런데 상대 여자를 죽이겠다니, 그런 무서운 말 하지 마."

"아니, 죽여버릴 거야. 엄청나게 잔혹한 방법으로 실컷 괴롭힌 다음에 목숨을 구걸하게 만들 거야. 그리고 그 꼴을 비웃어주면서 벌레처럼 죽여버리겠어."

히로코가 달래보려고 애썼지만 도통 말이 통하지 않았다. 무슨 말을 해도 지금 마야에게는 소용이 없었다. 히로코는 공포에 가까운 감정을 느꼈다.

그때 주방 쪽에서 피리 소리가 길게 울렸다.

"잠깐만. 물이 다 끓었나 봐. 지금 차 내올게."

타이밍이 적절했다. 밑도 끝도 없는 마야의 저주와 원망의 말을 끊고 주방으로 향했다. 주전자 불을 끄고 무심코 현관을 본 히로코는 왠지 모르게 찜찜한 기분이 들었다. 뭐지? 뭔가 이상한데…….

점점 짙어지는 위화감의 원인을 알아챈 순간, 히로코는 온몸의 피가 빠져나가는 듯했다. 현관에 히로코의 신발만 놓여 있었다. 당연히 있어야 할 마야의 신발이 보이지 않았다.

살짝 돌아보니 낮은 테이블 앞에 앉은 마야의 발바닥이 보였다. 맨발의 발바닥은 흙범벅에다 작은 상처들에서 피까지 흐르고 있었다. 마야는 후타코타마가와부터 맨발로 걸어온 것이다. 마야는 지금 제정신이 아니다.

히로코의 놀란 기색을 느꼈는지 마야가 천천히 돌아봤다. 충혈된 눈은 증오로 가득 차 있었고 그 증오는 의심할 여지 없이 히로코를 향하고 있었다. 자신의 소중한 사람을 빼앗으려 한 히로코에 대한 증오였다.

"여우 같은 년, 절대 용서 못 해. 죽여버릴 거야. 분이 풀릴 때까지 괴롭히고 갖고 놀다가 죽일 거야."

마야가 저주의 말을 중얼거리며 몽유병 환자처럼, 정확히는 꼭두각시 인형처럼 위태로운 걸음걸이로 휘청대며 걸어왔다.

"잠깐만. 마야, 대체 왜 이러는 거야. 마야, 정신 좀 차려봐."

뒷걸음질 치던 히로코는 현관 턱을 디디며 균형을 잃었다. 철제문에 등을 부딪치는 소리가 조용하게 잠든 아파트 전체에 요란하게 울렸다.

"거짓말해도 소용없어. 난 다 알고 있으니까."

마야는 싱크대 아래 문을 열고 식칼을 꺼냈다. 칼날이 형광등 불빛을 반사하며 날카롭게 빛났다. 구로사키의 일본도가 떠올랐다. 칼날의 예리함이 전혀 다른데도 완전히 똑같은 빛을 뿜어냈다.

설마!

아주 미약하긴 하지만 마야에게는 영적 감각이 있었다. 가위에 눌리거나 예지몽을 꾸기도 하는 등 평소 감이 날카로운 편이다. 점성술을 좋아해서 직접 타로점을 보기도 했는데 히로코도 그 실험대에 여러 번 올랐다.

다이몬이나 구로사키처럼 사악한 기운을 느끼는 안테나가 마야에게도 있다면, 그리고 날마다 성장하는 미유키의 힘이 그 빈약한 안테나에 미칠 정도로 강력해졌다면…….

"마야! 정신 차려! 제발 제정신으로 돌아와. 지금 너는 조종당하는 거야!"

"흐흐흐, 갈기갈기 찢어버리겠어. 자, 한번 빌어봐. 울면서 목숨을 구걸해봐."

마야는 칼을 든 손을 내밀고 한 발 한 발 다가왔다. 히로코는 손을 뒤로 돌려 문고리를 찾아 더듬었다.

"죽어버려!"

마야가 절규하며 돌진했다. 자물쇠를 돌리자 탁 하고 건조한 소리가 울리며 열쇠가 풀렸다.

"으악!"

문을 밀며 밖으로 나오려 했지만 커다란 금속음이 나면서 문이 멈췄다. 5센티미터도 채 열리지 않았다. 팽팽한 체인이 문을 잡고 있었다.

내가 언제 이걸 걸었지? 히로코는 무의식중에 경계심이 발동해 자신이 걸어뒀나 잠깐 생각했지만 아까 그럴 겨를은 없었다. 히로코가 도망치지 못하게 마야가 걸어놓은 게 분명했다. 다시 문을 닫고 체인을 풀 시간은 없었다. 히로코는 패닉 상태로 문을 몸으로 밀면서 계속 비명을 질렀다.

"너는 이제 끝이야. 죽어버려! 하하하하하."

웃음소리가 울려 퍼졌다. 돌아보니 바로 눈앞에 칼끝이 있었다.

"하지 마! 마야, 정신 차려! 안 돼, 살려줘!"

"천벌이야. 이제 포기해!"

마야가 양손으로 칼을 움켜쥐고 달려들었다. 히로코는 반사적으로 그 자리에 웅크려 앉았다. 머리 바로 위에서 둔탁한 소리가 울리고 칼끝이 문을 긁으며 쇳가루가 떨어졌다.

마야는 자기 공격이 빗나갔다는 사실에 분노하며 칼끝으로 문을 긁어댔다. 신경을 거스르는 금속음이 귀를 찔러, 히로코는 양손으로 귀를 막고 고개를 들었다. 흉하게 일그러진 마야의 얼굴이 보였다.

"죽어!"

마야가 칼끝이 이지러진 식칼을 마구 휘둘렀다. 히로코는 이대로 떨고 있으면 결국 저 무자비한 칼에 찔려 죽게 되리라 깨닫고 용기를 냈다. 맞서야 한다.

"나는 죽지 않을 거야!"

히로코는 있는 힘을 다해 마야의 다리에 몸을 던졌다. 마야가 균형을 잃고 뒤로 자빠지며 뒤통수를 바닥에 세게 찧었다. 둔탁한 소리가 울리고 잠시 뒤 마야의 손에서 칼이 떨어졌다.

"히로코 씨! 무슨 일이에요? 괜찮아요?"

현관문 뒤에서 목소리가 들려 쳐다보니 가시와바라가 문틈 사이로 걱정스러운 얼굴을 들이밀고 있었다. 가시와바라가 지금 왜 여기 있는지 모르지만 그런 걸 따질 때가 아니었다.

"가시와바라! 도와줘!"

히로코의 절규에 가시와바라가 힘껏 문을 당겼지만 그때마다 도어 체인이 팽팽해지며 요란한 소리가 울릴 뿐이었다.

"히로코 씨, 체인을 풀어주세요! 아, 아니, 뒤! 뒤에!"

히로코가 현관으로 달려가려는데 마야가 발목을 잡았다. 히로코는 앞으로 고꾸라지며 가슴을 바닥에 세게 박았다. 숨이 쉬어지지 않았다.

"넌 절대 도망 못 가."

마야가 히로코의 등 위로 올라타 머리카락을 잡고 머리통을 바닥에 찍어대기 시작했다. 한 번, 두 번, 세 번……. 의식이 점점 멀어졌다.

"히로코 씨! 젠장, 이 체인!"

가시와바라가 아무리 반동을 주면서 힘껏 당겨도 소용이 없었다.

"금방 올게요. 조금만 참아요!"

가시와바라가 사라진 순간 마야가 움직임을 멈췄다. 가시와바라에 정신이 쏠린 것이다. 히로코가 이 틈을 놓치지 않고 단번에 몸을 일으키자 마른 체형에 가벼운 마야는 힘없이 날아가버렸다.

그러나 곧바로 일어나 문 쪽으로 달려가는 히로코를 뒤에서 끌어안듯 잡아챘다.

"어딜 도망가!"

"하지 마! 이거 놔! 마야, 정신 차려!"

마야는 작은 체구에서 나온다고는 믿기지 않는 괴력으로 히로코를 끌어당겼다. 히로코가 그 힘에 못 이겨 뒤로 넘어지자 마야는 히로코에게 매달리듯 앞으로 덮치며 압박했다. 손톱이 부러져 피범벅이 된 손으로 히로코의 목을 졸랐다.

"으윽……."

뿌리치려 버둥거려봤지만 마야는 바위처럼 무거워서 꼼짝도 하지 않았다. 괴로움으로 몸부림치던 히로코의 눈에 테이블 아래 번뜩이는 뭔가가 보였다. 마야가 떨어뜨린 칼이다. 있는 힘껏 손을 뻗었다. 마야가 더 강하게 목을 졸랐다. 숨을 쉴 수 없었다. 조금만 더…… 곧 손이 닿을 것 같은데……. 반동을 주며 손을 뻗자 간신히 칼자루에 손이 닿았다. 칼자루를 제대로 고쳐 쥐었다. 눈앞에는 마야가 증오심이 들끓는 얼굴로 히로코의 목을 조르고 있었다.

"죽어! 죽어버려. 너 같은 건 죽어야 해."

"으윽……."

이것으로 찌르면, 이 칼로 마야를 찌르면…….

칼자루를 움켜쥐고 있었지만 도저히 손이 움직이지 않았다. 마야를 칼로 찌를 수는 없다. 마야는 그저 미유키에게 조종당하고 있을 뿐이다.

따지고 보면 히로코가 불러온 재앙이기에 마야를 다치게 할 수는 없었다. 불륜이 아니었지만 미유키가 생과 사의 틈에 끼어 질투심에 몸부림치는 원인은 히로코였다. 이건 마야와 아무 관계도 없는 일이다.

마야는 이런 갈등 따위는 모른 채 히로코의 목을 계속 졸랐다. 히로코는 어느 순간 괴로움이 사라지며 의식이 흐려지는 걸 느꼈다. 칼이 손에서 미끄러져 바닥에 굴렀다. 이제 죽는구나 하고 눈을 감았을 때 현관에서 둔탁한 금속음이 울렸다.

마야의 손아귀가 느슨해진 순간 히로코의 시야 끄트머리에 가시와바라의 모습이 잡혔다. 가시와바라는 은색으로 빛나는 스패너를 들고 있었다. 차에서 가져온 모양이다. 가시와바라가 스패너로 체인을 끊고 소리쳤다.

"히로코 씨한테서 떨어져!"

가시와바라가 마야를 밀쳐내자 마야의 가녀린 몸이 날아갔다. 막혀 있던 기도로 한꺼번에 공기가 흘러들어 히로코는 격한 기침을 토했다.

"괜찮아요?"

가시와바라는 숨을 헐떡이는 히로코의 어깨에 손을 얹었다. 걱정스러운 듯 히로코를 들여다보는 가시와바라에게 괜찮다고 말하려는 순간, 칼을 주워 드는 마야가 보였다.

"가시와바라, 위험해!"

히로코가 가시와바라를 밀치려 했으나 한발 늦었다.

"으윽……."

가시와바라가 신음했다. 마야가 휘두른 칼이 가시와바라의 복부를 스쳐 점퍼와 청바지가 빨갛게 물들어갔다.

"가시와바라!"

히로코는 비명을 질렀다.

"저리 가!"

가시와바라가 낮은 테이블의 다리를 들고 마야를 향해 테이블을 휘둘렀다. 테이블에 맞은 충격으로 마야는 칼을 놓치고 바닥에 쓰러졌다. 평소 온화한 가시와바라의 거친 행동에 히로코는 깜짝 놀라며 공포를 느꼈다.

"가시와바라, 안 돼! 마야한테 그러지 마. 마야는 지금 조종당하고 있을 뿐이야!"

가시와바라가 깜짝 놀라며 히로코를 돌아봤다.

"마야는 내 친구야. 다이몬과는 비교도 안 되지만 아주 약하게 영적 감각이 있어. 그래서 미유키의 힘에 휩쓸렸나 봐."

"젠장."

가시와바라가 어금니를 물고 초조하게 손목시계를 쳐다보더니 번뜩 뭔가 떠오른 듯 히로코에게 말했다.

"히로코 씨, 도와주세요!"

가시와바라는 침대 이불을 끌어와 마야 위에 덮었다.

"뭐 해요! 얼른 여기 눌러주세요!"

히로코는 어리둥절한 표정으로 가시와바라를 거들어 이불을 눌렀다. 이불 아래서 마야가 짐승같이 포효하며 난동을 부렸다.

"마야, 미안해. 정말 미안해."

마야가 격하게 바닥을 치며 버둥거렸다.

"조금만 더, 조금만 더 버티면 돼요."

"뭐가? 버티면 뭐가 어떻게 되는데?"

가시와바라가 막 대답하려는 순간, 이불 아래 움직임이 돌연 멎었다. 히로코는 불길한 예감이 들어 가시와바라를 거칠게 밀치고 이불을 걷어냈다. 마야가 축 처져 있었다.

"마야!"

히로코가 어깨를 흔들자 마야가 눈을 떴다. 눈빛은 공허했지만 숨은 제대로 쉬고 있었다.

"역시 그거예요. 이 사람은 이제 괜찮을 거예요."

"무슨 말이야?"

히로코가 가시와바라 쪽으로 시선을 돌리는데 창밖에서 새소리가 들려왔다. 부지런한 새가 베란다 난간에 앉아 평화롭게 아침의 도착을 알리고 있었다.

25

"날이 밝았잖아요. 역시 제 추리가 맞았어요."

"추리? 무슨 말인지 하나도 모르겠어. 대체 무슨 뜻이야?"

"히로코 씨한테 들은 이야기를 제 나름대로 정리해봤어요. 그러고 보니 기이한 현상은 전부 어두워질 무렵부터 새벽녘 사이에 일어났더군요. 다이몬 씨 사건이 일어난 것도 해가 진 직후였잖아요. 히로코 씨가 다이몬 씨 집에 도착했을 때는 아직 해가 떠 있었는데 그 사건이 일어났을 때는 주변이 깜깜했어요. 게다가 처음 커피잔이 깨진 것도 해가 진 직후였고 방에 까마귀가 날아온 것도 해 뜨기 직전이었죠? 그래서 그 이상한 힘은 밤에만 발휘할 수 있는 게 아닐까 추측했죠."

"아, 그러고 보니 확실히 전부 밤에 일어났네."

"그리고 히로코 씨가 그 집에 찾아간 건 그 여자에게 절대 용서할 수 없는 일이었을 거예요. 두 사람이 그 집에서 만났다는 사실 자체가요. 그런데도 히로코 씨는 아무 일 없이 무사히 집까지 돌아왔잖아요. 해가 떠 있는 시간이었기 때문이죠."

어두운 땅속에서 자신을 노려보던 미유키의 눈이 떠올랐다. 왜 땅속에만 있었는지 그 이유를 이제야 알 것 같았다.

히로코가 가시와바라의 이야기를 이해할 즈음에는 완전히 아침이 되어버렸다. 히로코가 커튼 사이로 들어오는 아침 햇볕을 알아채는 것과 거의 동시에 아파트 복도에서 웅성거리는 소리가 들려왔다. 시끄러운 소리에 잠에서 깬 주민들이 복도로 나온 모양이다.

누가 신고를 했는지 경찰차와 구급차 사이렌 소리가 점점 가까워졌다. 가시와바라가 소리 나는 방향을 확인하려고 창문으로 얼굴을 내밀다 말고 풀썩 주저앉았다.

가시와바라의 옷이 빨갛게 물들어 있었다. 옆구리를 누르고 있는 손 아래로 피가 흘러나왔다.

"아, 피가 많이 나잖아. 가시와바라, 괜찮아?"

"괜찮아요. 외주 제작이라는 가혹한 노동 환경에서 단련된 몸이라 이 정도는 끄떡없어요."

말로는 강한 척하면서도 뒤로 천천히 쓰러지며 침대에 몸을 기댔다. 과다출혈 때문에 어지러운 것 같았다.

"가시와바라, 정신 차려! 곧 구급차가 올 거야."

"저는 괜찮으니까 어서 나오토 씨한테 가보세요."

"나오토 씨한테? 왜?"

"아이고, 제 말 안 들으셨어요? 다시 밤이 되면 이번엔 어떤 일이 벌어질지 몰라요. 미유키 씨의 혼령은 이제 사냥감을 가지고 노는 데 질린 것 같아요. 아까도 히로코 씨를 정말 죽일 작정이었어요. 그런데 혼령은 실체가 없으니 우리처럼 평범한 사람은 막을 방법이 없어요. 그러니까 그 혼령의 육체를 없애야 해요. 정말 미유키 씨가 살아나서 이런 일이 일어나는 거라면, 다이몬의 말처럼 미유키 씨가 생과 사의 틈에서 버둥거리는 괴물이 되었다면 그 육체를 없애는 수밖에요."

"그러면 정말 모든 게 끝날까?"

"모르죠. 하지만 지금은 그 방법밖에 없어요."

히로코가 망설이는 동안에도 가시와바라의 얼굴은 점점 창백해졌다. 바로 옆 바닥에 누운 마야는 멍하니 히로코 쪽을 보고 있었다. 꿈속에 있는 것처럼 공허한 눈으로 무엇을 보고 있을까. 마야, 이런 일에 휘말리게 해서 정말 미안해. 힘없이 누워 있는 마야를 보니 가슴이 아팠다.

"히로코 씨, 이러고 있을 때가 아니에요. 서둘러야 해요. 또 밤이 돼서 미유키 씨의 혼령이 힘을 발휘하면 이번엔 정말 히로코 씨 목숨이 위험해요!"

"아니야. 이제 됐어."

히로코가 맥없이 고개를 젓자 가시와바라가 어째서냐고 묻는 듯 눈을 크게 떴다.

"더는 다른 사람한테 피해를 주고 싶지 않아. 나를 죽이고 싶으면 그러라고 해. 미유키 씨의 혼령이 화내는 이유도 알 것 같

아. 나오토 씨와 정말 아무 일도 없었지만, 내가 좋아했던 건 사실이야. 어쩌면 미유키 씨한테서 나오토 씨를 빼앗고 싶은 마음도 있었을 거야. 미유키 씨가 그런 내 마음을 느끼고 상처를 받았다면 내가 벌을 받는 게 맞을지도 몰라."

"무슨 소리를 하는 거예요!"

가시와바라가 히로코의 손을 움켜잡았다.

"이제 히로코 씨 혼자만의 문제가 아니에요. 상대는 인간이 아니라 증오의 에너지로 똘똘 뭉친 괴물이라고요. 아까 스튜디오에서 녹화할 때 미유키 씨의 혼령이 죽은 영능력자의 몸을 조종해서 제 앞에 나타나 사고를 일으켰어요. 히로코 씨 주변의 모든 사람을 저주하고 있는 거예요. 이제 멈출 수 없어요."

"그럴 수가…… 말도 안 돼."

"밤이 돼서 미유키 씨 혼령의 힘이 강해지면 친구분은 또 빙의가 될 거예요."

가시와바라의 시선이 마야에게 향했다.

"그렇게 되면 이 분의 몸도 버티기 힘들겠죠. 게다가 증오심만 남은 미유키 씨의 혼령에게 인간다운 감정이 있을 리 없으니 결국엔 나오토 씨와 아이도 위험해질 수 있어요."

가시와바라의 말이 히로코의 가슴에 무겁게 와닿았다.

"알았어. 그래도 네 상처부터 치료하자."

"저는 괜찮으니까 히로코 씨는 미유키 씨 혼령의 육체가 있는 곳으로 가세요. 지금도 그 힘이 강해지고 있을 거예요. 다시 해가 지면 어떤 일이 벌어질지 몰라요. 그 전에 반드시 육체를 없애야 해요."

"가시와바라……."

사이렌 소리가 아까보다 훨씬 가깝게 들렸다.

"경찰이 오면 일이 번거로워져요. 다이몬 사건도 있었으니까요. 히로코 씨는 피해자지만 여러 사건에 엮여 있어서 경찰 조사가 금방 안 끝날 거예요. 그랬다가는 밤이 되기 전에 이 문제를 해결할 수 없어요. 자, 어서 가세요."

간밤의 상황은 카메라로 다 찍었으니 경찰도 히로코나 가시와바라를 의심하지는 않을 것이다. 아니, 어쩌면 오히려 영상을 찍었다는 사실 때문에 의심을 살지도 모른다. 어쨌든 히로코를 쉽게 놓아주지는 않을 테니 이대로 있다가는 경찰서에서 밤을 맞을 가능성이 크다.

"알았어."

히로코가 서둘러 잠옷을 벗기 시작하자 가시와바라가 당황하며 고개를 돌렸다. 이런 상황에서도 수줍어하는 모습이 귀여웠다. 만약 살아서 돌아온다면 이 남자와 사랑에 빠지는 것도 나쁘지 않겠다는 생각이 들었다.

청바지와 가죽 재킷으로 갈아입고 평소처럼 비디오카메라를 손에 들었다. 묵직한 카메라는 히로코에게 갑옷이자 검이다. 카메라를 어깨에 얹고 파인더를 들여다보면 아무리 험한 전장이라도 겁나지 않았다.

"가시와바라, 고마워. 모든 걸 끝내는 순간을 내가 꼭 찍어올게."

"기대하고 있을게요."

가시와바라가 싱긋 웃으며 눈을 감았다.

히로코가 문을 열고 복도로 뛰어나가자 문 앞에서 기웃거리던 이웃 주민들이 비명을 지르며 흩어졌다. 구급차를 불러줘서 고맙다고 감사 인사를 하고 싶었지만, 히로코 손에 들린 비디오 카메라가 흉기라도 되는 양 다들 순식간에 각자 집으로 들어가 버렸다. 그렇다고 그 사람들을 따라가 해명할 시간은 없었다.

엘리베이터 앞에 도착하자 경찰차 사이렌이 바로 근처에서 들려왔다. 엘리베이터를 타면 1층에서 경찰과 맞닥뜨릴 확률이 높았다. 히로코는 가시와바라의 피가 잔뜩 묻은 자신의 손과 바지를 본 순간 경찰을 무사히 지나칠 수 없으리란 사실을 깨달았다. 곧장 비상구의 무거운 철문을 열고 나선형 계단을 달려 내려 갔다.

다행히 계단과 연결된 아파트 뒤쪽 주차장에는 아무도 없었다. 재빨리 차에 올라타 시동을 걸고 의심을 사지 않게 천천히 출발했다. 아파트 앞쪽으로 나가자 방금 도착한 경찰차 세 대와 구급차가 보였다.

다행히 누군가 부상자가 있다고 신고를 했는지 구급대원이 들것을 가지고 안으로 뛰어 들어갔다. 히로코는 조금 떨어진 곳에 차를 세우고 소동을 지켜보았다.

한시라도 빨리 나오토의 집으로 가야 하지만 그 자리를 떠날 수가 없었다. 거리에는 하루를 시작하는 아침의 분주함이 감돌았다. 날이 저물 때까지 시간은 충분했다. 사실 그런 이유보단 무의식중에 나오토의 집에 가는 일을 미루고 싶었는지도 모른다.

구급대원들은 신속하게 가시와바라와 마야를 들것에 싣고 나왔다. 두 사람의 창백한 얼굴을 보자 가슴 깊은 곳에서 강렬한 사명감이 끓어올랐다.

나 때문에 벌어진 일이다. 내가 모든 것을 끝내야 한다.

두 사람이 구급차에 타는 모습을 확인하고 조용히 차를 출발시켰다. 가시와바라와 마야를 다시는 못 볼지도 모른다는 불안감이 가슴을 짓눌렀다.

○
26

이른 아침 도심에서 외곽으로 나가는 도로는 한산했다. 신호에도 거의 걸리지 않고 차는 부드럽게 나아갔다. 히로코의 차를 위해 누군가 신호를 바꿔주기라도 하는 것처럼, 횡단보도가 나올 때마다 타이밍 좋게 신호가 파란불로 바뀌었다. 알 수 없는 힘이 히로코를 끌어당기는 듯했다. 우연이라 치부하려 해도 정체를 알 수 없는 공포가 히로코를 발목까지 천천히 집어삼켰다. 정신을 차려보니 온몸에 소름이 돋아 있었다.

그래도 히로코는 가속페달에서 발을 떼지 않았다. 더는 도망갈 수 없다. 도망치는 방법으로는 복수의 화신으로 돌아온 미유키에게서 벗어날 수 없다. 미유키는 아무 잘못도 저지르지 않은 히로코를 강렬한 증오와 집착으로 쫓아온다. 말로 해서 통할 상대가 아니다. 맞설 수밖에 없다. 이미 많은 사람들이 휩쓸렸으니 더 이상 혼자만의 문제도 아니다.

한 시간 정도 지나 나오토가 사는 동네로 접어드는 산기슭에 이르자 주변 공기가 확연하게 달라졌다. 굽이굽이 좁은 산길 양옆에서 뻗어 나온 나뭇가지와 이파리가 햇살을 차단하고 있었다. 마치 저녁 무렵처럼 어둑해서 헤드라이트를 켜지 않으면 운전하기 위험할 정도였다.

산 안쪽으로 들어갈수록 숨이 막혔다. 거대한 괴물의 뱃속으로 들어가는 기분이었다. 괴물의 뱃속 같은 이곳에 나오토가 살고 있다. 히로코는 두려운 마음을 억누르듯이 가속페달을 깊게 밟았다.

언덕에 오르자 단번에 시야가 트였지만 열흘 전 처음 왔을 때와는 비교도 안 될 정도로 깊고 진득한 섬뜩함이 몰려왔다. 아직 오전인데도 붉은 흙먼지가 햇빛을 막아 스산한 분위기를 자아내고 있었다.

히로코가 느끼는 불길함은 흙먼지 때문만이 아니다. 히로코가 지금 향하는 곳, 그 어두운 마당 땅속에서 숨죽이고 있는 존재 때문이다.

산을 무자비하게 깎아 만든 갱지 끝에 홀로 떨어져 있는 집 한 채가 보였다. 쓰레기와 나뭇가지를 엮은 담장이 2층 창문을 가릴 정도로 높이 세워져 있는 나오토의 집이다. 그곳에 미유키가 있다. 히로코는 가속페달을 더욱 깊이 밟았다.

나오토의 집 5미터 정도 앞에 차를 세웠다. 심장이 요동쳤다.

미유키가 깨어나는 밤이 오기 전에 육체를 없애야 한다는 사실을 알면서 히로코는 아직도 망설이고 있었다.

내가 정말 할 수 있을까? 육체가 있으니 완전한 귀신은 아니라는 말인데, 어떤 모습이든 나오토의 아내인 미유키의 육체를 없앨 수 있을까? 육체를 없앤다는 건 정말 미유키를 죽인다는 뜻이다.

히로코가 망설이는 사이, 차 한 대가 바로 옆을 지나갔다. 그 뒤로 벌건 흙먼지가 피어올랐다. 관동 지방에는 벌써 몇 주나 비가 오지 않아 지면이 물기 하나 없이 건조했다.

히로코는 멍하니 그 차를 바라보았다. 저쪽에는 나오토의 집밖에 없는데 어디로 가는 걸까? 차가 나오토의 집 앞에서 멈추더니 양쪽 문이 동시에 열렸다. 초로의 남녀가 차에서 뛰어내려 나오토의 집으로 들어갔다.

두 사람의 뒷모습에서 심상치 않은 결의가 느껴졌다. 저 기이하고 음산한 집에 발을 들이는 것이니 각오가 필요하리라. 하지만 그들은 히로코처럼 두려움을 느끼는 것 같지는 않았다.

저 두 사람은 누구일까? 차 안에서 가만히 문을 응시하고 있는데 아까 들어갔던 사람들이 밖으로 나왔다. 남자가 하루토를 가슴에 안고 있었다. 자는 걸 깨워 그대로 데리고 나왔는지, 잠옷차림의 하루토가 거세게 버둥거렸지만 남자는 망설임 없이 하루토를 차 안에 밀어 넣었다.

뒤따라 여자가 현관에서 나왔다. 나오토의 모습도 보였다. 여자가 나오토에게 뭔가 사정하듯 이야기했다. 히로코는 넋을 놓고 그 여자와 하루토를 태운 차를 지켜봤다. 창문을 내리자 바람에 실려 어렴풋하게 말소리가 들려왔다.

"정말 하루토만 데려가도 되겠니? 나오토, 너도 우리랑 같이 가자. 이런 집에 더 있다가는 정신이 아예 이상해질 거야."

나오토는 비통한 표정으로 고개를 저을 뿐이었다.

"여보, 서둘러! 나오토, 너는 나중에 다시 얘기하자."

남자는 나오토의 마음이 바뀌기 전에 하루토를 데려가고 싶은지 초조한 목소리로 여자를 재촉했다.

여자가 문을 열자 포치가 먼저 차에 올라탔다. 여자는 깜짝 놀란 것 같았지만 그대로 차에 타더니 문을 닫았다. 차는 곧바로 벌건 흙먼지를 날리며 히로코를 향해 달려왔다. 히로코는 시트를 젖혀 몸을 숨겼다.

스쳐 지나가는 순간 창밖으로 본 두 사람의 얼굴은 깊은 슬픔에 잠겨 있었다. 아마 나오토의 부모님일 것이다. 히로코는 자기 주변뿐만 아니라 여러 곳에서 일어나는 비극에 가슴이 아팠다. 무엇보다 폐인이 된 나오토를 구해주고 싶었다.

"나오토 씨, 지금 갈게요."

나오토의 집 앞에 차를 세우고 히로코는 조수석으로 눈길을 돌렸다. 히로코의 파트너인 커다란 비디오카메라가 거기 있었다. 앞으로 일어나는 일을 다 촬영하더라도 공개할 생각은 없었다. 하지만 가시와바라에게 모든 것을 끝내는 순간을 기록하겠다고 약속했을 뿐 아니라, 혼자서는 도저히 들어갈 엄두가 나지 않았다. 히로코에게는 파트너가 필요했다.

"같이 갈래? 네가 모든 걸 같이 봐줄래?"

평소라면 절대 하지 않았을 행동이지만 히로코는 카메라를 향해 질문을 던졌다. 물론 카메라는 아무 대답도 하지 않았다. 그래도 히로코의 눈에는 카메라가 끄덕이는 것처럼 보였다. 마음 깊은 곳에서 용기가 솟아났다.

"그래. 같이 가자."

히로코는 비디오카메라를 들고 차에서 내렸다.

"나오토 씨, 계세요? 저 히로코예요."

초인종을 누르고 외쳐도 아무 응답이 없었다. 조금 전에 집으로 들어가는 모습을 봤으니 분명 안에 있을 것이다. 집 안을 통하지 않고 곧장 뒷마당으로 가려고 봤더니 통로가 쓰레기 더미로 완전히 막혀 있었다.

혹시나 하는 마음에 현관문 손잡이를 돌려보니 문이 맥없이 열렸다. 사실은 내키지 않았지만 마음을 굳게 먹고 안으로 들어갔다. 정적이 맴도는 실내는 몇 년 동안 비어 있던 것처럼 황폐했고 인기척은 전혀 느껴지지 않았다.

"나오토 씨, 거기 있는 거 알아요."

안쪽을 향해 소리쳤으나 여전히 대답은 없었다. 아무리 기다려도 나오토가 나올 것 같지 않아 일단 현관 안으로 발을 들였다.

집 상태는 히로코가 요전에 왔을 때보다 훨씬 심각했다. 바닥에는 작은 돌맹이부터 어디서 왔는지 모를 유리 파편까지 흩어져 있었다. 나오토가 가족을 위해 마련한 보금자리에 신발을 신고 들어가고 싶지는 않았지만 히로코에게는 선택권이 없었다. 마당으로 가야 하기 때문에 신을 벗을 수 없었다.

"미안해요. 용서해줘요."

히로코는 나지막하게 용서를 구하며 부츠를 신은 채 안으로 들어갔다.

어둑한 복도를 조심스레 나아갔다. 목적지는 불길한 기운이 흘러넘치는 마당이었다. 목덜미가 찌릿찌릿하고 한 발 한 발 디딜 때마다 모래가 버석거렸다. 히로코는 줄곧 뒤를 돌아보며 신중하게 걸음을 옮겼다.

마음 같아서는 지금 당장 도망치고 싶지만 더는 그럴 수 없다. 5년이나 도망 다녔는데도 결국 벗어나지 못했다. 이제는 맞서야 한다. 사태는 이미 돌이킬 수 없는 지경까지 와버렸다.

거실로 이어지는 문을 연 순간 히로코는 마른침을 삼켰다. 소파에 나오토가 앉아 있었다. 소파에 깊이 몸을 묻고 축 늘어져 있어서 언뜻 정신을 잃은 사람처럼 보였다.

"나오토 씨."

히로코는 가슴을 쓸어내리며 어슴푸레한 거실 벽을 더듬어 전등을 켰다. 형광등이 잠시 주저하듯 깜빡이더니 황량하기 그지없는 거실을 하얀빛으로 채웠다.

넋 나간 듯 앉아 있는 나오토를 보고 히로코는 낯선 공포를 느꼈다.

나오토의 정신력이 이미 바닥났음을 단번에 알 수 있었다. 지난번 모습과는 완전히 달랐다. 그사이 정확히 어떤 일을 겪었는지는 몰라도 미유키와 관련된 일이 분명하다.

"너한테 피해만 주고, 정말 미안하다."

시선은 다른 곳에 둔 채 나오토가 나지막이 말했다.

"나오토 씨, 말해주세요. 저 마당에서 대체 무슨 일이 벌어지고 있는 거죠?"

왜 죽은 미유키가 저 마당 밑에 있는지 도저히 이해할 수 없었다.

"거기 앉아. 긴 이야기니까. 네가 꼭 들어줬으면 좋겠어. 믿을지 말지는 네 자유지만…… 아마 넌 믿겠지. 지금 네가 여기 왔다는 건 그때처럼 또 이상한 일들이 벌어지고 있다는 뜻일 테니까."

히로코는 비디오카메라의 렌즈가 마당을 향하도록 내려놓고서 소파에 걸터앉았다.

히로코가 앉자 나오토는 어린아이에게 옛날이야기를 들려주듯 다정하고 나긋한 목소리로 이야기를 시작했다.

이 집에서 지낸 행복했던 시간, 가벼운 장난기로 도마뱀 꼬리에서 몸이 자란다고 하루토에게 거짓말을 했던 일, 거짓말을 했다고 고백하지 못하고 뒷산에서 도마뱀을 잡아다가 땅속에 묻고 마치 도마뱀이 살아난 것처럼 하루토를 속인 일, 엄청난 잘못을 저지른 것 같은 찜찜함을 느낀 일, 그 반년 후 미유키를 덮친 사고, 하루토가 쥐고 있던 미유키의 손가락, 그 손가락을 마당에 묻고 매일같이 물을 주며 엄마를 되살려내기 위해 주문을 외운 하루토……

나오토의 시선이 마당으로 향했다.

"하루토가 묻은 손가락에서 실제로 미유키가 자랐어. 저 마당에 손가락에서 자란 미유키가 있어."

"세상에, 그런…….'

믿을 수 없었다. 미유키가 마당에 묻혀 있다는 것만으로도 충분히 이상한 일인데 하물며 손가락에서 자란 미유키라니…….

"믿기 힘들지? 미친 소리 같겠지만…… 전부 다 사실이야."

짧은 침묵 뒤에 히로코가 입을 뗐다.

"아니요. 믿어요. 저한테도 상식으로는 믿기 힘든 일들이 일어나고 있으니까요. 하지만 저는 그것, 손가락에서 자란 그것이 미유키 씨라고 인정할 수 없어요. 그건 틀림없이 나오토 씨와 하루토까지 지옥으로 끌고 갈 거예요. 지금 본인 얼굴을 좀 보세요."

히로코는 소파에서 벌떡 일어나 벽에서 거울을 떼어 나오토의 코앞에 들이밀었다. 기력을 잃고 수척하게 야윈 얼굴, 눈 아래 짙은 그림자……. 나오토는 거울에 비친 자기 얼굴을 보고 힘없이 고개를 가로저었다. 모든 것을 체념한 모습이었다.

"나는 이제 어떻게 되든 상관없어. 하지만 네가 걱정돼. 이제 여기 오지 마. 나랑 만나지 않으면 미유키도 그만하겠지. 그 사람은 그저 우리 사이를 의심해서 그러는 거니까."

"아니요. 그렇게 안일한 기대가 통할 상대가 아니에요. 벌써 여러 사람들이 다치고 죽었어요."

"그럼 어떻게 하자는 거야?"

"미유키 씨의…… 지금 저 마당에서 숨죽이고 있는 육체를 없애는 수밖에 없어요."

히로코는 굳은 결의를 담아 말했다.

"육체를 없애?"

"그래요."

히로코가 나오토를 지나 마당 쪽 유리문으로 향했다. 나오토가 바싹 따라와 매달리듯 히로코의 어깨를 움켜잡았다.

"안 돼. 하지 마."

"나오토 씨. 정신 차려요! 미유키 씨는 죽었어요. 장례도 치렀잖아요. 손가락을 마당에 묻고 물을 주고 주문을 외고, 그렇게 손가락에서 자라난 건 당신 아내도 뭣도 아니에요. 질투와 증오만 남은 괴물이라고요."

"괴물……."

나오토가 히로코의 어깨를 놓고 그 자리에 털썩 주저앉았다. 마음이 아팠다. 너무 심하게 말했나 싶었지만 이대로 두면 그 괴물이 나오토와 하루토를 지옥으로 끌고 갈 것이 분명했다. 히로코는 자신의 행동을 정당화하며 커튼을 젖혔다.

유리문 너머 음산한 기운이 감도는 마당이 눈에 들어왔다. 온몸에 소름이 돋았다. 어두운 마당 한쪽 구석에 커다란 흙더미가 쌓여 있고 그 아래 괴물이 있다. 기억 속의 아름다운 미유키는 이제 존재하지 않는다. 한시도 주저할 수 없다.

유리문에 손을 뻗자 서늘함이 손을 타고 온몸에 퍼졌다. 히로코가 유리문의 잠금장치를 열고 힘껏 문을 열려는 순간, 뒤쪽에서 무언가가 히로코의 목을 감쌌다. 나오토의 손이었다.

"나오토 씨······."

"안 돼. 너는······ 절대로 안 돼. 미유키는 사랑하는 내 아내야."

나오토의 팔이 히로코의 목을 졸랐다. 히로코의 발이 공중에 붕 떴다. 경동맥이 막혀 뇌로 피가 통하지 않았다. 목소리도 나오지 않고 발버둥을 쳐봐도 아무 소용이 없었다. 그러다 갑자기 고통이 사라지면서 의식이 흐려졌다.

27

캄캄한 구멍 아래로 떨어지는 느낌에 깜짝 놀라 눈을 떴다. 뭔가에 쫓기는 꿈이었다. 심장이 빠르게 뛰었다. 눈앞에 보이는 천장은 익숙한 내 방이 아니다. 오랫동안 방치된 폐허 같았다.

잠시 지금 이곳이 어디인지 혼란스러웠으나 기억은 금세 돌아왔다. 목이 졸려 의식을 잃었던 히로코는 지금 나오토의 집 거실 소파에 누워 있었다.

나오토 씨는 어디 있을까?

몸을 일으키려다가 손발이 자유롭지 않다는 걸 알아차렸다. 손목은 등 뒤에서, 두 다리도 포장용 비닐 끈으로 묶여 있었다.

"정신이 들어? 다행이다. 이대로 눈을 뜨지 않으면 어쩌나 걱정했어."

목소리가 들리는 쪽으로 고개를 돌려보니 나오토가 마당으로 난 유리문 앞에 히로코를 등지고 앉아 있었다. 유리문이 활짝 열려 있어서 차가운 바람이 안까지 들어왔다. 담벼락 틈새로 비치는 햇빛이 피처럼 붉었다.

노을인가?

히로코는 번뜩 정신이 들었다. 얼마나 의식을 잃고 있었던 걸까? 벌써 해가 지고 있다. 제한 시간이 얼마 남지 않았다.

"풀어주세요! 부탁이에요. 나오토 씨, 이제 시간이 없어요."

몸을 비틀 때마다 비닐 끈이 손목을 파고들어 극심한 통증이 느껴졌다. 꽤 오래 묶여 있었는지 이미 손의 감각이 거의 없었다.

"곧 해가 질 거예요. 밤이 되면 그 괴물…… 미유키 씨의 힘이 깨어날 거예요. 밤이 오기 전에, 땅속에 있을 때 육체를 없애야 해요. 제발요. 풀어줘요! 시간이 없어요!"

"안 돼!"

듣고 싶지 않다는 듯이 고개를 저으며 나오토가 소리쳤다.

"그럴 수 없어. 미유키는 내 아내야."

시선을 여전히 마당에 고정한 채 천천히 일어서는 나오토의 손에 무언가 들려 있었다. 눈을 가늘게 뜨고 자세히 보니 날이 시퍼렇게 서 있는 낫이었다. 마당에 자란 잡초를 베려는 걸까?

석양을 등지고 히로코를 돌아보는 나오토의 눈빛에 강한 의지가 담겨 있었다. 히로코는 말없이 고개를 저었다. 심장이 요동쳤다.

"제발 그만둬요……. 나오토 씨, 제발……."

죽음을 예감하고 얼어붙은 히로코에게 나오토는 의외의 말을 꺼냈다.

"미유키를 죽이는 일을 너한테 떠맡길 수는 없어. 죽여야 한다면 그건 내가 할 일이야. 네 얘기를 듣고 정신을 차렸어. 손가락에서 자라난 그게 미유키일 리가 없지. 죽은 사람의 부활을 바라다니, 아무리 슬퍼도 그러지 말아야 했는데 내가 어리석었어. 미유키가 편히 잠들 수 있게 해줘야 하는 사람은 바로 나야."

목소리에는 한 치의 흔들림도 없었다. 나오토가 한 손에 낫을 쥐고 마당으로 내려갈 즈음엔 조금 전까지 피처럼 붉던 석양은 사라지고 어느새 잿빛 어둠이 마당을 뒤덮는 중이었다. 해는 엄청난 기세로 저물어 나오토가 겨우 몇 걸음 옮기는 사이 주변이 새카만 어둠에 잠겨버렸다.

"나오토 씨, 조심하세요!"

나오토가 마당 한구석 흙더미 쪽으로 걸어가는 모습을 히로코는 소파에 누워 기도하는 마음으로 지켜보았다. 거실 불빛은 어둠이 집어삼킨 마당으로 흘러넘쳐 마치 만삭의 배처럼 봉긋하게 부풀어 오른 흙더미를 또렷하게 비추었다.

나오토가 그 작은 흙더미로 천천히 다가갔다. 손에 쥔 낫이 형광등 불빛을 반사해 번쩍 빛을 냈지만 구로사키의 일본도나 마야의 식칼에 비해 그 빛은 한없이 미약했다. 그것으로 미유키에게, 황천길에서 되돌아온 자에게 맞설 수 있을까? 히로코는 손발이 묶여 꼼짝도 못 하는 자신이 답답해서 견딜 수 없었다.

"미유키…… 널 이렇게 힘들게 만들어서 미안해……. 슬픔은 슬픔으로 받아들이고 네가 편히 쉬기를 빌었어야 했는데 하루토에게 엉터리 주문을 가르쳐주면서 미련을 갖게 했어. 그러면 안 되는 건데, 다 내 잘못이야. 아름다운 너를 이렇게 만든 날 용서해줘. 미유키, 이제 편히 쉬어. 부탁이야."

나오토는 떨리는 목소리로 속삭이며 낫을 치켜들었다. 힘껏 내리치려는 순간, 흙더미가 미세하게 흔들렸다. 거대한 벌레가 기어 나오려는 것처럼 표면에 금이 가며 작은 돌멩이들이 굴러떨어졌다. 나오토의 움직임이 멈췄다.

해가 완전히 저물어 미유키가 얼굴을 내밀려 하고 있었다.

"나오토 씨, 망설이지 말아요! 제발, 빨리요! 시간이 없어요!"

히로코가 절규하듯 소리쳤다. 나오토가 다시 낫을 치켜들었다. 그렇지만 그것을 휘두르는 일은 없었다. 마치 땅을 긁는 듯한 흐느낌 소리가 나오토의 몸을 옭아맸다.

—너무해……. 너무해…….

황무지에 부는 바람처럼 스산한 울음소리가 울려 퍼졌다. 그 소리는 고막을 울리는 것이 아니라 히로코의 머릿속에 직접 와 닿았다.

"미유키, 당신이야?"

나오토의 목소리가 떨렸다.

"안 돼요. 나오토 씨, 그건 미유키 씨가 아니에요! 정신 차려요!"

히로코는 몸을 한껏 비틀다가 소파에서 굴러떨어졌다. 비닐 끈이 손목에 무참히 파고들었다.

—너무해……. 나는 당신을 이렇게 사랑하는데…….

흐느낌 소리는 서서히 선명한 울음소리로 바뀌었다. 치켜들었던 나오토의 손이 조금씩 내려가다가 마침내 무력하게 축 처지더니 손에 들려 있던 낫이 툭 떨어졌다.

"흐흑, 못 하겠어. 나는 못 해. 미유키를 죽일 수 없어."

나오토는 힘겹게 고개를 저으며 울먹였다. 떨리는 나오토의 어깨가 너무 작고 초라해 보였다.

역시 무리였을까…….

히로코가 완전히 절망감에 빠졌을 때, 마당 한쪽에서 고개를 떨구고 있던 나오토의 발 언저리에서 돌연 땅이 크게 솟아오르더니 갈라진 틈새로 새하얀 무언가가 툭 튀어나왔다.

거대한 뱀 같기도 하고 인간의 손처럼 보이기도 했다. 그 정체 모를 손이 나오토의 발목을 휘감더니 거칠게 끌어당겼다. 나오토의 몸이 공중에 붕 떴다가 그대로 바닥으로 쿵 떨어졌다.

나오토는 등을 땅에 세게 찧으며 나지막한 신음을 흘렸다.

"나오토 씨! 정신 차려요!"

히로코가 소리친 순간, 거실 형광등이 날카롭고 건조한 소리를 내며 잇달아 파열됐다. 거실은 순식간에 암흑에 싸이고 무참히 조각난 유리 파편이 히로코의 뺨을 스쳤다. 뒤이어 그을린 냄새가 진동했다.

조심스레 눈을 떠 마당으로 시선을 돌리자 눈이 조금씩 어둠에 익숙해졌다. 차갑고 푸르스름한 달빛이 비치는 마당에서 나오토는 비명조차 지르지 못하고 피리 같은 신음만 흘리며 허연 손에 끌려가고 있었다.

—너무해……. 너무해…….

그건 인간이었던 미유키의 힘이 아니었다. 근육질에 체구가 큰 나오토가 버둥거리면서도 대책 없이 끌려갔다.

"미유키, 나야. 그만해. 나한테 왜 이러는 거야."

패닉에 빠진 나오토가 자기 발목을 잡고 있는 손을 떨쳐내려고 안간힘을 썼지만 새하얀 손은 절대 떨어지지 않았다. 그리고 마침내 그 하얀 손의 주인이 나오토의 다리를 동아줄 삼아 지상으로 모습을 드러내려 하고 있었다.

—도망가지 말아요……. 부탁이에요……. 여보…… 사랑해요……. 나한테는 당신밖에 없어요.

히로코는 극심한 공포 때문에 숨이 막힐 듯했지만 도저히 눈을 뗄 수 없었다. 흙투성이 생물이 거칠게 숨을 토하며 땅속에서 스멀스멀 기어 나왔다. 그 생물은 온몸이 불쾌해 보이는 점액질로 뒤덮여 있었다. 간신히 도망친 나오토가 비명을 내지르며 네 발로 기다시피 뒤로 물러났다.

—왜 날 피해요? 나는 당신의 아내예요.

몸에 붙은 흙이 떨어져나가자 투명하고 흰 피부의 여인이 나타났다. 여인은 나오토 쪽으로 천천히 걸음을 옮겼다.

"미유키 씨……?"

히로코는 여인의 아름다운 자태에 숨을 삼켰다. 그러나 그 모습은 오래가지 못했다. 곧바로 미유키의 아름다운 얼굴이 일그러지며 창백해지더니 전신에 수포가 번졌다.

인간이 죽으면 체내에서 가스가 발생해 며칠만 지나도 풍선처럼 부풀어 오른다는 얘기를 들은 적 있다. 그 며칠간의 과정을 빨리감기로 보여주는 것처럼 미유키가 한 걸음을 내디딜 때마다 형체가 흉측하게 뭉그러졌다.

썩어 짓무른 육체에서 발생한 가스가 차오르면서 미유키의 몸은 당장이라도 터질 듯 부풀어 올랐다.

"이게…… 이게 대체 뭐야?"

눈앞에서 꿈틀거리는 희뿌옇고 역겨운 괴물의 모습에 히로코는 구토가 치밀었다. 금방이라도 쏟아질 것처럼 튀어나온 커다란 눈동자에는 흰자위가 거의 없었다. 그 눈이 문득 히로코의 발밑에 놓인 비디오카메라로 향했다.

미유키의 얼굴이 더욱 흉측하게 일그러졌다. 그리고 건드리지 않은 비디오카메라의 전원이 켜지며 모터가 돌기 시작했다. 모터의 회전속도가 점점 빨라지더니 날카로운 고음이 나면서 몸체에서 연기가 피어올랐다. 픽 소리와 함께 비디오카메라가 불을 뿜으며 타버렸다.

히로코는 비명을 지르며 손발이 묶인 몸을 잔뜩 웅크렸다. 웃음소리가 들려왔다. 이가 하나도 없는 입을 크게 벌리고 온몸을 떨며 미유키가 웃고 있었다. 그 웃음소리는 아이처럼 천진난만했지만 몸서리치게 잔혹했다.

미유키는 한바탕 웃고 나서 히로코에게 흥미를 잃었는지 다시 나오토를 향해 몸을 돌렸다.

—여보…… 너무 외로웠어요. 이제 영원히 함께해요. 절대 당신을 놓치지 않겠어요.

다리가 풀려 주저앉은 나오토에게 미유키가 사랑을 속삭이듯 말을 건네며 몸을 겹치려 했다. 나오토는 사랑하던 아내의 끔찍한 모습에 절망한 듯 새된 비명을 질렀다.

"그게 당신 아내예요? 그런 괴물을 사랑할 수 있어요? 그 괴물이 미유키 씨가 아니라는 사실을 당신도 알잖아요."

히로코가 애타게 외쳤지만 나오토는 아무 대꾸도 하지 못한 채 넋을 놓고 있었다. 그러는 동안에도 미유키, 아니 괴물은 나오토에게 서서히 다가갔다.

"정신 차려요! 나오토 씨, 도망쳐요!"

나오토는 그저 주저앉아 현실을 인정할 수 없다는 듯 힘없이 고개를 저을 뿐이었다. 충격이 너무 큰지 제대로 판단을 하지 못하는 상태 같았다.

히로코는 울먹이는 나오토를 등지고 손목의 끈을 끊을 만한 물건이 있는지 필사적으로 찾기 시작했다. 형광등 파편은 너무 작아서 쓸 수가 없었다. 아무리 둘러봐도 적당한 것이 보이지 않아 마음만 급해지고 이러다 나오토가 끌려가버릴까 봐 초조해서 견딜 수 없었다.

"나, 나오토 씨……."

극심한 손목 통증을 견디며 마당 쪽으로 몸을 돌리는 순간 가죽 재킷 주머니에서 무언가 바닥으로 떨어지면서 둔탁한 소리가 났다. 은색 지포 라이터였다. 미유키가 알아채기 전에 재빨리 라이터를 움켜쥐었다.

―여보…… 당신은 나만의 것이에요. 누구에게도 빼앗길 수

없어요.

마치 주문을 외는 듯한 미유키의 낮은 말소리가 끊임없이 울려 퍼졌다. 미유키는 나오토의 발목을 잡고 자기 소굴로 끌고 가려 했다. 나오토는 개미지옥에 빠진 먹잇감처럼 무력하게 버둥거리며 지옥으로 끌려가고 있었다.

히로코는 손으로 더듬어 라이터 뚜껑을 열고 불을 붙였다. 뜨거웠다. 손목에 불이 가까워지자 살 타는 냄새가 났지만 아파할 여유는 없었다. 어금니를 악물고 손목에 힘을 실었다. 툭 하고 비닐 끈이 끊어지며 팔이 자유로워졌다. 히로코는 발목의 끈도 같은 방법으로 끊어버리고 마당으로 달려 내려갔다.

"놔! 나오토 씨를 놓아줘!"

히로코는 마당에 떨어진 낫을 주워 나오토를 땅속으로 끌고 가려는 미유키를 향해 있는 힘껏 휘둘렀다. 낫은 아주 쉽게 미유키의 몸에 꽂혔지만 미유키는 딱히 아파하는 기색을 보이지 않았다. 그저 매서운 눈빛으로 히로코를 노려볼 뿐이었다.

—용서 못 해. 널 죽일 거야.

"나는 신경 쓰지 말고 빨리 도망가."

나오토가 명료한 목소리로 말했다. 히로코의 존재가 나오토의 정신을 깨운 것 같았다. 나오토의 제안은 매력적이었다. 전부 외면하고 도망치고 싶었다. 하지만 아무 소용도 없을 것이다. 미유키는…… 미유키의 증오심은 다시 히로코를 찾아내 괴롭히고 저주할 것이다. 그리고 결국 나오토를 죽음으로 이끌어 소유하려 할 것이다.

"싫어요. 이제 다시는 도망치지 않을 거예요. 더는 도망가고 싶지 않아요. 나는 이 여자 때문에 1년이나 병원에 갇혀 있었어요!"

공포와 슬픔보다 거대한 분노가 솟아났다. 히로코의 눈길이 마당 구석에 나뒹구는 삽에 닿았다. 히로코는 삽을 집어 들고 두 손으로 단단히 고쳐 쥐었다.

"그만해. 당신은 이미 죽었어!"

히로코는 나오토의 발목을 잡은 미유키의 팔을 겨냥해 삽에 체중을 실어 있는 힘껏 찍어 내렸다. 둔탁한 감각이 느껴짐과 동시에 짐승의 포효가 울려 퍼졌다. 잘려나간 팔이 마당에 나뒹굴었고 미유키는 몸부림쳤다. 살 썩는 악취가 진동하는 녹색 액체와 새빨간 피가 사방으로 튀었다.

"미유키……."

가까스로 자유를 찾은 나오토가 땅 위에서 버둥거리는 창백한 덩어리를 망연히 바라보았다.

"나오토 씨, 저 여자 팔을 보세요."

손목이 잘려나간 미유키의 팔에서 순식간에 새살이 돋아났다. 손가락에서 재생된 존재이니 이 정도 상처쯤이야 대수롭지 않은 것일까.

다시 일어서려는 미유키에게 히로코는 다시 한번 삽을 휘둘렀다. 힘을 실어 몸 전체로 돌진하듯 부딪혀봤지만 미유키는 너무나 간단히 히로코를 밀쳐냈다.

"히로코!"

벽 쪽으로 내던져진 히로코에게 나오토가 달려왔다. 하지만 나오토는 미유키를 공격할 마음이 없는 것 같았다. 미유키에 대한 마음을 떨쳐내지 못한 것일까? 나오토는 기괴하게 포효하는 저 괴물에게 아직도 애정을 느끼는지도 모른다. 히로코는 가슴이 찢어질 듯 아팠다. 하지만 이럴 때가 아니었다. 정신을 차리고 도망갈 방법을 찾아야 한다. 하지만 해괴한 담장이 성벽처럼 둘러싼 마당에 출구는 없었다.

"이쪽이에요, 나오토 씨. 안쪽으로 도망가요."

히로코가 나오토의 손을 잡고 집 안으로 뛰어들자마자 거실에서 복도로 나가는 문이 눈앞에서 쾅 닫혔다. 손잡이를 돌려도 문은 꿈쩍도 하지 않았다.

—넌 아무 데도 못 가. 감히 내 남편을 훔치려고? 용서 못해…… 절대 용서 못 해…….

등 뒤에서 저주 같은 중얼거림이 들려왔다. 미유키가 거대한 몸을 좌우로 흔들며 마당에서 거실로 기어오르고 있었다.

"안 돼. 오지 마!"

히로코는 나오토의 손을 놓고 온몸으로 문에 부딪혔지만 그대로 튕겨 나와 엉덩방아를 찧었다. 나오토는 여전히 넋이 나간 듯 그저 가만히 서 있을 뿐이었다. 그때 바닥에 나뒹구는 비디오카메라가 히로코의 눈에 들어왔다.

카메라는 온통 새카맣게 그을린 상태였다. 더는 사용할 수 없을 것이다. 지금껏 수많은 사건 사고 현장에서 히로코에게 용기와 힘을 불어넣어 주던 파트너가 미유키 때문에 무참히 망가졌다. 소중한 내 파트너…… 히로코의 몸이 분노로 달아올랐다.

비디오카메라를 주워 들고 반동을 이용해 문을 힘차게 내리쳤다. 5킬로그램이 넘는 금속 덩어리의 충격으로 목제 문이 부서졌다.

"나오토 씨, 어서요!"

히로코는 부서지고 남은 문틀을 뛰어넘어 멍하니 서 있는 나오토의 손을 잡아끌며 복도를 빠져나왔다. 두 사람이 현관 밖으로 뛰쳐나와 뒤를 돌아봤을 때 미유키의 모습은 보이지 않았다. 몸이 재생된 지 얼마 되지 않아서인지 움직임이 둔한 것 같았다.

"얼른 여기서 벗어나야 해요."

어디로 도망치든 미유키가 금세 찾아내겠지만 어쨌든 이 섬뜩한 집에서 최대한 멀리 떨어져야 한다.

히로코는 나오토를 조수석에 밀어 넣고 운전석에 앉았다. 자동차 시동을 걸려고 열쇠를 돌렸지만 쿡쿡쿡쿡 웃음소리 같은 진동만 울릴 뿐 시동이 걸리지 않았다. 한 번도 이런 적이 없었다. 늘 바로 시동이 걸렸는데…….

하하하하.

자동차 진동음 위에 또 다른 웃음소리가 겹쳐졌다. 현관에 홀연히 모습을 드러낸 미유키가 사이드미러에 비쳤다.

가로등이 하나씩 꺼지며 서서히 어둠이 주변을 둘러쌌다. 차에 시동이 걸리지 않는 것도 미유키 짓이었다.

"안 되겠어요. 내려요! 숲으로 도망쳐요."

히로코는 나오토의 손을 잡고 차에서 뛰어내렸다. 그런 두 사람을 방해하듯 돌풍이 불어와 벌건 흙먼지가 휘몰아쳤다. 도저히 눈을 뜰 수가 없었다. 두 사람은 모래바람을 피해 숲으로 도망쳤다.

"미유키…… 미안해. 내 잘못이야. 용서해줘."

나오토는 히로코와 함께 달리면서도 걱정스러운 눈빛으로 뒤를 돌아보며 연신 미유키에게 사과했다. 그 말에 이끌리듯 미유키는 휘청거리며 두 사람을 쫓았다.

28

걸음을 옮길 때마다 나뭇가지 부러지는 소리가 숲에 울렸다. 산짐승이 다니는 길을 기듯이 더듬으며 나아갔다. 어디까지 가야 안심할 수 있을까? 히로코는 나오토의 손을 꽉 잡고서 숲속 깊숙한 곳까지 계속 걸었다.

새 울음소리가 들리고 짐승의 기척이 날 때마다 혹시 미유키가 아닐까 가슴을 졸였다. 그때마다 소리가 나는 반대편으로 정신없이 방향을 바꿔 걸었더니 이제 나오토의 집이 어느 쪽인지도 알 수가 없었다. 아까부터 같은 장소를 맴도는 기분이 들었다. 아니면 그저 보이는 풍경이 비슷해서 그렇게 느끼는 것인지도 모른다.

머릿속이 혼란스러웠다. 침착하게, 냉정하게 판단해야 한다. 히로코가 스스로를 다잡으며 눈앞을 가로막는 나뭇가지를 쳐내는 순간, 고요한 숲속에 갑자기 요란한 벨소리가 울렸다. 가죽 재킷 주머니에서 작은 동물이 떨듯 휴대폰이 진동하기 시작했다.

타이밍이 좋지 않았다. 미유키한테 들킬지도 모른다는 불안감에 황급히 꺼내 든 휴대폰 화면에는 발신자 이름이 뜨지 않았다. 히로코는 불길한 예감을 애써 떨치며 용기를 내서 통화 버튼을 눌렀다.

—돌려줘……. 내 남편을 돌려줘…….

미처 귀에 대기도 전에 낮은 음성이 전화기 밖까지 흘러넘쳤다. 당장이라도 휴대폰을 내던지고 싶었지만 히로코는 솟구치는 공포심을 간신히 억눌렀다. 도망치기만 해서는 아무것도 해결할 수 없다. 맞서야 한다. 미유키에게 제대로 이야기해야 한다. 가능하다면 오해를 풀고 싶다. 히로코는 자신을 타이르며 용기를 냈다.

히로코는 크게 심호흡한 뒤 휴대폰을 귀에 댔다.

"미유키 씨, 내 말을 들어봐요. 당신은 이미 죽었어요. 이제 나오토 씨를 괴롭히지 마세요. 그리고 나와 나오토 씨는 아무 사이도 아니에요. 5년 전에 확실히 말했어야 했는데 그땐 당신의 그 기이한 힘이 무서워서 아무 변명도 하지 못했어요. 그때 당신에게 분명하게 설명했다면 지금 이런 일도 일어나지 않았을 텐데……."

—돌려줘……. 내 남편을 돌려줘……. 빼앗기지 않을 거야……. 죽여버리겠어.

하지만 미유키에게는 히로코의 말이 들리지 않는지 증오의

270

말만 끊임없이 돌아왔다. 광기 어린 질투 때문에 되살아난 괴물이니 애초에 말이 통할 리 없었다.

히로코는 이제 무슨 말을 해야 좋을지 알 수 없었다. 그때 휴대폰에서 신경을 긁는 잡음이 들리기 시작하더니 그 소리가 순식간에 커지며 고막을 가격했다. 그 소리에서 강렬한 악의가 느껴져 히로코는 휴대폰을 귀에서 뗄 수밖에 없었다.

"소용없어요. 이야기를 전혀 듣지 않아요."

한숨을 깊게 내쉬며 미안한 표정을 짓고 있던 나오토가 별안간 눈을 크게 떴다. 그 눈은 히로코의 손에 고정되어 있었다. 휴대폰 스피커 구멍에서 실처럼 가늘고 기다란 벌레가 쏟아져 나왔다.

히로코는 비명을 지르며 휴대폰을 발밑으로 내던졌다. 화면이 깨지며 거미줄 같은 금이 생기더니 그 틈새로 미유키의 악의 가득한 웃음소리가 벌레와 함께 흘러나왔다.

"나오토 씨, 이쪽이에요."

히로코와 나오토는 또다시 컴컴한 숲속을 헤매기 시작했다.

숲에는 덤불과 나무, 짐승의 기척이 가득했다. 몇 시간째 숲속을 헤매는 동안 금방이라도 미유키가 나타날지도 모른다는 두려움에 두 사람은 한시도 마음 편하게 쉴 수 없었다. 어디까지 도망쳐야 할까. 미로 같은 숲은 히로코와 나오토를 자꾸 더 깊은 곳으로 몰아넣었다.

그때 히로코의 몸이 갑자기 뒤로 당겨졌다. 히로코와 손을 잡고 있던 나오토가 우뚝 멈춰 선 것이었다. 히로코가 놀라서 돌아보니 나오토는 이제 한 발자국도 떼지 않겠다는 듯한 비통한 표정으로 서 있었다.

나오토의 눈빛은 생사를 오가는 환자처럼 미약했다. 한동안 건강을 돌보지 않은 나오토에게 산길을 달리는 일은 체력적으로 버거웠을 것이다.

하지만 이런 곳에 이렇게 있다가는 금세 미유키에게 발각될 터였다. 히로코는 두 사람이 달려온 방향으로 시선을 돌렸다. 숲을 흔드는 바람에는 살이 썩는 악취가 실려 있었다. 미유키가 바로 근처까지 와 있다는 뜻이다.

당장 숨을 장소가 필요했다. 어두운 주변을 샅샅이 더듬던 히로코의 눈길이 한 지점에 멈췄다. 정체 모를 묘한 감각이 느껴졌다. 위험한 짐승이나 미유키의 기척과는 정반대인 따스한 느낌이었다.

어둠 속에서 붉은 기둥이 어렴풋이 보였다. 붉은 칠이 많이 벗겨졌지만 분명히 도리이*였다. 그 너머 무성한 잡초 사이로 작은 건물이 보였다. 오래된 신사였다.

신사는 수십 년 이상 사람 손길이 닿지 않았는지 황폐한 상태로 길도 없는 산속에 덩그러니 남아 있었다. 예전에 있던 길은 사람의 발길이 끊기면서 잡초와 나무에 뒤덮여 사라진 것 같았다.

---

* 일본 신사의 입구에 세우는 문.

망설일 시간이 없었다. 미유키가 바로 뒤까지 바짝 쫓아오는 상황이니 사악한 힘에 대항할 신성한 힘을 빌리고 싶었다.

"조금만 더 힘내요. 저기까지 뛸 수 있겠어요?"

히로코가 말을 걸어도 나오토는 가만히 그 자리에 서 있었다.

"정신 차려요. 당신은 원래 이렇게 약하지 않았잖아요!"

히로코는 나오토의 손을 억지로 잡아끌며 잡초에 파묻힌 신사 안으로 뛰어들었다. 아주 오랫동안 방치되었는지 바닥에는 흙먼지가 가득했지만 누군가 생활했던 흔적이 약간 남아 있었다. 아이들이 비밀기지로 쓰거나 근처를 헤매던 불량배가 잠시 몸을 숨기는 용도로 사용했는지도 모른다.

"아무 소리도 내지 마세요."

만일을 위해 주의를 주었지만 히로코는 괜한 걱정이라는 걸 알고 있었다. 신사 안으로 들어오자마자 나오토는 전원이 나간 기계처럼 풀썩 주저앉아 무릎을 끌어안고 얼굴을 파묻었다.

밖에서 바스락대는 낙엽 소리가 났다. 낙엽이 바람에 날리는 소리가 아니라 누군가 낙엽을 밟을 때 나는 소리였다. 히로코는 숨을 죽이고 문틈 사이로 밖을 내다보았다. 보랏빛이 도는 하얀 덩어리가 달빛을 받으며 나무 그림자 사이를 이동하고 있었다. 미유키다!

미유키는 낮게 신음하며 어둠 속을 걷고 있었다. 마치 갓 태어난 동물처럼 움직임이 굼뜨고 어색했다. 온몸이 희끄무레한 점액질로 뒤덮여 있는 것처럼 보였는데 자세히 보니 몸에서 무언가 계속 떨어져 나오고 있었다.

"저것 좀 보세요. 뭔가 이상해요."

히로코는 나오토에게 낮게 속삭였다.

미유키의 몸에서 뚝뚝 떨어지는 건 살점이었다. 끈적끈적한 썩은 살점이 녹아내리며 땅으로 떨어졌다. 영상을 빨리 감아 시체가 부패하는 과정을 보여주는 것처럼 썩은 살점이 떨어지는 동시에 다시 새살이 차올랐다. 새로 올라온 피부는 아주 잠깐 생기를 띠는 듯하다가 곧바로 부패 가스가 부풀어 오르며 이내 썩어서 떨어져 나갔다.

미유키는 재생과 죽음을 엄청난 속도로 반복하며 자연의 섭리에 필사적으로 저항하고 있었다. 나오토에 대한 집착과 히로코를 향한 증오 때문이었다. 히로코는 미유키의 그 집념이 몹시도 두려웠다.

죽었으나 되살아나서 썩어가는 육체로 사랑하는 남자를 찾아 숲속을 배회하는 미유키가 어쩐지 애처로워 보였다. 하지만 결코 동정할 수는 없었다. 동정은 자신의 목숨과 나오토의 목숨을 내준다는 의미니까.

미유키가 걸음을 멈추고 천천히 사방을 둘러봤다. 뭔가 느낀 걸까? 지금 이곳에서 미유키에게 들키면 결과는 불 보듯 뻔했다. 히로코는 출구가 하나뿐인 사당 안으로 숨어든 것을 후회했다.

심장이 터질 듯이 격하게 고동쳤다. 미유키에게 들킬지도 모른다는 공포에 온몸이 딱딱하게 굳었다. 그저 숨을 죽이고 위기의 순간이 무사히 지나가기를 기다렸다.

히로코의 소망이 이루어진 것인지 신사의 신성한 기운 덕인지, 목을 길게 빼고 주위를 살피던 미유키는 결국 히로코와 나오토를 발견하지 못하고 숲속으로 사라졌다.

미유키가 서글프게 신음하며 사라져가는 뒷모습을 보면서 히로코는 얼어붙었던 몸이 서서히 녹는 것을 느꼈다.

신사 앞 도리이는 이승과 저승을 나누는 경계라는 이야기를 들은 적 있다. 어쩌면 도리이에는 미유키 같은 악귀를 막는 힘이 있는지도 모른다. 버려진 신사에도 성스러운 힘이 남아 있는 것일까. 히로코는 가슴을 쓸어내렸다.

"갔어요. 이제 괜찮아요."

히로코는 자기 자신을 안심시키듯 나오토에게 말했다. 나오토는 여전히 초점 없이 흐리멍덩한 눈으로 무릎을 끌어안고 앉아 있었다. 몸이 지친 것보다 사랑하는 아내, 너무나 아름다웠던 미유키가 끔찍하게 변해버린 사실에 큰 충격을 받은 듯했다.

무슨 말을 해야 좋을지 몰라 히로코는 그저 나오토 옆에 나란히 앉았다. 어깨가 가볍게 닿았다. 하얀 입김이 나올 정도로 추운 날이라 그런지 옷 너머로 전해지는 나오토의 체온이 따스하게 느껴졌다. 그 따뜻함이 히로코에게 안도감을 주었다.

히로코도 나오토처럼 무릎을 끌어안았다. 사당 안에 나오토와 나란히 앉아 있다는 사실이 어쩐지 기뻐서, 그저 이대로 있고 싶었다.

손목시계를 보니 이제 막 오전 두 시가 지난 참이었다. 꽤 오래 숲을 헤맨 것 같은데 날이 밝으려면 아직도 시간이 한참이나 남았다. 아침까지 이곳에 숨어 있으면 미유키는 다시 땅속으로 돌아갈 것이다. 그때는 히로코에게도 승산이 있다.

미유키가 다시 나타나면 훨씬 끔찍한 일이 벌어질 거라 예상했는데 미유키의 힘이 이 정도밖에 되지 않는다는 사실이 묘하게 불안했다. 왜 그냥 뒤를 쫓기만 할까.

신이시여, 저희를 지켜주소서. 히로코는 진심으로 기도했다. 이렇게 버려진 신사에도 과연 신이 있을지, 그 신이 두 사람을 구해줄지 알 수 없었지만 지금 할 수 있는 일은 기도뿐이었다.

"히로코."

나오토의 말소리에 히로코는 고개를 들었다. 바로 옆에 나오토의 얼굴이 있었다.

수척한 뺨에 수염이 아무렇게나 자란 얼굴인데도 가슴이 두근거리는 건 어쩔 수 없었다. 이렇게 가까운 곳에서 나오토의 얼굴을 보기는 처음이었다. 나오토의 눈은 어느새 예전처럼 지적이고 다정한 빛을 띠고 있었다. 잠깐의 휴식으로 마음의 안정을 찾은 듯했다.

"너를 이런 일에 휘말리게 해서 정말 미안해…… 5년 전 너한테 이상한 일이 일어난다고 했을 때, 내가 분명하게 이야기를 해야 했어. 네 얘기를 듣자마자 미유키가 한 짓인 걸 알았지만 인정하고 싶지 않았지. 아내가 보통 사람이기를 바랐으니까. 그 사람이 괴물 취급을 받는 게 싫어서 네 얘기를 듣고도 난 아무것도 하지 않았어. 그때 우리가 아무 사이도 아니라는 걸…… 미유키에게 확실히 말했어야 하는데, 내가 흐지부지 넘겨버린 탓에 그 사람 마음에 응어리가 남은 거야. 그래서 그런 꼴이 되어서까지 널 계속 증오하는 거고."

나오토의 말이 끝나기를 기다린 히로코는 명료한 목소리로 답했다.

"아니요. 저한테도 잘못이 있어요."

"무슨 뜻이야?"

"미유키 씨의 질투가 전혀 근거가 없는 건 아니니까요."

히로코는 자신을 빤히 바라보는 나오토의 눈길을 피했다. 죄책감이 들었지만 나오토의 어깨와 닿은 희미한 감촉이 히로코의 가슴을 떨리게 했다.

아내가 있는 남자, 좋아해서는 안 될 사람이었다. 그래서 고백하지 못한 채 포기했다. 미유키가 아니었어도 히로코는 끝까지 고백하지 못했을 것이다.

"부장이 성추행을 했던 날, 나오토 씨가 저를 구해주셔서 얼마나 기뻤는지 몰라요. 저를 위해 화를 내주고……. 다들 해고되거나 좌천될까 봐 두려워서 피하기만 했는데 나오토 씨는 용감하게 나서주셨잖아요. 사실 그때 저는 나오토 씨를 좋아하고 있었거든요."

"그랬구나. 그렇다면 역시 내 책임이네. 그때 내가 부장한테 그렇게 분노한 이유는 너에게 특별한 감정을 가졌기 때문이니까. 나도 부장의 권력이 두려웠지만 너를 덮치려는 현장을 목격했을 때는 눈에 보이는 게 없었어."

히로코의 눈이 커질 차례였다. 나오토가 자신에게 호감을 가지고 있었다니…….

"그 무렵 난 아내한테 조금 지쳐 있었어. 표현이 좀 이상하지만, 아내에게는 내가 이해할 수 없는 힘이 있었고 너는 정반대로 평범하게 사랑스러웠지. 그래서 너한테 끌렸던 것 같아."

나오토는 쑥스러운 듯 얼굴을 찡그렸다. 마치 처음으로 사랑을 고백하는 중학생처럼 무뚝뚝한 말투였다. 히로코도 순수한 10대 소녀처럼 얼굴이 발갛게 달아올랐다.

어느새 히로코는 귀여운 신입사원이던 그 시절로 돌아간 듯했다. 가죽 재킷과 청바지를 입고 남자들 틈에 끼어 카메라맨으로서 거친 사건 사고 현장을 누빈 것은 한없이 여리고 소녀 같은 자신을 억누르기 위해서였다. 누군가를 사랑하게 되거나, 그런 감정을 마음에 품기만 해도 또다시 질투를 받으며 괴로운 나날을 보내게 될까 봐 두려웠다.

"그때 전화가 오지 않았다면 나는 아마 너한테 고백했을 거야. 미유키가 쓰러져서 병원으로 실려 갔다고 어머니가 전화로 알려 주셨어. 미유키는 내 마음이 너에게 향하고 있음을 느끼고 쓰러진 거겠지. 병원에 갔더니 의사가 하마터면 유산할 뻔했다고 하더군. 미유키가 임신 3개월째인 걸 그때 알았어. 다행히 아이의 생명에 지장은 없었지만 다시는 미유키를 힘들게 하지 않겠다고 결심했지. 그렇게 너에 대한 마음을 접었는데, 아니, 그런 줄만 알았는데 나도 모르게 네 생각이 나는 건 어쩔 수 없었어. 미유키는 다 알고 있었겠지. 그래서 지금 저렇게 질투와 증오만 남은 괴물이 된 거야."

히로코가 나오토에게 선물하려던 지포 라이터는 자신의 애틋

한 마음을 전하는 수단이기도 했다. 만약 미유키의 임신 때문에 나오토가 금연을 선언하지 않았다면 히로코는 선물을 건네며 마음을 고백하고 두 사람은 결국 넘지 말아야 할 선을 넘었을지도 모른다.

그런 상황이었으니 예민한 감각을 가진 미유키가 나오토의 마음을 알아차렸대도 전혀 이상할 게 없었다. 실제로 두 사람 사이에 아무 일이 없었더라도 둘 다 마음이 흔들린 것은 사실이니 불륜이나 마찬가지였다.

지금 이 순간도 미유키에게는 결코 용납할 수 없는 상황일 것이다. 질투의 화신이 되어 돌아온 미유키가 재생과 죽음을 반복하며 썩어가는 육체로 숲속을 헤매는데, 히로코는 그 눈을 피해 나오토와 어깨를 맞대고 있었다.

히로코는 마음을 속일 수 없었다. 날이 밝지 않아도 좋았다. 지금 이 순간이 영원하기를 바랐다. 잃어버린 시간, 스스로 사랑을 금지했던 5년이란 시간을 되찾고 싶었다.

히로코는 나오토의 어깨에 살짝 머리를 기댔다. 나오토도 히로코를 뿌리치지 않았다. 이런 긴박한 상황에서도 히로코는 따뜻한 행복을 느꼈다.

깜빡 잠이 들었다가 귓가를 스치는 요란한 파리 소리에 눈을 떴다. 이렇게 추운데 파리가 있다고? 불길한 예감이 밀려오고 심장 박동이 빨라졌다. 히로코는 고개를 번쩍 들었다.

"왜 그래?"

히로코의 심상치 않은 행동에 나오토가 의아해하며 물었다.

"누가 우리를 보고 있는 것 같아서요⋯⋯."

천천히 주변을 둘러보았다. 달빛이 문틈 사이로 들어와 실내를 어렴풋이 비추고 있었다. 누군가 가져다놓은 가재도구며 잡동사니가 먼지를 뒤집어쓴 채 놓여 있을 뿐 인기척은 느껴지지 않았다. 기분 탓이려니 가슴을 쓸어내리는 찰나에 작은 점이 눈앞을 가로질렀다. 조금 전 히로코의 귓가에서 시끄럽게 날던 파리였다.

히로코의 눈이 자연스레 파리를 쫓았다. 그러다 문득 파리가 두 사람에게서 눈을 떼지 않는다는 사실을 알아차렸다.

"이 파리가 우리를 보고 있어요!"

"그게 무슨 말이야. 네 착각이겠지."

"정말이에요. 보세요. 계속 우리를 보잖아요."

히로코는 소리치며 손으로 파리를 쫓아냈다. 파리는 사당 안을 조금 맴돌다가 문틈 사이로 빠져나갔다. 파리가 나간 문틈으로 밖을 내다보려던 히로코는 온몸의 피가 역류하는 것 같은 공포를 느꼈다.

문틈 사이로 안을 들여다보는 눈이 있었다.

히로코는 비명을 터뜨리며 뒤로 물러났다. 커다란 보라색 손이 문틈을 쥐고 막무가내로 흔들어대자 오래된 나무 문은 금세 부서졌다.

미유키가 썩어가는 몸으로 달빛을 등지고 서 있었다. 온몸에서 시퍼런 분노의 기운을 뿜어내고 있었다. 히로코와 나오토는 숨을 멈추고 등이 벽에 닿을 때까지 뒷걸음질을 쳤다.

미유키는 문을 막아서듯 두 팔을 벌리고 짐승처럼 포효했다.

팔에서 부패한 살점이 떨어지며 노란 뼈가 드러났다가 금세 분홍빛 새살이 돋아났다. 아주 짧은 순간 생전의 아름다운 모습으로 돌아갔다가 곧바로 부패가 시작되면서 온몸이 푸르스름한 보랏빛으로 변했다. 가스가 차오르면서 피부가 울퉁불퉁하게 부풀어 올라 순식간에 거인처럼 변했다. 한때 눈부시게 아름다웠던 얼굴도 예외는 아니었다. 차마 눈 뜨고 볼 수 없을 만큼 흉측하게 변해버린 미유키의 얼굴이 히로코의 눈앞에 있었다.

미유키는 끊임없이 죽음을 반복하고 그때마다 다시 살아났다. 이유는 단 하나, 사랑하는 사람을 훔쳐간 히로코를 죽이기 위해서다.

─찾았다. 이제 절대 안 놓쳐…….

입은 크게 벌어져 아래턱이 빠질 듯이 툭 떨어졌다가 힘겹게 다시 제자리로 돌아갔다. 미유키는 끊임없이 신체를 복원하려 애썼지만 부패 속도가 아까보다 한층 빨라진 듯했다. 까닭은 몰라도 재생과 죽음의 균형이 죽음 쪽으로 확실히 기울고 있었다.

히로코와 나오토는 구석까지 몰려 이제 더 물러설 곳이 없었다. 하나뿐인 출구는 미유키가 두 팔을 벌려 막고 있어서 그쪽으로 도망치기는 불가능했다.

"미유키, 당신이 이런 모습이 되다니……. 가여운 미유키. 이제 그만해."

나오토가 잠꼬대처럼 되뇌는 말 따위는 들리지 않는 듯 미유키는 거친 숨을 토하며 조금씩 거리를 좁혀왔다.

―용서 못 해. 절대 용서 못 해…….

살이 썩는 악취가 미유키의 숨에 섞여 나와 좁은 공간을 가득 채웠다. 히로코는 치밀어 오르는 구토감을 간신히 억눌렀다.

등 뒤의 벽을 부술 수 없을까 더듬거리다 금속 물체에 손이 닿았다. 녹슬긴 했지만 분명 무언가의 손잡이 같았다. 밖으로 나가는 문일지도 모른다는 일말의 가능성을 믿고 손잡이를 힘껏 당겼다. 손잡이와 연결된 널판이 얼마나 삭았는지 힘을 주자마자 바로 무너져버렸다. 하지만 문 뒤쪽은 바깥이 아니라 창고 같았다. 창고 벽 선반 위에 좁고 긴 나무상자가 놓여 있었다.

신사에서 모시는 신체神體*인가?

신체? 머릿속에 불이 켜지는 것 같았다. 어쩌면……. 망설일 틈은 없다. 당장이라도 미유키가 덮칠 것 같아서 제대로 숨을 쉬기도 어려웠다.

상자 안에는 색이 바랜 천으로 감싼 막대기 같은 것이 있었다. 천을 걷어내자 얇고 긴 돌이 모습을 드러냈다. 강물에 마모되며 자연스럽게 만들어진 형태 같았으나 끝이 뾰족해서 단검처럼 보이기도 했다. 신사에 모셔져 있던 물건이니 틀림없이 신성한 힘을 지녔을 것이다. 사악한 존재에 맞서는 신성한 힘…….

히로코가 돌 단검을 손에 쥐고 돌아서자 미유키가 순간 움찔했다. 조금은 인간다운 마음이 남아 있어서일까? 아니면 신성한 돌을 겁내는 것일까? 어느 쪽이든 상관없다. 히로코는 돌 단검을

---

* 신령이 깃든 성스러운 물체.

들고 미유키에게 돌진했다.

"나오토 씨, 비켜요!"

체중을 실어 미유키를 향해 몸을 던졌다. 돌 단검이 미유키 가슴에 박히자 녹색 고름이 사방으로 튀며 지독한 악취가 퍼졌다. 비명이 울려 퍼졌다. 미유키의 두 팔이 히로코의 등을 감싸안는 자세가 되자 히로코는 몸서리를 치며 뿌리쳤다. 균형을 잃은 두 사람이 함께 밖으로 굴러떨어지며 히로코는 땅에 등을 세게 부딪혔다.

숨을 쉴 수 없었다. 히로코를 덮치며 쓰러진 미유키의 새카맣고 긴 머리카락이 히로코의 얼굴을 덮었다. 히로코는 비명을 지르며 두 팔로 미유키를 힘껏 밀쳐냈다.

히로코는 가까스로 일어나 앉아 온몸을 들썩이며 숨을 쉬었다. 하늘을 향해 누워 있는 미유키의 가슴에는 돌 단검이 끝까지 박혀 있었다.

히로코의 손에 사람을 찌른 감각이 고스란히 남았다. 돌 단검이 심장을 관통했으니 즉사했을 것이다. 물론 상대가 사람이었다면⋯⋯.

미유키는 기이한 방향으로 골절된 신체를 천천히 일으켰다. 심장을 관통했던 돌이 가슴에서 쑥 빠져 떨어지며 둔탁한 소리를 냈다.

"대체 저게 무슨⋯⋯."

다시 새살로 메꿔지는 미유키의 상처 부위를 바라보면서 나오토는 공포에 질린 목소리로 중얼거렸다. 버려진 돌에 특별한 힘 따위는 없었다. 미유키에게 맞설 방법은 이제 정말 아무것도 없다. 동이 틀 때까지 도망 다니는 수밖에.

"나오토 씨, 도망가요!"

히로코는 나오토의 손을 잡고 달리기 시작했다.

―거기 서! 절대 도망 못 가!

등 뒤로 신음 같은 바람 소리가 울리더니 땅에 있던 돌맹이가 하나둘 공중에 떠올라 히로코를 향해 날아왔다. 히로코는 비명을 지르며 얼굴을 팔로 감쌌지만 무수하게 날아오는 돌들은 히로코의 온몸을 거침없이 강타했다.

"그만해! 미유키, 이제 제발 그만해! 히로코를 내버려둬. 이 사람은 아무 잘못이 없어! 다 내 잘못이야. 그러니 제발, 제발 그만둬!"

나오토가 소리치며 두 팔을 벌리고 서서 히로코의 방패가 되었다. 돌맹이는 미유키의 무시무시한 분노를 담아 사정없이 나오토를 가격했다. 그중 하나가 나오토의 이마에 적중했다. 나오토는 무너지듯 주저앉았다.

횡 하는 바람 소리를 마지막으로 숲에 정적이 찾아왔다. 나오토의 상처가 미유키를 멈추게 한 것일까?

"히로코, 나는 신경 쓰지 말고 어서 가. 내가 미유키와 지옥에 갈게. 그러면 더는 너를 괴롭히지 않을 거야."

나오토는 이마에서 흘러내리는 피를 닦으려고도 하지 않았다.

"무슨 말을 하는 거예요? 나오토 씨까지 없어지면 하루토는 어떻게 살아요! 도망가요. 제발요. 우리 같이 가요."

두 사람은 어깨를 맞대고 앉아 미유키를 바라보았다. 미유키의 몸은 버드나무 가지처럼 휘어져 있고 긴 머리카락은 온통 얼굴을 덮고 있었다. 온몸에서 정체 모를 액체가 쉴 새 없이 방울져 떨어졌다. 어깨가 희미하게 떨리는 것을 보니 울고 있는 듯했다. 미유키가 천천히 고개를 들자 생전의 아름다웠던 이목구비가 긴 머리 아래로 드러났다.

언뜻 다정하게 웃고 있는 것처럼 보이기도 했다. 적어도 광기 어린 질투로 흉포하게 날뛰던 괴물처럼 보이지는 않았다. 나오토의 희생을 각오한 행동에 미유키가 인간다운 마음을 되찾은 것이라 믿으며 히로코는 안도했다. 그 순간 미유키의 얼굴이 흉하게 일그러졌다. 입이 양쪽으로 크게 찢어지며 누런 이를 드러내고 눈을 희번덕였다. 나오토는 나지막이 탄식했다.

"아아, 미유키……."

"안 돼요. 이쪽으로 가요."

히로코는 나오토의 손을 잡고 일어서 숲으로 뛰어들었다. 사냥개처럼 거친 숨소리가 발목을 잡을 듯이 바짝 뒤를 쫓아왔다. 몇 시간째 숲을 누비느라 꿈속을 달리듯 발이 한없이 무거웠다.

나뭇가지가 이마를 찔렀지만 그런 걸 신경 쓸 여유는 없었다. 나오토도 괴로운 듯 얼굴을 일그러뜨리며 필사적으로 달렸다. 어디까지 도망가야 할까? 미유키의 숨소리가 두 사람 뒤에 바짝 붙어 좀처럼 거리가 벌어지지 않았다.

"앗!"

발을 헛디딘 나오토가 짧은 비명을 내지르며 산비탈 아래로 미끄러졌다. 손을 잡고 있던 히로코까지 함께 굴러떨어졌다.

"나오토 씨, 정신 차려요! 내 손을 절대 놓으면 안 돼요!"

암흑 속에서 서로를 놓치지 않도록 두 사람은 부둥켜안았다. 나무와 바위에 부딪힐 때마다 비명을 지르면서도 서로를 놓지 않았다.

퍼뜩 정신을 차려보니 두 사람은 벌판에 누워 있었다. 안도감과 통증이 한 번에 몰려왔다.

"다친 데는 없어요?"

"나는 괜찮아. 근데 미유키는 어디 있지?"

나오토가 걱정스럽게 숲을 바라본 순간, 진녹색 나뭇잎이 무성한 나뭇가지가 요란하게 흔들리더니 그 사이에서 미유키가 네 발로 기어 나왔다. 사나운 짐승처럼 거친 숨을 몰아쉬며 침을 흘렸다. 미유키의 눈은 증오심으로 불타오르고 있었다.

가스가 차오르면서 복부가 부풀어 올랐다가 순식간에 피부가 썩어들면서 검붉은 내장이 떨어져 나갔다. 다시 근육이 재생되고 피부가 차올랐다가 또다시 부패가 시작됐다. 하지만 이제 원래 모습으로는 재생되지 않았다.

"위험해! 빨리 도망쳐!"

멍하니 미유키를 바라보는 히로코에게 나오토가 절망 섞인 목소리로 외치며 일어섰다. 미유키가 괴성을 지르며 두 사람에게 달려들었다. 황급히 피하려 했지만 무언가에 발이 걸려 앞으로 고꾸라졌다. 발밑에 산을 통과하는 기차 선로가 놓여 있었다.

미유키는 이 틈을 놓치지 않고 썩어가는 육체로 나오토를 덮쳤다. 나오토가 비명을 터뜨렸다. 나오토를 구하려고 반사적으로 일어선 히로코를 미유키가 날카롭게 노려봤다.

미유키의 차갑게 불타는 시선에 히로코는 그 자리에 얼어붙어 움직일 수 없었다. 이제 끝이다. 결국 미유키에게서, 미유키의 증오와 질투에서 벗어나지 못하리라는 절망감이 엄습했다.

히로코가 모든 것을 체념하려던 그때, 발밑에서 묵직한 진동이 느껴졌다. 미유키도 번뜩 얼굴을 들고 시선을 돌렸다. 멀지 않은 곳에서 굉음을 울리며 심야 화물열차가 달려오고 있었다.

정차역이 없는 구간을 전속력으로 달리던 기차는 눈앞에 나타난 세 사람을 향해 연신 경적을 울려댔다. 비명 같은 브레이크 소리도 함께 들렸지만 가속이 붙은 육중한 차체는 조금도 멈출 기미가 없었다. 열차는 속도를 거의 줄이지 못하고 세 사람을 향해 달려왔다. 강렬한 빛이 세 사람을 집어삼켰다. 어둠에 익숙해진 눈에는 그 빛이 세상을 모조리 태워버릴 지옥의 불처럼 보였다.

미유키가 괴성을 지르며 두 눈을 손으로 막았다. 부패 속도가 돌연 빨라졌는지 온몸이 양초처럼 녹아내리면서 뼈가 드러났다. 그 뼈 또한 불구덩이에 들어간 종잇장처럼 단숨에 썩어버렸다.

"히로코! 위험해!"

나오토가 히로코와 함께 선로 옆으로 쓰러지자마자 거센 바람이 일며 귀를 찢는 굉음이 두 사람을 덮쳤다. 열차 브레이크의 날카로운 금속음이 길게 울려 퍼졌다. 그 소리가 마치 미유키의 마지막 비명처럼 들렸다.

잠시 후 정적이 찾아왔다. 열차는 100미터 이상 더 움직인 뒤에야 간신히 멈춰 섰다. 히로코는 비틀대며 일어나 미유키가 있던 자리를 보았다. 보랏빛 살점이 사방으로 튀어 있고 원형은 전혀 남아 있지 않았다.

정말 사라졌을까? 사멸의 한계점에 이르렀던 미유키의 육체는 충격을 견디지 못한 것 같았다. 그때 미유키의 살점들이 순식간에 썩어 메마른 흙으로 돌아갔다.

악의 기운이 가득한 마당에서 멀리 떨어진 곳이므로 살점 조각에서 되살아나지는 못할 것이다. 날이 밝으면 미유키는 영원히 이 세상에서 사라지리라.

히로코는 나오토를 물끄러미 바라보았다. 지난밤의 모든 일이 그저 악몽이었던 것처럼 아득하게 느껴졌다.

망연자실 서로를 응시하는 두 사람의 귓가에 인기척이 들려왔다. 운전사가 열차에서 뛰어내려 두 사람 쪽으로 달려오고 있었다. 이 상황을 어떻게 설명해야 할까. 사실을 말해도 믿지 않을 테고 미유키에 관한 일을 다른 사람들에게 알리고 싶지도 않았다.

"나오토 씨! 가요."

히로코는 멍하니 서 있는 나오토의 손을 끌고 숲속으로 달려갔다. 나오토는 연신 뒤를 돌아보면서도 히로코를 따라왔다.

두 사람은 무언가에 이끌리듯 쉬지 않고 숲속을 걸었다. 갑자기 시야가 확 트이며 공터가 눈앞에 펼쳐졌다. 달빛에 비친 공터

끝자락에 나오토의 집이 있었다.

높은 쓰레기 담장에 둘러싸인 집은 여전히 기이한 모습이었지만 몇 시간 전과는 비교할 수 없을 만큼 평온해 보였다.

나오토가 걸음을 멈추고 자기 집을 보며 중얼거렸다.

"이제 끝난 건가? 정말 모든 게 다 끝났을까?"

"그래요. 이제 다 끝났어요."

29

히로코는 차를 타고 어두운 산길 내리막 커브를 부드럽게 돌면서 방금 헤어진 나오토를 떠올렸다.

"도쿄까지 운전해서 가려면 힘들겠네. 상처도 치료해야 하니 오늘은 여기서 묵고 가. 빈방은 많으니까."

나오토는 혼자 있고 싶지 않아서 제안했을지도 모르지만 히로코는 거절했다.

"괜찮아요. 운전은 익숙하니까요. 그냥 제 방에서 푹 쉬고 싶어요."

마지막 같은 이별의 말은 하고 싶지 않았다.

"이제 가볼게요."

히로코는 가볍게 인사를 건네며 나오토와 헤어졌다.

전신의 통증이 히로코에게 살아 있다는 실감을 안겨줬다.

유난히 긴 밤이었다. 아직도 주변은 칠흑 같은 어둠에 잠겨 있고 피로 탓인지 자동차 헤드라이트에 갈라지는 눈앞의 풍경이 히로코에게 덮쳐오는 듯했다. 신경이 곤두서자 문득 담배 생각이 났다. 오늘 같은 날 한 개비 정도는 괜찮지 않을까. 예민해진 신경을 진정시키기 위해 지금 히로코에게는 담배가 절실히 필요했다.

왼손으로 핸들을 잡고 가죽 재킷 주머니에서 담배를 꺼내 입에 물었다. 불을 붙이려고 양쪽 주머니를 더듬어봤지만 라이터가 없었다.

"아, 그때……."

손목에 묶인 비닐 끈을 끊느라 라이터를 사용한 후에 정신이 없어서 떨어뜨렸나 보다. 그렇다면 그 라이터는 아직 거실 바닥에 있을 것이다. 나오토를 향한 애정이 담긴 라이터, 나오토에게 줄 감사 선물로 샀던 라이터였다.

끝내 나오토에게 전하지 못해 지금껏 히로코가 사용해온 라이터가 이제야 제 주인에게 갔다. 머지않아 나오토가 라이터를 발견할 것이다. 5년이라는 시간이 걸렸지만 드디어 선물을 전해줬다고 생각하자 히로코는 남아 있던 미련까지 깨끗하게 떨쳐낼 수 있을 것 같았다.

차에 다른 라이터도 있었지만 담배를 피우고 싶은 마음이 사라져버렸다. 사실은 그 라이터를 사용하고 싶어서 담배를 시작한 것이나 다름없었다.

불도 붙이지 않은 담배를 재떨이에 쑤셔 넣었다. 그 순간 발밑에서 비릿한 내음이 희미하게 풍겨왔다.

썩은 고기의 악취처럼 코를 찌르는 냄새가 서서히 차 안을 채웠다. 아까 숲에서 미유키의 체액이 옷에 묻은 모양이다. 미유키가 썩어 문드러진 육체로 자신을 덮치던 순간이 떠올라 히로코는 몸서리를 쳤다.

흉측하던 미유키의 모습, 질투의 화신은 잔혹할 만큼 추했다. 그러고 보니 미유키가 마당으로 나왔을 때 아주 잠깐 비디오카메라가 작동됐으니 미유키의 모습이 카메라에 찍혔을지도 모른다. 카메라는 시커멓게 그을린 처참한 상태로 뒷자리에 놓여 있었다. 이 세상에 존재해서는 안 될 존재를 찍은 벌을 받은 걸까. 수리는 불가능하겠지만 지금껏 함께한 파트너의 명복을 빌어주리라 마음먹었다.

히로코는 점점 진해지는 악취를 견디지 못하고 창문을 열었다. 히로코의 뺨을 스치는 밤바람은 따가울 만큼 차가웠지만 상쾌했다. 모든 게 해결됐는데 마음 한구석이 왜 아직 찜찜하지? 뺨에 닿는 차가운 바람이 묵직한 응어리를 아주 조금 날려주는 것 같았다.

히로코는 자신이 나오토를 정말 좋아했다는 사실을 새삼 깨달았다. 육체적인 관계를 가지지 않았더라도 서로 마음을 품었으니 불륜이나 다름없다. 미유키는 그 사실에 분노한 것이다. 미유키는 자신의 기이한 능력으로 히로코와 나오토의 마음을 꿰뚫어 봤을지도 모른다. 하지만 5년 전 미유키는 질투의 감정을 자기 안에 가둬버렸다. 히로코를 향한 괴롭힘은 미유키의 의지가 아니라 마음속의 또 다른 자아, 미유키의 기이한 힘이 멋대로 저지른 일이었다.

이번 일도 미유키의 잘못이 아니다. 죽었다가 되살아난 미유키는 질투와 증오 그리고 나오토에 대한 집착만 가지고 있었다. 여전히 나오토를 사랑하며 그의 사랑을 잃을까 봐 두려워했다.

히로코는 가슴 깊은 곳에서 찌릿한 통증을 느꼈다. 뺨에 따뜻한 눈물이 흘러내렸다.

"미유키 씨, 미안해요. 당신은 그저 나오토 씨를 사랑했던 거겠죠."

미유키의 운명이 너무나 애처로웠다. 그리고 자신이 미유키의 부활을 방해했다는 죄책감에 뜨거운 눈물이 흘러내렸다. 가여운 미유키는 간절한 바람을 이루지 못하고 열차에 부딪혀 산산이 부서져버렸다. 부패한 살점으로 신원을 밝힐 수는 없을 것이다. 미유키는 이미 3개월 전에 죽은 사람이니까.

어두운 차내에 엔진 소리와 히로코의 흐느낌이 낮게 울렸다. 하늘은 어느새 창백한 빛을 띠기 시작했다. 곧 동이 틀 것이다. 도로의 하얀 중앙분리대가 일정한 리듬을 만들며 뒤편으로 사라졌다.

속도가 약간 빠른 것 같아 브레이크페달로 발을 옮기려는데 뭔가가 발목에 닿았다. 머리끝이 쭈뼛 서고 온몸에 소름이 돋았다.

시선을 내려 발밑을 보니 희끄무레한 덩어리가 발목을 덮고 있었다. 그 허연 덩어리에는 손가락이 달려 있었다. 나오토의 집 마당에서 히로코가 삽으로 내리쳤던 미유키의 손이다! 이 손이 차를 가득 채운 악취의 근원이었다.

"놔! 이거 놓으라고!"

미유키의 손은 히로코의 발목을 잡고서 히로코가 브레이크 페달을 밟지 못하도록 방해했다. 내리막길의 경사가 점차 급해지며 차에 가속이 붙었다. 라디오가 저절로 켜지고 음악이 흘러나왔다. 음량이 점점 커지고 라디오 주파수가 멋대로 움직이며 날카로운 잡음이 고막을 찔렀다. 돌연 잡음이 사그라들더니 이번에는 스피커에서 사람 목소리가 새어 나왔다. 낮게 중얼거리는 음성이었다.

—용서 못 해. 절대 용서 못 해.

미유키의 목소리였다. 히로코의 발목을 쥔 손이 히로코의 발을 가속페달 위로 끌어 올렸다. 히로코의 의지와는 반대로 히로코의 발은 더 눌리지 않을 때까지 가속페달을 밟았다. 급커브 길이 연달아 눈앞에 나타났다. 히로코가 아무리 힘주어 핸들을 꺾어도 핸들은 꿈쩍도 하지 않았다.

"안 돼. 이렇게 죽을 수는 없어!"

히로코는 사이드브레이크를 힘껏 당겼다. 핸들은 여전히 말을 듣지 않았다. 타이어가 날카로운 소리를 내며 헛돌았고 차가 옆으로 미끄러지면서 가드레일을 들이박았다. 몸이 붕 뜨는 순간 히로코의 안전벨트가 저절로 풀렸다.

차가 나무를 잇달아 쓰러뜨리며 산비탈을 구르는 동안 히로코는 위아래조차 구분할 수 없었다. 귀가 먹먹해질 정도로 큰 웃음소리를 들으며 핸들을 꽉 쥐고 있을 뿐이었다.

차체에 한 차례 강렬한 충격이 가해지며 차 문이 열렸다. 히로코는 문밖으로 튕겨 나와 수 미터쯤 날아갔다. 바닥에 쌓인 낙엽 더미가 쿠션 역할을 했는지 히로코는 간신히 정신을 잃지 않았다.

"죽지 않았어. 난 살아 있어."

히로코는 짙은 안개가 자욱한 어둠 속, 낙엽 더미 위에 누워 있었다. 나뭇잎 사이로 희미하게 밝아오는 하늘을 멍하니 바라보았다. 떨어진 충격 때문에 머리가 혼란스러워 한동안 이 상황을 제대로 인지할 수가 없었다.

"미유키 씨가 다시 온 건가?"

몸을 일으키려 하자 왼쪽 다리 정강이 부근에서 극심한 통증이 느껴졌다. 다리뼈가 부러진 것 같았다. 가까스로 상체를 일으켜 발을 내려다보니 허연 손이 손가락을 교대로 움직이며 히로코의 다리를 기어오르고 있었다.

"안 돼, 저리 가!"

필사적으로 뿌리치려 했지만 손가락이 히로코의 청바지를 붙잡고 놓아주지 않았다. 살짝만 다리를 움직여도 골절 부위에서 엄청난 통증이 느껴졌다. 낙엽 더미에서 빠져나가려고 버둥거릴수록 몸이 낙엽에 파묻혔다.

가드레일은 한참 위에 있어서 소리를 질러도 위에서는 들리지 않을 것 같았다. 타이어 자국과 부서진 가드레일을 보고 누군가 신고를 하지 않는 한 히로코는 여기서 빠져나가지 못할 것이다. 이 시간에 이런 산속을 지나는 차가 과연 있기나 할까?

미유키의 손은 덫에 걸린 작은 동물을 덮치듯이 거침없이 히로코의 다리를 기어올랐다. 뿌리치려는 히로코의 손을 가볍게 피해 어느새 목 언저리까지 올라왔다.

손은 엄청난 힘으로 히로코의 목을 졸랐다. 히로코가 떼어내려고 잡아당겼으나 이미 반쯤 부패한 손에서 피부만 쭉 벗겨졌다. 잘린 손은 미유키의 본체와 마찬가지로 저주에 걸린 마당을 벗어나 그 명을 다해가고 있었다.

미유키의 손은 마지막 힘을 짜내듯이 히로코의 목을 죄었다. 긴 손톱이 피부에 깊숙하게 파고들었다. 숨이 막힌다. 이제 더는 견딜 수 없을 것 같다. 도와줘요, 나오토 씨…….

감은 눈꺼풀 위로 환한 빛이 번졌다. 의식을 잃는 줄 알았으나 귓가에서 새소리가 들렸다. 눈꺼풀이 뜨거워졌다. 히로코의 목을 조르던 손에 서서히 힘이 빠졌다. 담뱃불에 지져지는 거머리처럼 손가락이 하나씩 떨어지더니 손이 낙엽 위로 툭 떨어졌다.

히로코는 천천히 눈을 떴다. 나뭇잎 틈으로 들어오는 아침 햇살이 히로코의 얼굴을 눈부시게 비췄다.

눈부신 아침 햇살 아래, 미유키의 손은 악몽의 잔재처럼 끔찍한 자태를 드러냈다. 간발의 차로 동이 튼 것이다. 빽빽하게 우거진 나뭇잎 아래 히로코 주변만 스포트라이트처럼 아침 햇살이 내리쬐고 있었다.

살았다……. 죽지 않았다…….

안도감과 다리 통증이 한 번에 몰려왔다. 그 통증으로부터 도망치려는 듯 히로코의 의식이 서서히 멀어졌다. 나오토가 걱정되지만 달려갈 방법이 없다. 히로코는 낙엽 침대 속으로 한없이 파묻혀 들어가듯 완전히 의식을 잃었다.

○

30

벌써 점심때가 다 되었지만 신경이 곤두서 좀처럼 잠이 오지 않았다. 모든 것이 해결됐다는 안도감과 미유키에 대한 죄책감이 공존했다. 미유키의 마지막 순간을 떠올리면 가슴 깊은 곳이 따끔거렸다.

아침부터 텔레비전을 내내 켜놓았지만 뉴스에 열차 충돌사고에 관한 소식은 나오지 않았다. 열차에 부딪혀 산산이 조각난 미유키의 살점은 나오토의 눈앞에서 순식간에 메말라 흙으로 돌아갔다. 경찰 감식반이 분석해도 살아 있는 인간이 열차에 치였다고 판명나지는 않을 테니 뉴스로 다뤄질 일도 없을 것이다.

텔레비전 화면 속 사람들은 하나같이 아무 고민도 없는 밝은 얼굴이었다. 오늘 아침에 일어났던 모든 일이 환영처럼 느껴졌다. 꿈을 꾼 게 아닐까? 그래, 땅속에서 사람이 되살아나는 일 따위가 실제로 일어날 리 없지 않은가. 전부 아내의 죽음을 받아들이지 못한 내가 만들어낸 망상이다. 그래, 분명 그럴 것이다.

그러자 갑자기 마음이 가벼워지고 새로운 하루를 살아갈 기력이 샘솟았다. 나오토는 일어나 창가로 다가가 커튼을 힘차게 열었다. 어제와는 달리, 아침 햇살이 넘치는 평화로운 마당이 펼쳐질 것만 같았다. 그러나 높은 쓰레기 담장으로 둘러싸인 마당에 빛은 들지 않았다. 나오토는 눈앞의 끔찍한 광경에 소름이 돋았다.

마당에는 작은 흙더미가 무수히 솟아나 있었다. 나오토가 보고 있는 동안에도 그 흙더미들은 점점 크게 부풀어 올랐다. 지금 저 땅속에서 자라고 있는 것, 그건 의심할 여지도 없이 미유키였다. 낮에 찔리고 삽으로 팔이 잘릴 때 사방으로 튄 미유키의 피와 체액과 살점에서 새로운 미유키가 재생되고 있었다. 그것도 엄청난 속도로…….

"맙소사. 끝난 게 아니었어."

나오토는 급히 방으로 돌아와 히로코에게 연락을 하려 했다. 수화기를 들고 히로코가 처음 집에 왔을 때 줬던 명함을 찾아봤지만 어디에도 보이지 않았다. 그런 물건을 집에 두도록 미유키가 허락할 리 없었다. 나오토는 수화기를 내려놓았다. 연락할 방법이 없다. 히로코는 무사할까?

어떻게 해야 좋을지 몰라 휘청거리며 다시 테라스 유리문 근처에서 마당을 내려다보았다. 흙더미는 아까보다 확연히 커져 있었다. 이대로 날이 저물어버린다면…….

○

31

"히로코 씨! 히로코 씨! 히로코 씨!"

애타게 히로코의 이름을 부르는 소리가 심연의 수면에 잠긴 히로코를 깨웠다. 고단한 밤을 보낸 히로코에게 몹시도 반가운 목소리였다.

"히로코 씨! 히로코 씨! 히로코 씨!"

"가시와바라? 무슨 일인데 그렇게 불러대는 거야."

히로코는 잠기운이 가시지 않은 목소리로 중얼거리며 천천히 눈을 떴다. 그리고 낙엽에 파묻힌 자기 모습을 보고 나서야 상황을 파악했다. 피부에 닿는 공기는 차가웠지만 나뭇가지 사이로 비치는 햇볕이 히로코의 몸을 따뜻하게 감싸주었다.

아, 내가 정신을 잃었구나. 히로코는 손만 남은 미유키가 목을 조르던 순간을 떠올렸다.

미유키 씨는 어떻게 되었을까?

몸을 일으키려다 왼쪽 다리의 극심한 통증 때문에 다시 몸을 뉘었다. 조심스레 다리를 더듬어보니 정강이뼈가 이상한 각도로 꺾여 있었다.

고개를 돌리자 한때 손이었던 것의 잔해가 보였다. 살짝만 건드려도 재가 되어 날아갈 것처럼 완전히 부식한 상태였다. 실제로 히로코가 보고 있는 사이 바람에 날려 낙엽 더미에 섞여버렸다.

"히로코 씨! 지금 어디 있어요? 내 말 들려요? 대답 좀 해주세요!"

가시와바라의 목소리가 다시 들려왔다. 인기척 없는 숲에 가시와바라의 목소리가 잡음과 섞여 울려 퍼졌다. 차에 달린 무전기의 작은 스피커에서 나는 소리였다.

차는 히로코가 있는 곳에서 수 미터 떨어진 지점에서 커다란 나무와 충돌해 부서진 상태였다. 부서진 창문을 넘어 가시와바라의 목소리가 흘러나오고 있었다.

"여기! 나 여기 있어! 구해줘!"

있는 힘을 다해 소리쳤지만 히로코의 목소리는 가시와바라에게 닿지 않았다. 무전기 스위치를 조작하지 않는 한 히로코의 목소리는 상대편에게 들리지 않을 것이다.

"히로코 씨, 대체 어디 있어요? 무슨 일 있는 거예요?"

가시와바라는 설규하듯 소리쳤다. 어젯밤 숲에서 휴대폰이 망가져서 밤새 연락이 되지 않았다. 히로코를 걱정하는 가시와바라의 목소리에 절박함이 묻어났다.

어제 아침 칼에 찔린 상처는 괜찮을까? 가시와바라는 이번 일과 아무 관계도 없는데 히로코가 끌어들인 셈이었다. 그러니 걱정을 해도 히로코가 하는 게 맞는데 오히려 가시와바라가 히로코를 걱정하며 저렇게 애타게 부르고 있다. 가시와바라의 목소리를 들으니 몸 깊숙한 곳에서 힘이 솟아났다.

"가시와바라, 나는 괜찮아. 이래 봬도 카메라맨인데 이 정도는 끄떡없지."

몸을 일으키려고 안간힘을 쓰자 여기저기서 고통이 밀려와 온몸에서 식은땀이 배어났다.

전부 끝났다는 생각은 착각이었다. 질투의 화신으로 되살아난 미유키의 뿌리 깊은 집념이 그렇게 쉽게 사라질 리 없었다. 선로 주변에 흩어진 살점들은 여기 있던 손처럼 햇빛에 타서 소멸했겠지만 빛이 들지 않는 어두운 마당에는 아직 미유키가 살아 있을지도 모른다. 아니, 분명 지금도 살아 있을 것이다. 그렇다면 나오토가 위험하다.

비록 한겨울이지만 태양은 하늘 한가운데서 사악한 힘과 맞설 용기를 주려는 듯 강하게 내리쬐었다. 그러나 태양의 힘이 약해지면 미유키는 다시 나타날 것이다. 어서 나오토에게 연락해야 한다.

가시와바라의 비명 같은 외침에 히로코는 힘을 내 어떻게든 차로 가야겠다고 다짐했다.

"히로코! 들리면 응답해!"

가시와바라의 외침에 갈라진 목소리가 섞였다. 구사마다. 두 남자가 무전기 너머에서 히로코를 응원하고 있다. 어서 차로 가서 나오토를 도와달라고 말해야 한다. 더는 위험한 일에 말려들게 할 수 없다는 생각에 가시와바라에게 나오토의 주소를 알려주지 않았던 자신의 판단을 진심으로 후회했다.

그러나 가르쳐줬다면 히로코와 연락이 닿지 않는 지금 같은 상황에서 가시와바라는 그 집으로 당장 달려갔을 것이다. 그렇게 생각하면 가시와바라에게 주소를 가르쳐주지 않아서 다행이었다. 이러나저러나 결국 히로코가 직접 가는 수밖에 없었다.

주머니에서 손수건을 꺼내 이로 길게 찢은 다음 연결했다. 손에 잡히는 나뭇가지를 몇 개 주워서 부러진 다리 양쪽에 대고 손수건으로 만든 끈으로 강하게 묶었다. 임시방편으로 만든 부목이다.

"윽……."

움직일 때마다 기절할 것처럼 아팠지만 부러진 다리를 질질 끌면서 기어오르는 것보다야 훨씬 나을 터였다. 히로코는 옆에 있는 나무를 잡고 매달리듯이 몸을 일으켜 한 발 한 발 차를 향해 나아갔다. 몇 번이나 미끄러져 넘어질 뻔했는데 그때마다 숨이 멎을 듯한 통증에 현기증이 일었다. 그러나 히로코는 신음하면서도 걸음을 멈추지 않았다. 시간이 없다. 나오토가 위험하다.

조금만 더 가면, 이제 손을 뻗으면 닿을 곳에 차가 있다. 한 발자국 내딛는 그 순간, 히로코는 썩은 낙엽을 밟아 미끄러져 급히 옆에 있던 나무를 잡았다. 그러나 하필 그 나무도 썩은 나무였다.

나무는 뿌리째 힘없이 쓰러지며 흙과 함께 차가 걸려 있는 나무 쪽으로 휩쓸려 내려갔다.

그리고 그 연쇄작용으로 나무에 걸려 간신히 균형을 유지하던 자동차가 기우뚱 기울더니 어린나무들을 잇달아 부러뜨리면서 경사면을 따라 굴러떨어졌다.

"아, 제발, 안 돼! 가시와바라! 구사마 씨!"

히로코는 떨어지는 차를 보며 미련 가득한 목소리로 두 사람을 불렀다. 차는 골짜기 아래까지 굴러떨어진 다음에야 멈췄다. 도저히 닿을 수 없는 거리였다. 가시와바라의 목소리가 더는 들리지 않았다. 자동차가 너무 멀리 떨어져 있어서가 아니었다. 부러진 다리가 뜨거워지며 히로코의 의식이 몽롱해졌다. 히로코에게는 아무 힘도 남아 있지 않았다.

나무에 기대 앉아 입술을 깨물었다. 이제 일어설 힘조차 없었다.

32

담장 꼭대기에 까마귀가 앉아 쉰 소리를 내며 울었다. 그 소리에 나오토는 정신이 들었다. 온몸이 차가웠다. 정신을 차리고 보니 자신이 유리문을 열어둔 채로 거실에 우두커니 서 있었다.

몇 시간이나 이렇게 마당을 바라보고 있었던 걸까. 고개를 드니 이미 어둑해진 하늘에 까마귀가 떼 지어 날고 있었다. 시체 냄새를 맡고 모여든 것 같았다. 나오토는 오싹한 느낌에 사로잡혀 비틀거리며 거실 안쪽까지 뒷걸음질 쳤다.

그때 나오토의 발이 뭔가를 차서 날려버렸다. 마룻바닥을 둔탁하게 울리며 벽까지 미끄러진 그것은 지포 라이터였다. 히로코가 떨어뜨리고 갔을까? 무심코 집어 든 라이터에 'N·I'라는 글자가 보였다. 나오토의 이니셜……. 어째서 라이터에 내 이니셜이 있지? 그저 우연일까?

라이터를 물끄러미 보고 있자니 예전 일이 떠올랐다.

평소와 다름없이 출근한 나오토에게 히로코가 묘하게 긴장한 얼굴로 인사를 했다. 부장과의 일이 있던 직후라 둘 사이에 어색한 분위기가 흐르던 때였다.

나오토가 자리에 앉자 히로코가 주변을 살피듯 두리번대더니 아무도 보지 않는 걸 확인하고 슬쩍 나오토의 옆에 섰다. 손에 작은 상자를 쥐고 있었다. 나오토는 그것이 자신을 위한 선물임을 직감했다.

히로코는 부장과 있던 일에 대한 감사 선물이라고 말하겠지만 그 말은 구실에 불과하다는 사실을 나오토도 어렴풋이 알고 있었다. 나오토가 부장을 몰아세울 때 히로코에 대한 특별한 감정을 숨기고 있었던 것처럼 히로코의 선물 이면에도 특별한 감정이 있을 것이다.

"주임님, 지난번에는 정말 감사했어요. 주임님이 도와주지 않았다면 저는……."

"신경 쓰지 마. 넌 잘못한 게 없으니까."

히로코가 방긋 미소 지었다. 그 미소가 너무 눈부셔서 나오토는 도저히 침착할 수가 없었다. 무의식중에 셔츠 주머니를 더듬다가 늘 그곳에 있던 것이 없다는 걸 깨달았다. 나오토가 더 안절부절못하는 이유 중 하나이기도 했다. 무심코 혀를 차는 나오토에게 히로코가 의아해하며 물었다.

"왜 그러세요?"

"아, 담배를 끊기로 해놓고 나도 모르게 담배를 찾고 있네. 습관이 참 무서워."

"담배 끊으셨어요? 갑자기 왜요?"

자타공인 애연가인 나오토의 갑작스러운 금연 선언에 히로코는 깜짝 놀란 것 같았다. 나오토는 이유를 밝히지 않을 수 없었다. 축하받을 일이기 때문이다. 적어도 세상 사람 눈에는 그런 일이다.

"아내가 임신을 했거든. 아무래도 이제 집에서 못 피울 테니까 이참에 완전히 끊으려고."

나오토는 최대한 가벼운 어투로 말했지만 히로코의 표정은 딱딱하게 굳었다. 예의 바른 사람이니 상사에게 아이가 생겼다는 소식에 곧장 축하한다고 말할 법도 했지만 그날 히로코는 그저 경직된 표정으로 웃을 뿐이었다. 그런 히로코 대신 옆에 있던 다른 영업부 직원이 큰 소리로 나오토에게 말을 건넸다.

"정말요? 사모님이 임신하셨다고요?"

안 듣는 척하며 히로코와 나오토의 대화에 귀를 세우고 있던 모양이다. 곧 업무 시작 시간이라 사무실은 직원들로 가득했다. 일제히 나오토 자리 근처로 모여들어 축복의 말을 전했다. 그 소란 틈에 히로코는 어느새 자기 자리로 돌아갔다. 그 후에도 그 작은 상자를 나오토에게 건네는 일은 없었다.

그날 히로코의 부자연스러운 태도가 선명하게 뇌리에 남아 있다. 그 모습이 이토록 인상 깊게 남은 이유는 그 선물을 받지 못해 몹시 아쉬웠기 때문이다. 아마도 그 상자 속에는 이 라이터가 들어 있었을 것이다.

손바닥 위에 있는 라이터가 제법 묵직하게 느껴졌다. 나오토의 마음이 또다시 히로코를 향해 기울기 시작했다. 이런 마음을 미유키에게 들킨다면⋯⋯. 창밖은 벌써 저녁의 어둠이 한층 짙어지고 있었다.

"아니야. 미유키. 나는 이제 그 사람한테 아무 감정 없어. 그러니 이제 그 사람을 미워하지 마."

아무리 변명해도 지금의 미유키는 이해하지 못할 것이다. 더는 사람이 아니라, 산산이 부서지고도 몇 번이고 되살아나 나오토를 독점하고 싶어 하는 질투와 집착의 괴물이기 때문이다.

"알아. 미유키. 네 마음 다 알아."

나오토는 마당으로 내려가 집 옆 통로에 있던 석유통 두 개를 들고 나왔다. 이번 겨울부터 사용하기 시작한 석유 난로에 쓰려고 준비해둔 기름이었다.

기름 냄새를 싫어하는 나오토는 반대했지만 미유키가 난방비 절약에 도움이 된다며 우기는 통에 들여놓은 난로였다. 지금 나오토에게는 일련의 일들이 전부 복선처럼 느껴졌다. 이 석유통에 미유키의 의지가, 괴물이 되어버린 자신을 없애달라는 바람이 담겨 있는 것만 같았다.

멋대로 착각하는 것일지도 모르지만 그렇게라도 믿지 않으면 나오토는 자신의 행위를 정당화할 수 없었다.

마당 여기저기에 마치 거대한 수포 같은 흙더미가 무수히 솟아나 있었다. 그 안에서 작고 섬뜩한 생물이 꿈틀거렸다. 아름다웠던 미유키가 죽어서도 편히 쉬지 못하고 이런 끔찍한 형태

로 계속 살아 있어야 한다는 사실이 나오토는 숨 막히게 안타까
웠다.

"이제 다 끝내자. 이 저주받은 집도 끔찍했던 일도 다 태워버
리자."

나오토는 마당 전체에 석유 두 통을 남김없이 흩뿌렸다. 차가
운 공기에 기름 냄새가 섞여 숨이 막혔다. 건조한 지면이 기름을
빨아들였다. 흙더미들이 곧 폭발할 것처럼 들썩거렸다. 땅속 존
재들이 기름 때문에 괴로운지 거칠게 몸부림쳤다.

미유키가 분노하고 있다.

"이제 그만하자. 용서해줘, 미유키. 당신은 죽었어. 내가 해서
는 안 될 짓을 했어. 용서해줘. 내가 하루토에게 그런 장난만 안
쳤더라면 이런 일은 없었을 텐데……. 물론 당신 혼자 보내지는
않을 거야. 나도 같이 갈게. 당신이 오지 않아도 돼. 내가 당신한
테 갈게. 그러면 되잖아."

나오토는 자기도 모르게 계속 중얼거렸다. 머릿속이 뜨거워
지고 손가락의 감각이 사라졌다. 무언가에 쓴 것처럼 텅 빈 석유
통을 던지고 주머니를 뒤졌다. 방금 주운 라이터, 히로코에게 선
물받은 지포 라이터를 꺼내 들고 심호흡을 반복했다.

석유는 금세 땅속으로 스며들었고 얕게 고인 곳에는 무지갯
빛이 번졌다.

"이제 불을 붙일게."

나오토는 자신을 격려하듯 혼잣말처럼 낮게 중얼거렸다. 하
지만 라이터 휠에 올린 엄지손가락이 좀처럼 움직이지 않았다.

저기 묻혀 있는 건 내 아내다. 아내를 태워 없애야 한다는 게 가슴 아파 견딜 수 없었다. 나오토는 물끄러미 마당을 바라보았다. 곳곳에 봉긋하게 솟아오른 작은 흙더미들, 그 아래 묻혀 있는 것은 미유키지만 생전의 미유키와는 전혀 다른, 상상할 수 없을 만큼 흉측한 모습일 것이다. 그런 존재가 지금 저 수많은 흙더미 밑에서 꿈틀거리고 있다. 해가 질 때까지 기다릴 수 없다는 듯 쉴 새 없이 몸부림치고 있다.

부패하는 육체로 나오토와 히로코를 쫓던 미유키보다 훨씬 더 끔찍한 무언가가 당장이라도 흙더미 밖으로 고개를 내밀 것 같았다. 나오토는 보고 싶지 않았다. 흉측하게 변해버린 미유키의 모습을 더는 보고 싶지 않았다.

"이제 같이 지옥으로 가자. 당신이 어디로 가야 할지 모르겠다면 내가 안내할게."

엄지손가락에 힘을 실어 라이터를 켜려는 순간, 사랑스러운 목소리가 나오토를 사로잡았다.

"아빠, 뭐 해요?"

하루토와 하루토의 순종적인 부하 포치가 테라스에서 나오토를 바라보고 있었다.

"또 엄마를 괴롭히면 내가 절대 용서하지 않을 거예요!"

33

"병원부터 가야 해요."

가시와바라가 기자재 운반용 자동차 핸들을 꺾어 엄청난 속도로 급커브를 돌며 말했다.

"그럴 시간 없어. 더 빨리 갈 수 없어? 어두워지고 있잖아."

가시와바라는 히로코 차에 달린 무전기의 위치 정보 시스템을 이용해 숲속에 쓰러져 있던 히로코를 찾아냈다. 그러나 적지 않은 시간이 걸린 탓에 히로코가 구조될 시점에는 하늘이 벌써 어두워지고 있었다.

"속도 좀 더 내봐!"

대시보드를 치며 소리를 지르다가 왼쪽 다리를 움직였는지 격한 통증이 느껴졌다. 히로코가 임시로 만든 부목은 거의 도움이 되지 않았다.

"좀 얌전히 계세요."

가시와바라가 얼굴을 찌푸리며 손바닥으로 옆구리를 감쌌다. 한동안 입원 치료가 필요한 수준의 부상이지만 히로코가 걱정되어 병원을 몰래 빠져나온 것이다. 가시와바라에게는 미안했지만 그런 걸 신경 쓸 여유가 없었다. 히로코는 구조되자마자 나오토의 집으로 가달라고 가시와바라에게 부탁했다.

그 저주받은 집으로 달려간들 무엇을 할 수 있을까. 미유키의 힘 앞에서 자신이 얼마나 무력한 존재인지 알지만 그럼에도 히로코는 가지 않을 수 없었다. 그 집에 있는 나오토를 구해야 한다.

차 앞 유리에 무언가 부딪히는 소리가 났다. 가시와바라의 표정이 일그러졌다. 또다시 앞 유리를 때리는 소리가 울렸다.

"젠장, 우리를 방해하려는 거예요."

앞 유리에 벌레들이 끊임없이 날아들었다. 헤드라이트가 가르는 어둠 너머에서 작은 날벌레들이 떼를 지어 날아와 폭우가 쏟아지듯 앞 유리에 부딪혔다. 가시와바라는 혀를 차며 와이퍼를 작동시켰다.

"미유키가…… 아직 살아 있어."

문득 히로코는 미유키의 힘이 약해졌다는 사실을 깨달았다. 지금 미유키가 마음대로 조종할 수 있는 건 저런 작은 벌레 정도인지도 모른다. 그리고 그렇게 약해진 힘으로 히로코의 접근을 막으려 하는 것이다. 미유키의 집요한 증오가 느껴졌다.

"가시와바라, 서둘러. 그 집으로 빨리 가야 해."

34

하루토는 포치와 나란히 서서 나오토의 눈을 매섭게 노려보 았다.

"하루토, 네가 어떻게 여기 있어? 여기까지 어떻게 왔어?"

하루토를 맡긴 본가는 집에서 꽤 멀어서 어린아이가 혼자 올 수 있는 거리가 아니었다.

"할머니가 차로 데려다줬어요."

그럴 리가 없다. 하루토의 할머니 요리코는 하루토가 한시라 도 빨리 이 집에서 벗어나길 바랐으므로 하루토가 아무리 졸라 도 여기에 데리고 올 리 없었다.

"할머니는 지금 어디 계셔?"

"다시 갔어요. 난 할머니를 좋아하니까, 할머니가 무서워할까 봐 먼저 가라고 했어요. 나는 아빠를 만나러 왔어요."

"뭐라고?"

"엄마가 하루토한테 도와달라고 했어요. 아빠가 엄마를 괴롭힌다고요. 왜 그러는 거예요? 아빠는 왜 불쌍한 엄마를 괴롭혀요? 엄마를 슬프게 하는 사람은 내가 절대 용서하지 않을 거야!"

보드라운 뺨이 미세하게 떨렸다. 하루토의 분노를 보여주듯이 바람이 거세게 불어 담장 틈새로 불길한 바람 소리가 울렸다. 포치가 꼬리를 바싹 말고 불안에 떠는 눈으로 나오토와 하루토를 번갈아 봤다.

하루토는 나오토가 지금껏 본 적 없는 차가운 눈빛으로 나오토를 바라보고 있었다. 아니, 지금껏 나오토가 눈치채지 못했을 뿐 줄곧 그런 눈으로 나오토를 보고 있었는지도 모른다.

"아니야, 하루토. 아빠는 엄마를 괴롭히는 게 아니야."

"거짓말! 엄마는 계속 울고 있어요. 엄마가 전부 말해줬어요. 아빠는 사실 엄마가 아니라 다른 사람을 좋아한다고. 그때 그 누나잖아요. 아빠가 그 누나를 보고 기뻐하는 모습을 보고 바로 알았어요."

노기 서린 말투였다. 아직 초등학교도 들어가지 않은 어린아이의 말투가 아니었다. 히로코를 향한 증오가 목소리에 고스란히 드러나 두려울 정도였다. 설마⋯⋯.

그랬다. 전부 하루토의 짓이었다. 나오토는 비로소 깨달았다. 하루토가 미유키의 힘을 물려받았다는 걸. 하루토는 미유키의 아들이니까 힘을 물려받을 수 있다는 점을 왜 생각하지 못했을까. 죽은 미유키가 되살아난 건 미유키의 힘이 아니었다. 하루토가 손가락만 남은 엄마를 살려낸 것이다. 마당을 가득 메운 어둠의 기운은 전부 하루토가 내뿜은 것이었다.

어린아이에게 엄마란 아빠와는 비교도 되지 않을 만큼 큰 존재이기에 엄마의 말이라면 모두 진실로 받아들였을 것이다. 미유키의 힘을 이어받았다면 굳이 말도 필요 없었을지 모른다. 머리로는 나오토의 사랑을 믿지만 가슴 깊은 곳에 잠들어 있던 미유키의 질투와 배신감을 하루토가 그대로 이어받아 엄마의 복수를 도우려 한 것이다.

혹시 5년 전 일들도 하루토의 짓이었을까? 그러고 보니 그때 그 기이한 일들은 미유키가 회사에 하루토를 데리고 와서 히로코와 만난 직후에 시작되었다. 아직 아무것도 모르는 하루토가 증폭기처럼 미유키의 증오심을 거대하게 만들어 일으킨 일이었는지도 모른다.

잘린 손가락에서 되살아난 미유키에게 인간의 이성은 없었다. 자기가 사라지면 나오토가 마음속에 간직해왔던 여자에게 갈지도 모른다는 불안감에 질투와 분노의 감정만 남아 있었다. 그런 미유키의 감정을 하루토의 기묘한 힘이 증폭시켰다면…….

하루토는 석유 냄새가 피어오르는 마당 한가운데로 달려가 우뚝 섰다. 천천히 뒤를 돌아보는 하루토의 얼굴에서 미유키가 보였다. 나오토의 피 따위는 한 방울도 섞이지 않은 듯했다.

"엄마, 내가 왔으니 이제 괜찮아요. 어제는 할머니한테 가서 미안해요. 내가 있었으면 엄마가 이렇게 되지 않았을 텐데. 아빠는 정말 나빠요."

하루토의 말에 반응하듯이 봉긋하게 부풀어 오른 흙더미가 거세게 꿈틀거리기 시작하더니 두더지나 매미 유충이 얼굴을 내밀듯이 하얀 점액질이 땅 밖으로 흘러넘쳤다. 재생에 대한 갈망이 너무 커서 육체가 될 때까지 기다리지 못하고 점액질 형태로 기어 나오려는 듯했다.

하루토는 그것이 자기 엄마라고 확신하는 듯 함박웃음을 지으며 바라보았다.

"엄마, 힘내요. 엘로힘 엣사임. 엘로힘 엣사임. 엘로힘 엣사임. 엘로힘 엣사임."

기름 섞인 점액질이 마당 곳곳에서 수직으로 솟구쳤다. 나오토는 기괴한 광경에 넋을 놓고 있다가 번뜩 정신을 차렸다.

"하루토! 그만둬! 그건 자연의 섭리를 거스르는 일이야. 죽은 사람을 되살려서는 안 돼. 잘린 꼬리에서 도마뱀이 자란다고 했던 건 거짓말이야. 아빠가 거짓말해서 정말 미안해. 그저 널 기쁘게 해주고 싶어서, 널 실망시키고 싶지 않아서 그런 거야. 이제 제발 그만둬!"

"도마뱀 따위는 어떻게 되든 상관없어요. 내가 다시 살리고 싶은 쪽은 엄마예요. 진짜로 엄마가 살아서 돌아왔잖아요. 아빠도 보이죠? 엄마가 잔뜩 있어요. 내가 엄마를 되살려낼 거예요!"

하루토가 날카롭게 소리쳤다. 점액 기둥은 맹렬한 속도로 자라나 금세 사람 키만큼 커졌다. 얼굴도 머리카락도 아무것도 없이 밋밋한 하얀 기둥들이 마당 곳곳에서 흔들거렸다.

하루토가 나타난 후로 미유키의 재생 속도가 무섭도록 빨라졌다. 모든 게 하루토의 힘에서 비롯된 일임을 나오토는 새삼 확신했다. 어젯밤에는 하루토가 없었기에 땅 밖으로 나온 육체의 재생 속도가 사멸 속도를 따라가지 못했던 것이다.

"엄마, 대단해요! 조금만 더 힘을 내요!"

하루토의 들뜬 목소리가 주변에 울려 퍼졌다. 미유키의 사고 이후 하루토는 한 번도 이렇게 밝게 웃은 적이 없었다. 이따금 나오토에게 보여주는 미소조차 어딘가 꾸며낸 듯 어색한 구석이 있었다.

하루토가 이렇게 좋아하는데 그냥 이대로 둬도 괜찮지 않을까? 나오토는 눈앞의 기괴한 상황을 받아들일 뻔한 자신에게 놀라며 바로 정신을 차렸다. 손가락에서 재생된 미유키와 하루토를 잠시라도 함께 둘 수 없다. 하루토를 인간이 아닌 존재의 손에 맡길 수는 없다.

나오토는 당장이라도 달려가 하루토를 끔찍한 저주에서 구하고 싶었지만 발이 땅에 박힌 듯 꼼짝도 할 수 없었다. 나오토를 옭아맨 것은 다름 아닌 공포였다. 나오토는 자기 아들을 두려워하고 있었다. 두려워한다는 말은 구하지 못한다는 뜻이다. 이대로 있다가는 하루토가 지옥에 떨어질 것을 알면서도 나오토는 꼼짝도 할 수가 없었다.

"아빠는 기쁘지 않아요? 그렇겠죠. 힘들게 원래 모습으로 돌아온 엄마를 아빠가 다시 이렇게 만들어버렸으니까. 하지만 이젠 아빠 마음대로 되지 않을 서예요. 지금부터 내가 엄마를 지킬 테니까!"

하루토는 분노한 목소리로 나오토를 비난하더니 돌연 낄낄대며 웃었다. 곧이어 한차례 바람이 강하게 불어와 하루토의 웃음소리를 쓸어냈다. 나뭇가지와 쓰레기를 엮어 만든 담장이 위태롭게 휘청이고 전선 흔들리는 소리가 음산하게 울렸다. 조금 전과는 달리 습기를 잔뜩 머금은 미지근한 바람이 나오토의 뺨을 스치고 하루토의 머리카락을 들썩였다.

먹구름이 순식간에 몰려와 하늘을 완전히 뒤덮었다. 하루토가 웃음을 멈추고 불안한 표정으로 하늘을 올려다봤다. 이상한 기운을 감지했는지 두 팔을 벌리고 마당 여기저기서 되살아나고 있는 미유키의 잔해를 향해 말했다.

"엄마, 서둘러요. 방해꾼이 오나 봐요. 내가 기도해줄게요. 엄마! 엘로힘 엣사임, 엘로힘 엣사임, 엘로힘 엣사임."

하루토는 눈을 감고 주문을 외웠다. 기름 섞인 점액 기둥들이 서서히 인간의 형태를 띠기 시작했다. 바람이 거세지며 높은 담장이 크게 흔들렸다.

마당에 있던 작은 돌멩이들이 바람에 말려 올라가 회오리를 만들었다. 하루토는 그 한가운데 서서 끊임없이 주문을 외웠다. 엎드린 채 주인의 발밑을 충직하게 지키던 포치는 꼬리를 말고 낑낑대며 테라스 밑으로 기어 들어갔다.

"엘로힘 엣사임, 엘로힘 엣사임, 엘로힘 엣사임, 엘로힘 엣사임."

거센 회오리바람에 유리문이 깨지고 외벽이 떨어져 나갔다. 지붕이 들썩이고 기왓장이 지면에 날아와 박혔다. 미유키의 형태를 한 기름 범벅의 기둥들은 입도 없는데 기묘한 소리를 냈다. 신음 같은 그 소리는 지옥의 늪에서 허우적대는 망자의 비명처럼 들렸다.

"하루토, 그만둬! 죽은 사람을 살려내면 안 돼. 용서받지 못할 짓이야!"

"아니야! 나는 엄마를 살려낼 거야. 엄마, 어서 돌아와요! 엘로힘 엣사임, 엘로힘 엣사임, 엘로힘 엣사임."

혀 짧은 발음으로 하루토는 온 힘을 다해 주문을 외웠다. 바람 소리가 점점 강해지고 새카만 구름이 손에 닿을 만큼 낮게 깔렸다.

"멈춰! 멈추라고!"

나는 이 아이의 아빠다. 내 아이를 두려워하다니 있을 수 없는 일이다. 나는 하루토를 구해야 한다!

나오토가 마음을 굳히고 회오리 속으로 뛰어들려는 순간, 눈을 뜰 수 없을 정도로 강렬한 빛이 주변을 둘러쌌다. 순식간에 폭풍이 몰아쳐 나오토의 몸을 공중에 띄우더니 담벼락으로 내동댕이쳤다. 나오토는 무너진 담장 밖으로 날아가 땅바닥에 처박혔다.

간신히 몸을 일으켜 마당을 바라보니 하루토와 미유키의 분신들은 전부 바닥에 쓰러져 있고 벼락이 떨어진 지붕에서 연기가 피어오르고 있었다.

다시 한 발, 결정타를 날리려고 준비하듯 먹구름 틈새로 번갯불이 번뜩이고 고막을 찢을 듯한 천둥소리가 울려 퍼졌다. 천둥은 '신의 소리'다. 하루토가 하려는 일에 신이 심판을 내린 것이다.

"하, 하루토…….."

나오토는 어떻게든 몸을 일으키려 해봤지만 알 수 없는 힘이 짓누르는 것처럼 몸이 무거웠다. 신은 분명 다음 일격으로 단죄를 내릴 것이다.

"하지 마! 멈춰! 제발 하루토를 용서해주세요!"

나오토는 하늘을 향해 소리쳤다.

지붕 위에서 불꽃이 일렁이며 무언가 터지는 소리가 들려왔다. 비틀거리며 일어서는 하루토는 온몸이 흙과 기름투성이였다. 앳된 얼굴에 증오와 고뇌의 빛을 짙게 드리운 채 두 팔을 벌리고 다시 큰 소리로 주문을 외우기 시작했다.

"엘로힘 엣사임, 엘로힘 엣사임."

"하루토, 도망쳐!"

지붕에서 치솟은 불길이 순식간에 석유로 흥건한 바닥으로 번지며 집 벽에 옮겨붙었다. 돌풍에 불길은 점점 거세게 일어나 나오토의 집을 통째로 집어삼켰다. 마치 거대하고 붉은 혀가 집을 핥는 듯했다.

불은 뱀처럼 바닥을 기며 금세 집 안까지 들어갔다. 빗물받이가 녹아내려 빗물처럼 뚝뚝 떨어지고 뜨거운 바람이 요란하게 몰아치며 여기저기서 폭발음이 터졌다. 시커먼 연기가 먹구름에 뒤섞였다.

불길은 마당 한가운데서 흔들림 없이 주문을 외는 하루토를

320

순식간에 집어삼켰다. 투명한 사슬로 끌어당기듯이 나오토가 일어섰다.

"하루토!"

나오토가 소리친 순간, 신은 완벽하게 겨냥한 마지막 일격을 가했다. 낙뢰가 하루토를 직격했다.

○

35

언덕 위에 오르자 아직 공터인 택지가 시야에 펼쳐졌다. 그 순간 섬광이 번쩍이고 한발 늦게 폭발음이 들려왔다. 가시와바라는 빛과 소리에 깜짝 놀라 하마터면 가드레일에 차를 박을 뻔했지만 간신히 브레이크를 밟았다.

안전벨트가 히로코의 어깨를 파고들었다.

"대, 대체 뭐지?"

가시와바라가 옆구리 상처를 손으로 누르면서 중얼거렸다.

"벼락이 떨어졌나?"

밤하늘을 붉게 물들이는 불꽃이 보였다. 황폐하기 그지없는 공터 너머에서 불길이 치솟고 있었다. 히로코는 비명을 질렀다.

"저기! 나오토 씨 집이야. 저기에 벼락이 떨어졌나 봐. 가시와바라, 서둘러!"

히로코는 왼쪽 다리의 통증도 잊고 고개가 앞 유리에 닿을 만큼 상체를 숙였다.

"네. 속도 좀 낼게요."

가시와바라가 가속페달을 깊이 밟자 차가 급발진해 히로코의 몸이 시트에 파묻혔다. 차가 심하게 흔들렸지만 히로코는 아무런 통증도 느끼지 못했다. 서서히 가까워지는 불길을 바라보며 그저 나오토가 무사하길 기원할 뿐이었다.

가시와바라가 나오토의 집 바로 앞에서 브레이크를 밟았다. 도로에 쌓여 있던 모래에 타이어가 쭉 미끄러졌다. 히로코는 차가 완전히 멈추기도 전에 뛰어내렸다. 숲에서 주운 나뭇가지를 지팡이 삼아 걸으며 뒷마당으로 향했다.

나오토가 만든 쓰레기 담장이 무너져 있어서 마당이 그대로 시야에 들어왔다. 집이 아니라 마당 전체에서 불꽃이 일고 있었다. 강한 석유 냄새에 히로코는 손으로 코와 입을 막았다.

대체 무슨 일이 벌어진 것일까? 자세히 보니 불길 안에 사람 형체가 있다. 그것도 하나가 아니라 여러 명이 바닥에 널브러진 채로 불타고 있다. 설마 나오토가 저 불길 속에 있나?

"히로코 씨, 여기 사람이 쓰러져 있어요."

차를 세우고 뒤따라 달려온 가시와바라가 다급하게 말했다. 소리가 들린 쪽으로 고개를 돌려보니 뒤쪽 공터에 나오토가 쓰러져 있었다.

"나오토 씨, 괜찮아요?"

히로코가 나뭇가지를 짚고 달려가 나오토를 안아 일으켰다.

"히로코?"

지금 이 상황을 이해할 수 없다는 듯 나오토가 공허한 눈빛으로 히로코의 얼굴을 빤히 쳐다봤다. 그러다 히로코 뒤쪽으로 시선을 이동했다. 히로코도 등 뒤로 엄청난 열풍이 느껴져 고개를 돌렸다. 불길이 2층 지붕까지 치솟아 주변을 온통 새빨갛게 물들이고 있었다.

간헐적으로 부는 바람이 불길을 부추겨 불은 더 거세게 날뛰었다. 히로코의 뺨이 따가울 정도로 열기가 거셌다. 기름 냄새가 나는 걸 보니 누군가 일부러 기름을 뿌린 듯했다. 그러나 이 불길에는 기름이 아니라 뭔가 특별한 힘이 작동하고 있음을 알 수 있었다. 모든 것을 태워버리겠다는 강렬한 의지가 분명하게 느껴졌다.

돌연 나오토의 눈에 초점이 돌아왔다.

"하루토!"

히로코의 팔을 뿌리치고 불길 속으로 뛰어들려는 나오토를 가시와바라가 뒤에서 부둥켜안았다.

"안 돼요, 저기 뛰어들면 당신도 죽어요!"

"나오토 씨, 대체 무슨 일이에요? 무슨 일이 일어난 거예요?"

"하루토가 저 안에 있어!"

"하, 하루토요?"

울부짖는 나오토의 옆에서 히로코는 불꽃을 바라보았다. 저 사람 형태가 하루토란 말인가? 하루토라 하기에는 너무 큰데, 혹시…… 미유키? 그렇다 해도 왜 둘이 아니라 여러 명이지?

히로코의 의문에 답하듯 나오토가 입을 열었다.

"열쇠는 하루토였어. 하루토가 미유키보다 더 큰 힘을 가지고 있던 거야. 죽은 엄마가 돌아오길 바라는 마음이 하루토의 힘을 깨웠겠지. 저 마당에서 여러 명의 미유키가 기어 나왔어. 하루토의 힘이 그런 괴물을 만들어낸 거야. 그리고 자연의 섭리를 거스르는 그 일이 신의 노여움을 사고 말았어. 인간이 넘지 말아야할 선을 넘으려고 하자 신이 벌을 내린 거야."

나오토가 이야기하는 사이, 불길은 기세를 더해 집을 완전히 뒤덮었다. 몇 주째 비가 내리지 않아 대기가 건조한 탓인지 마치 종이로 만든 집처럼 활활 타올랐다. 자랑스럽게 "엄마를 보여줄게요"라고 말하던 하루토가 떠올랐다. 이 화염 안에 그 아이가 있다.

무언가에 이끌리듯 휘청거리며 불길로 다가서는 히로코의 팔을 가시와바라가 잡았다. 가시와바라는 괴로운 표정으로 천천히 고개를 가로저었다. 이런 화염 속에서는 누구도 살아남을 수 없다. 의심할 여지가 없다.

갑자기 주변이 소란스러워졌다. 화재를 알아챈 이웃들이 달려와 집 주변을 에워쌌다. 만들어지다 만 어설픈 주택가에 이렇게 많은 사람이 살고 있었나 싶을 정도로 많은 사람이 모였다. 구경꾼들의 웅성거림이 초현실적이고 사악한 기운을 지워내고 주변을 일상적이고 평범한 공기로 채웠다.

집 안쪽에서 커다란 폭발음이 울리며 불실이 크게 솟구쳤다. 가스관이 터진 모양이다. 여기저기서 비명이 터졌다. 불길에 휩싸인 집이 흔들리며 삐걱거리더니 2층이 무너지면서 불꽃을 사방으로 날렸다. 집을 에워쌌던 구경꾼들이 일제히 뒤로 물러나며 웅성거렸다.

나오토의 입에서 절망의 탄식이 새어 나왔다. 온몸의 힘이 다 빠진 것처럼 그 자리에 털썩 주저앉았다.

"내 탓이야. 내가 바보 같은 짓을 했어. 설마 이런 일이 생길 줄 몰랐어. 전부 내 탓이야. 미유키를 배신한 것도, 하루토에게 엉터리 주문을 가르친 것도, 다 내 잘못이야."

나오토는 두 손을 바닥에 대고 납작 엎드린 채 하염없이 눈물을 흘렸다. 누군가 신고를 했는지 멀리서 소방차 사이렌 소리가 들렸다.

"히로코 씨, 이 사람 잘 지키고 있어요. 저는 소방차가 들어올 수 있게 사람들 정리 좀 할게요."

가시와바라는 넋이 나가 빈껍데기만 남은 나오토에게 다시 불 속으로 뛰어들 힘조차 없으리라 판단한 모양이다. 물론 가시와바라가 자리를 떠나는 이유는 그뿐만이 아니었다. 히로코는 가시와바라가 카메라를 가지러 간다는 사실을 알고 있었다.

화재 현장, 게다가 낙뢰로 인한 화재 현장을 만났으니 보도를 업으로 삼는 사람으로서 당연한 행동이다. 그 이면의 기묘한 사건들을 차치하더라도 뉴스 소재로 충분할 것이다. 가시와바라를 탓하고 싶은 마음은 전혀 없었다.

불길은 나오토의 집을 남김없이 태워버리겠다는 듯이 맹렬하게 타올랐다.

'불은 신성해. 위험한 짐승을 막아주고 사악한 존재를 없애버리지.'

다이몬의 말이 문득 뇌리를 스쳤다. 그 말이 현실이 됐다. 하지만 미유키는 정말 사악한 존재였을까? 하루토는? 엄마를 그리워하는 아이의 마음을 진정 사악하다 할 수 있을까?

히로코가 멍하니 상념에 잠겨 있을 때 나오토가 기묘한 신음을 흘렸다. 조금 전만 하더라도 텅 빈 것처럼 공허했던 나오토의 눈이 지금은 타오르는 불꽃에 집중하고 있었다. 히로코도 나오토의 시선을 따라 고개를 돌렸다.

열풍이 거칠게 소용돌이치는 화염 안에서 작은 불덩이가 움직이고 있었다. 마지막 남은 힘을 쥐어짜듯 비틀거리며 이쪽을 향해 걸어왔다.

"포치……."

나오토가 가까스로 목소리를 냈다. 온몸에 불이 붙어 불덩이가 된 포치는 앞도 보이지 않는 듯했다. 나오토를 찾듯이 고개를 두리번거리면서 천천히 발을 옮겼다.

"포치. 여기야, 포치!"

포치는 소음 틈에서 나오토의 목소리를 알아듣고 비틀대는 걸음으로 나오토의 앞까지 와 툭 쓰러졌다. 나오토는 웃옷을 벗어 포치의 몸에 붙은 불을 끄려다 이미 포치가 숨을 거둔 것을 알아차리고 그 자리에 털썩 주저앉았다.

나오도는 힘없이 앉아 아직도 몸에서 연기를 피워내는 포치를 멍하니 바라보며 중얼거렸다.

"주인을 두고 혼자 도망치다니."

히로코는 새카맣게 타버린 포치를 내려다봤다. 어린 강아지의 안쓰러운 모습이 하루토와 겹쳐 보였다.

"가여운 포치, 얼마나 뜨거웠을까."

울먹이며 포치를 바라보던 히로코가 포치의 입에서 무언가를 발견했다. 살짝 벌어진 입 틈으로 파란 천이 보였다. 나오토가 이상한 낌새를 느끼고는 히로코를 밀쳐냈다. 포치의 입속을 자세히 들여다보던 나오토의 입에서 묘한 신음이 흘러나왔다.

"아……."

"왜 그래요?"

히로코의 질문에 대답하지 않고 나오토는 반쯤 열려 있는 포치의 입에 손가락을 집어넣었다. 히로코가 말릴 틈도 없이 나오토는 무지막지한 힘으로 포치의 입을 벌렸다. 턱뼈가 부서지는 소리가 났다. 나오토의 손이 침과 피로 얼룩졌다. 침은 포치의 것이었고 피는…….

나오토의 손바닥 위에 파란 천으로 싸인 살점이 있었다.

"이건 하루토의 셔츠야. 포치가 하루토를 구하려고 끌어당기다가 뜯겼나 봐. 이것 좀 봐. 포치가 지켜줘서 전혀 타지 않았어."

나오토가 격앙된 목소리로 외쳤다. 아들의 선명한 살점을 소중하게 들고서 눈물범벅이 된 얼굴로 히로코를 바라보았다. 나오토의 얼굴은 절망 속에서 희망을 발견한 사람처럼 빛나고 있었다.

벅찬 감정을 주체하지 못하겠는지 나오토가 정신없이 웃기 시작했다. 구경꾼들은 나오토가 눈앞에서 집과 아들을 잃은 충격에 정신을 놓아버렸다며 불쌍하게 바라보았다.

그 웃음의 의미를 이해한 사람은 히로코뿐이었다. 악마가 아이 잃은 아버지의 귓가에 장미처럼 달콤한 향을 풍기는 말을 속삭이며 부추기는 것이다.

"나오토 씨, 그건……."

더는 아무 말도 할 수 없었다. 나오토는 조금도 주저하지 않고 하루토의 살점을 파란 천으로 싸서 구경꾼들의 눈을 피해 재빨리 마당 구석에 묻었다.

그때 사이렌 소리를 요란하게 울리며 소방차가 도착했다. 인파를 정리하는 확성기 소리가 왱왱 울려서 무슨 말인지 알아들을 수 없었다. 곧이어 소방차가 기세 좋게 물을 뿜기 시작했다.

"이 집에 사는 분이세요?"

구급대원이 달려와 나오토에게 말을 걸었다. 말없이 고개를 끄덕이는 나오토를 보고 충격을 크게 받았다고 판단했는지 구급대원은 담요를 어깨에 덮어주며 나오토를 구급차로 데려갔다. 구급대원의 부축을 받고 걸어가면서 나오토는 히로코를 돌아보았다. 제발 못 본 척해달라고 눈으로 애원했다.

"당신도 여기 사는 사람인가요?"

히로코는 고개를 저었다. 구급대원은 너덜너덜한 옷을 입은 히로코를 수상쩍게 바라보다 상처를 발견하고는 구급차로 데려가려 했다. 히로코는 반사적으로 그 손을 뿌리치며 말했다.

"됐어요. 난 카메라맨이에요."

바로 근처에서 가시와바라가 카메라로 화재 현장을 촬영하고 있었다. 전문가용 대형 카메라는 조작이 그리 간단치 않다. 보나 마나 영상은 흔들리고 초점도 맞지 않을 것이다.

　　"가시와바라, 카메라 이리 줘."

　　히로코는 가시와바라의 손에서 카메라를 빼앗아 어깨에 얹었다. 다리 통증으로 휘청거리는 히로코를 가시와바라가 뒤에서 받쳐주었다.

　　"괜찮아요? 무리하지 않아도 되는데……."

　　화재 현장 취재일 뿐이니 무리해서 촬영할 필요는 없다는 말이다. 하지만 히로코에게는 단순한 화재 현장이 아니다. 모든 것이 불타 없어지는 모습을 기록으로 남기고 싶었다. 시간이 지나면 모호해지는 기억에 의존하는 것이 아니라, 변하지 않는 영상으로 기록을 남기고 싶었다. 비록 그것이 새로운 비극의 시작이라 할지라도 이 순간이 하나의 끝이라는 사실에는 변함이 없었다.

에필로그

굽이진 도로의 양쪽으로 벚꽃이 만발했다. 상쾌한 바람에 날리는 꽃잎이 앞 유리에 닿았다. 열려 있는 창문으로 살짝 차가운 바람과 함께 꽃잎이 들어왔다.

계절이 바뀌어서인지 그날 이곳을 달리며 느꼈던 오싹한 기운은 전혀 느껴지지 않았다. 히로코는 지금 나오토의 집, 정확히는 나오토의 집이었던 장소를 향해 가고 있다.

당시 마당에 등유가 뿌려져 있던 사실 때문에 나오토는 방화 혐의로 경찰 조사를 받았다. 경찰은 조사 과정에서 나오토가 정신적으로 문제가 있어 자신과 타인에게 해를 입힐 위험이 있다고 판단했고 나오토는 입원 조치되었다.

결국 발화의 직접적 원인은 낙뢰임이 밝혀졌고 나오토는 오늘 불기소 처분을 받아 퇴원한다. 히로코는 알고 지내는 경찰 담당 기자에게 그 소식을 듣자마자 차를 몰았다.

나오토가 퇴원 후 향할 곳은 한 곳밖에 없다. 하루토의 살점을 묻은 그 집으로 갈 것이다.

그날 어수선한 화재 현장에서 하루토의 살점을 마당 한구석에 묻는 나오토를 히로코는 차마 막지 못했다. 그때 가시와바라는 잠시 자리를 비운 참이라 나오토의 행동을 본 사람은 히로코뿐이었다.

정말로 그 작은 살점에서 하루토가 되살아날까? 말도 안 되는 상상이지만 히로코는 이미 미유키가 살아 돌아오는 광경을 봤다. 그러니 가능성이 전혀 없다고는 할 수 없다. 하지만 그건 하루토의 힘이 있었기에 가능한 일이 아니었을까?

만약 하루토가 정말 다시 돌아온다면 어떤 사태가 벌어질까? 기껏 살려낸 자기 엄마를 다시 죽음으로 내몰고 결과적으로 자기까지 죽게 만든 사람, 단란했던 가정을 망가뜨린 사람, 히로코에 대한 증오를 불태울 것이다.

그 사실을 알면서도 아이를 잃은, 가족을 잃은 아버지의 비통함에 압도되어 히로코는 나오토를 막을 수 없었다.

언덕을 오르자 시야가 단번에 확 트였다. 한 달 전만 해도 산을 깎아 만든 휑한 공터 너머로 나오토의 집이 보였지만 지금은 풍경이 완전히 달라져 있었다.

새로운 업체가 주택지 개발 사업을 맡아 작업이 재개되면서 마을에 활기가 돌았다. 그날의 화재가 액땜을 한 것만 같았다.

마을의 변화에 놀라 이리저리 두리번대는 히로코의 차 앞으로 어린아이 하나가 갑자기 달려 나왔다. 히로코는 급히 브레이크를 밟았다.

반바지에 파란 운동복 차림의 아이는 이제 초등학교에 들어갈 나이쯤 되어 보였다. 순간, 하루토인가 싶었지만 자세히 보니 전혀 다른 얼굴이었다. 새로 이사 온 주민일 것이다.

브레이크 소리에 놀랐는지 아이는 길 한가운데 멈춰 서서 멍하니 히로코를 바라보았다. 아무리 기다려도 움직일 기색이 없어 히로코는 창문을 열고 아이에게 말을 건넸다.

"미안한데 좀 비켜줄래?"

"어머나, 거기서 뭐 하고 있어!"

어디선가 엄마인 듯한 사람이 달려와 아이를 안아 들고 비켜섰다. 히로코는 웃으며 살짝 고개를 숙이고 다시 차를 움직였다. 엄마에게 안겨 손을 흔드는 아이의 모습이 룸미러에 비치자 히로코의 얼굴에 흐뭇한 미소가 번졌다. 언제 어디서 아이가 튀어나올지 모르니 천천히 차를 몰았다. 드디어 다른 주택과 전혀 다른 분위기를 풍기는 무언가가 시야에 들어왔다.

'한때 집이었던 것'이 새까맣게 탄 골조를 드러낸 채 남아 있었다. '출입금지'라는 글자가 써진 노란 테이프에 둘러싸여 그날 모습 그대로 방치된 나오토의 집이었다.

원래 2층이었던 건물은 원형을 알아볼 수 없을 만큼 무너졌고 새까만 기둥만 몇 개 서 있을 뿐이었다.

히로코는 길옆에 차를 세우고 뒷자리를 놀아보았다. 새 파트너인 소니 디지털카메라가 놓여 있었다. 예전 것에 비하면 작고

가벼워서 장난감처럼 보이지만 성능은 훨씬 뛰어났다. 언제까지
나 무지막지하게 크고 무거운 카메라에 의지할 수는 없었다. 히
로코도 성장할 필요를 느꼈다.

골짜기 아래로 떨어진 차에서 찾아온 비디오카메라는 고칠
수 없는 수준으로 망가진 상태였다. 메모리 카드도 그을렸지만
전문 업체에 맡겨 간신히 데이터 일부를 복구할 수 있었다. 영상
에는 땅속에서 나온 미유키가 카메라 쪽을 노려보는 모습이 확
실하게 찍혀 있었다.

영상을 보며 히로코는 슬픔을 느꼈다. 자기가 겪은 이 불가사
의한 일들을 사람들이 믿어주길 바라며 기록을 시작했지만 그런
목적 따위는 이미 잊은 지 오래였다. 애처로운 미유키의 모습을
아무에게도 보여주고 싶지 않았다. 히로코는 결국 모든 데이터
를 삭제했다.

조수석에 있는 목발을 집어 들었다. 이 상태로 카메라를 들기
는 버거울 것이다. 히로코는 자신에게 변명하며 카메라 없이 차
에서 내렸다. 정강이뼈가 부러진 왼쪽 다리는 깁스를 했다. 목발
을 짚으며 마당 쪽으로 천천히 돌아서 들어갔다.

"나오토 씨, 여기 있어요?"

대답은 없고 아까부터 낮게 중얼거리는 소리만 들려왔다. 히
로코가 도착하기 한참 전부터 거기 있었던 모양이다.

"엘로힘 엣사임, 엘로힘 엣사임."

마당 한쪽 구석에 지저분한 차림새의 남자가 쪼그려 앉아 나
지막이 중얼거리고 있었다. 어느새 해가 뉘엿뉘엿 넘어갔다. 석

양이 주변을 붉게 물들였고 그 노을 속에서 남자는 주문을 외느라 여념이 없었다.

"나오토 씨……."

"엘로힘 엣사임, 엘로힘 엣사임, 엘로힘 엣사임. 하루토, 꽤 많이 자랐구나. 이제 곧 나올 수 있겠다. 힘내렴."

나오토는 이따금 다정한 눈길과 목소리로 땅에 대고 말을 걸면서 주문을 외웠다.

"엘로힘 엣사임, 엘로힘 엣사임."

나오토가 병원에 있는 동안 제정신을 찾거나 하루토의 부활을 단념했을지도 모른다. 현실은 히로코의 이런 실낱같은 기대를 간단히 저버렸다. 나오토의 시간은 그날 밤에 멈춰 있었다.

히로코는 말도 걸지 못하고 오도카니 서서 나오토와 집의 잔해를 바라보았다. 그때 뭔가 검은 것이 불타버린 기둥을 타고 올라갔다. 기둥 꼭대기에서 움직임을 멈춘 건 작은 도마뱀이었다. 마치 자신의 영역을 확인하듯 주변을 둘러보며 빨간 혀를 날름거리고 다시 잽싸게 기둥을 내려가 폐허 안으로 모습을 감췄다.

그날 하루토에게서 도망치기 위해 꼬리를 자르고 도망간 도마뱀일까? 그건 아무도 모른다.

금지된 장난

초판 1쇄 인쇄 2024년 6월 17일
초판 1쇄 발행 2024년 6월 24일

지은이 시미즈 가루마
옮긴이 최주연

책임편집 한의진
디자인 곰곰사무소
책임마케팅 김서연, 김예진, 류지현, 박시온, 김지원, 김소희, 김찬빈, 박상은, 이서윤, 최혜연

마케팅 유인철
경영지원 백선희, 권영환, 이기경
제작 제이오

펴낸이 서현동
펴낸곳 ㈜오팬하우스
출판등록 2024년 5월 16일 제2024-000141호
주소 서울특별시 강남구 테헤란로 419, 11층 (삼성동, 강남파이낸스플라자)
이메일 info@ofh.co.kr

ⓒ 시미즈 가루마
ISBN 979-11-988099-1-9 (03830)

모모는 ㈜오팬하우스의 출판브랜드입니다.